U0552159

深潜

中国深海载人潜水器
研发纪实

高仲泰 著

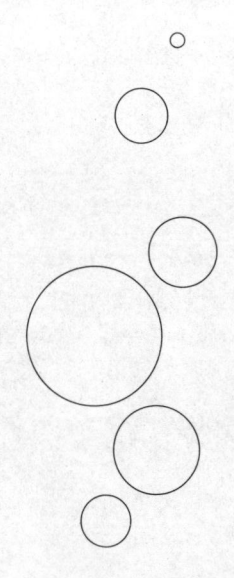

译林出版社

图书在版编目(CIP)数据

深潜：中国深海载人潜水器研发纪实 / 高仲泰著.
—南京：译林出版社，2022.12
 ISBN 978-7-5447-9383-4

Ⅰ.①深… Ⅱ.①高… Ⅲ.①纪实文学－中国－当代
Ⅳ.①I25

中国版本图书馆 CIP 数据核字 (2022) 第 227273 号

深潜：中国深海载人潜水器研发纪实　　高仲泰／著

责任编辑	於　梅
装帧设计	韦　枫
图片策划	顾柞维
封面插画	黄博一
校　　对	戴小娥
责任印制	董　虎

出版发行	译林出版社
地　　址	南京市湖南路 1 号 A 楼
邮　　箱	yilin@yilin.com
网　　址	www.yilin.com
市场热线	025-86633278
排　　版	南京展望文化发展有限公司
印　　刷	江苏凤凰通达印刷有限公司
开　　本	718 毫米 ×1000 毫米 1/16
印　　张	23
插　　页	10
版　　次	2022 年 12 月第 1 版
印　　次	2022 年 12 月第 1 次印刷
书　　号	ISBN 978-7-5447-9383-4
定　　价	68.00 元

版权所有 · 侵权必究

译林版图书若有印装错误可向出版社调换。质量热线：025-83658316

序

奔向全海深探索时代

探索未知是人类的天性。

进入15世纪之后，欧洲地理探险活动突然间大量增加，世界历史出现了一个重要的转折点。及至16世纪初，西班牙、葡萄牙等航海强国为开疆拓土、扩大势力范围、寻求东方财富，先后派出以迪亚士、达·伽马、哥伦布和麦哲伦等人为首的船队远征探险。

这些勇敢的探险家历经磨难，终于绕过非洲南端，开辟了从欧洲通往印度洋的海上航路，发现了美洲新大陆，完成了具有伟大历史意义的人类第一次环球航行，开启了全球化的进程。

当时亦属强国之列的中华帝国正处于明朝统治时期，受到明朝皇帝支持的郑和船队在1431年至1433年第七次航行之后却告终结，再无声息，尽管无论是造船技术、航海技术还是船队规模、航线距离，郑和船队都比欧洲探险家们的船队要高出一筹。

今天我们回望这段历史，不能不感慨：多少年来，"郑和下西洋"一直是我们所津津乐道的话题，可是，为什么我们600年前的航海能力和优势没能得到传承与发扬，进而扩大海权以构建"蓝色文明"、繁荣经济，却反而在后来受到海上强敌的欺侮，使这个昔日的"航海大国"成为绝响？

事实上，在我国，至少迟至约180年前鸦片战争打响，海洋问题才真正开始被国民所认识。而那之后大约100年，深海以其广阔的空间、丰富的资源，开始成为人类探索的重要区域，各国一直致力于研制各种深海潜水器。

1930年，美国海洋生物学家威廉·毕比乘坐潜水球下潜183米，1934年又乘坐它创造了下潜923米的纪录，成为当时轰动世界的新闻。据说，这位教授对大西洋深处的海底世界叹为观止，他后来写道："只有苍茫的太空本身，才能与这神奇的水下世界相媲美。"

1948年，瑞士皮卡德父子设计制造的潜水器下潜到了1 370米的深度，人类终于成功地潜入了千米以下的深海。1960年，美国"的里雅斯特"号载人潜水器潜入了马里亚纳海沟底部。1995年，日本的"海沟"号无人潜水器，也在马里亚纳海沟底部潜航。

我国的深海探索虽然起步较晚，但可谓后来居上。

1986年，我国第一艘深潜救生艇完成试验，下潜深度300米，掀开了我国载人深潜新篇章。2002年，我国7 000米载人潜水器重大专项立项，此前我国研制的载人潜水器最大下潜深度只有600米。2012年，我国第一台自主设计和集成研制的7 000米载人潜水器"蛟龙"号问世，创造了当时同类作业型载人潜水器下潜深度7 062米的世界纪录。2017年，4 500米载人潜水器"深海勇士"号研制成功，实现了"核心技术自主化，关键设备国产化"。

特别令人瞩目的是，2020年，我国全海深载人潜水器"奋斗者"号在马里亚纳海沟成功下潜到10 909米，成为我国历史上第一台下潜到"挑战者深渊"的载人潜水器，也是全球首次同时将3

人带到海洋最深处。这同时标志着我国正式进入了全海深探索的时代。上述这些，堪称我国深潜科研团队在落后西方先进国家50年的情况下，经过20年的艰苦探索和守正创新而创造的奇迹。

目前，全世界可潜入6 000米以上深度的深海载人潜水器仅有8台，分别属于中国、美国、法国、日本和俄罗斯。

很高兴看到译林出版社推出《深潜：中国深海载人潜水器研发纪实》一书。这是有关我国载人潜水器研发题材的首部科普文学作品，也是一部记录我国深海战略性高技术发展之路的科技主题出版物。它将我国深海载人潜水器从立项、设计、研制到海试的历程娓娓道来，详实描述了"蛟龙"号、"深海勇士"号、"奋斗者"号接连创造世界同类作业型潜水器最大下潜深度的重大时刻，也生动展现了深潜科研团队团结协作、拼搏奉献的精神风貌。

尤为欣喜的是，我在书中还看到了我所熟悉的叶聪，他与同伴们乘风破浪、勇攀高峰的身影，岂不也是国人从"望洋兴叹"到"走向深海大洋"的一个缩影？这让我不禁联想到德国哲学家黑格尔所著的《历史哲学》中的一段话："大海给了我们茫茫无定、浩浩无际和渺渺无限的观念；人类在大海的无限里感到自己的无限的时候，他们就被激起了勇气，要去超越那有限的一切……"

写下这些文字的时候，新闻里传出喜讯，神舟十五号载人飞船与神舟十四号顺利交接，成功创造了"双舟伴宫阙，六君会天宫"的佳话。恰如之前深潜的壮举，将深海探索推向前所未有的深度，载人航天的新突破同样令国人深受鼓舞，领略到"上九天揽月，下五洋捉鳖"的豪迈。

深海迄今仍是人类在地球上了解最少的区域，也是开展海洋科学研究的主战场。作为国之重器，深海潜水器的研发、应用对于我国经略海洋、开发海洋、保护海洋、建设海洋强国无疑具有重要意义。相信《深潜：中国深海载人潜水器研发纪实》的面世，能够激发公众更多地关注深海、探索深海，感受新时代中华民族浓浓的海洋情怀！

中国科普作家协会副理事长

尹传红

路曼曼其修远兮，吾将上下而求索。

——屈原

人类看不见的世界，并不是空想的幻影，而是被科学的光辉照射的实际存在。尊贵的是科学的力量。

——居里夫人

目 录

1 "因为它在那里" ……… 1
2 "我这辈子只做了一件事" ……… 27
3 深潜的艰难和价值在哪里？ ……… 49
4 为了抵达而启步 ……… 61
5 一条没有路标的坎坷之路 ……… 81
6 母船和基地 ……… 113
7 "幸福感与战胜自我有关" ……… 139
8 向"蛟龙"号的最终目标发起冲刺 ……… 173
9 "跳跃之前，做个深蹲" ……… 189
10 "深海的哥"再出发 ……… 201
11 坚守匠心 ……… 235
12 年过八旬的深海勇士 ……… 243

13 大洋深处的铿锵玫瑰 ……………… 257

14 "你凝视着深渊的时候,深渊也在凝视着你" ……………… 275

15 马里亚纳海沟发现塑料袋 ……………… 309

16 海底沉船和打捞 ……………… 325

17 "生活的激流是不会停止的" ……………… 333

主要参考文献 ……………… 352

鸣　谢 ……………… 354

1

"因为它在那里"

2012年6月24日,已在马里亚纳海沟海域下潜了48次的"蛟龙"号,要在这一天向其下潜极限7 000米发起冲刺。

这是第49次下潜。叶聪担任主驾驶,一同下潜的有中国科学院声学研究所(以下简称"声学所")副研究员杨波和中国科学院沈阳自动化研究所(以下简称"沈阳自动化所")副研究员刘开周。

这次下潜到达了7 020米的深度。叶聪在海底与国家海洋局局长刘赐贵通了话,接受了中央电视台的现场连线采访。与此同时,"蛟龙"号总设计师徐芑南和中国大洋矿产资源研究开发协会(以下简称"大洋协会")办公室主任金建才做客中央电视台演播室进行现场直播。他们一边看着画面,一边进行解说。画面上叶聪驾驶着"蛟龙"号在雄浑、幽静、黑暗的深海里潜行,观察窗外闪烁着各种发光的海洋生物发出的荧光,像江南夏季夜晚旷野上乱舞的萤火。如此幽深的海底是一个活跃着多种生物的、五彩斑斓的世界。这是生命的奇迹。

正在太空中的航天员祝贺"蛟龙"号深潜7 000米成功。空海连线,来自天宇的声音和来自大洋7 000米海底的声音神奇地在人们的耳边响起。

神舟九号正飞梭般划过苍穹，蓝色的地球和无垠的星空是美丽的、幻象一般的背景。飞行乘组指令长景海鹏说："我是景海鹏，我代表在天宫一号的3位航天员，祝贺'蛟龙'号深潜7 000米成功！"

沉沉深海，孤独的潜水器在海底疾行，灯光划破了黑暗，潜航员兼工程师叶聪说："我是'蛟龙'号潜航员叶聪，我代表'蛟龙'号乘组在7 000米海底给太空中的你们送去衷心的祝福。"

海底的"蛟龙"号潜航员和太空的神舟九号航天员的图像出现在中央电视台的现场直播中，观众无不雀跃，举国欢腾。正在直播中解说的徐芑南激动得热泪盈眶，但他明白自己是在中央电视台的演播室里，于是竭力控制着自己的情绪，笑着说："'蛟龙'号冲刺7 000多米的深度成功，这意味着'蛟龙'号达到了世界深海潜水器的先进水平。它的下潜深度可覆盖99.8%的世界海域。"中国从此跻身海洋大国，实现了几代人的梦想。

历史记下了中国人抵达7 000米海底的一幕。

历史记录了盘古开天地以来华夏儿女从未有过的、简单而又伟大的通话。

2018年5月，当时已82岁的中国科学院院士、同济大学海洋与地球科学学院教授汪品先，在9天内先后3次搭载"深海勇士"号下潜至南海深处，成为全世界年龄最大的深海潜入者。原计划考察海底冷泉的汪品先却意外发现了冷水珊瑚的"深海园林"，这让他欣喜异常。冷水珊瑚生活在黑暗冰冷的深海，靠海雪带来的养分生存，大西洋发现过不少处这一珊瑚种类，但西太平洋海域此前基本上没有发现。汪品先此次意外观察到的首先是一丛白色的竹节珊瑚，接着又发现了更多矮小的扇珊瑚和玻璃海绵，它们共同构成了黑暗世界里的"园林"。陆地的园林靠植物，南海深水的"园林"却全是动物。在此之后，南海的多座海山上都发现了大片的"深海园林"。这一发现具有历史性意义。作为一位海洋科学家，汪品先凭自己的敏感和经验取得了这个突破性收获。

生物学家贺丽生已下潜深海多次。她说，以前我们不知道深海里有生物，现在我们通过深海载人潜水器发现深海里有很多种鱼，有种狮子鱼居然能够生活在8 000米的海底。在那么恶劣的生存环境里，这些生物能够生活得那么自如，真是匪夷所思。科学家感兴趣的是，生命的极限到底在哪里？

狮子鱼是一种奇特的深海生物。它们游动起来的时候很像狮子的头部。在深海环境中生存，极其不易。深海鱼的骨骼通常都很薄，而且是弯曲的；肌肉组织因为要适应高水压而变得柔软无比；体内也会有一定的海水，为的是保持水压平衡。

贺丽生到过万米深渊马里亚纳海沟，她完全被它独特的环境吸引住了。"快要触底的时候，我们3个人突然都不说话了，大概是被深海的宁静感染了。我记得我当时最大的感受是：这里怎么这么安静啊！那种安静所带来的神秘感和庄严感，很可能只有到过海底的人才能体会到。"贺丽生说，"我趴在观察窗口往外看，发现这里的生物非常多！我记得看到过几只钩虾，以及很多海参，还发现了不少多毛类生物。"

2019年5月，我国科考队在马里亚纳海沟南侧海山还发现了10片珊瑚林，珊瑚就好似一朵一朵海底的花儿一般。此处有珊瑚林生存，确实很难得。

中国船舶重工集团公司第七〇二研究所（以下简称"七〇二

所")高级工程师、"奋斗者"号载人潜水器电气系统副主任设计师、主驾驶张伟曾下潜深海30多次,3次到达马里亚纳海沟。2021年11月20日下午,无锡图书馆举行了题为"弘扬载人深潜精神,勇攀深海科技高峰"的讲座,在讲座中张伟对海底做了深情描述,谈到了黑烟囱或白烟囱似的热泉。热泉喷发出滔滔的、滚烫的黑色液体,那里存在着生命的奇观,积贮着亘古的力量。热泉已被证实极有可能是人类生命的源泉。众多深海动物和人类有着出乎意料的、惊人的相似性。

这几幕深潜场景像一盏盏烛火,点亮黑夜般的深海,那里原本漆黑一片,没有光亮,什么都看不见。海底世界沉淀了太多,蕴藏着太多的奥秘。这些场景折射出一段绚丽的传奇,一个里程碑事件——中国在落后50年的差距下,壮志凌云,一举研制出高水准的全海深载人潜水器。有了这样的深海之舟,我们才能抵达深海,就如同有了火箭和飞船,我们才能在宇宙航行一样。在挺进地球最后边疆的历程中,我们从跟跑者变为领跑者,叩响了深海这扇沉重而古老的大门的门环,直抵深渊的最深处……

大海是宽广的,比大海更为宽广的,是人的心灵……

这是一个关于探索寂静的、未知的深海的故事。

不是科幻,也不是童话,而是中国人切切实实的行动。

希望是隐藏在群山后的星星,探索是人生道路上执着的旅人。

探索是人类的天职和本能。人类总是向往未知,希望揭开真相。古往今来人类的探索,都源于对自然万物的惊异、好奇或征服之心。

人类前赴后继地探索令他们困惑的现象,奔赴那些没有到过的、似乎难以到达的地方——浩瀚的深海、星辰、天宇，以及险峻的高山。哪怕极其危险，哪怕极其艰难，哪怕可能会带来失败、伤害，甚至付出生命，都在所不惜。

探险是探索的一部分，许多探索需要勇敢无畏的探险精神。

珠穆朗玛峰已有无数支登山队和无数名探险者攀登过，有的胜利登上了终年冰雪覆盖的峰顶，也有的因为遭遇雪崩、滑坠、窒息和突如其来的暴风雪而倒下。始于100余年前的珠穆朗玛峰探险，因为一场场悲剧留下了数百具尸体，令人触目惊心——1921年到2006年，约有200人在攀登珠穆朗玛峰时丧生。他们悲壮地躺在那里长眠。

世界登山史上，人类对7 000米以上高峰的每一次前行都伴随着死亡的阴影。即便登山路上充满艰险，勇敢的登山者仍络绎不绝，一支支登山队仍怀着征服珠穆朗玛峰的梦想向着地球的最高点冲击。2019年，珠穆朗玛峰海拔8 000米的"死亡地带"竟然出现了堪比"黄金周"的拥堵场景：200多名身穿厚实羽绒服的登山者，排起长龙，等待3小时以上。登顶珠穆朗玛峰的路途是艰险的，被冰雪埋葬的殉难者并没有熄灭登山者追求登顶的热情。他们勇敢地以生命为代价继续挑战。

中国著名女登山家潘多是世界上第一位从北坡登上珠穆朗玛峰的女性。她的双脚曾被严重冻伤，截去5个脚趾。她人高马大，壮硕结实，浅褐色的肤色，脸上笑容可掬。也许只有经历艰险和见过死亡的人才会笑得这么纯粹。

她亲眼看到有些登山者在海拔七八千米的冰山上流鼻血不止，失去知觉或心跳骤停。冻伤的、冻死的、掉进明暗冰缝中的、跌入深渊的、遭到雪崩被埋没的绝非个别。登山者会沿着殉难者的遗迹前进,和随时到来的致命危险做斗争。

潘多说起她的登山经历,她经历过的苦难和成功。她说,她参与的是代表国家的中国登山队,登顶后,除了测量高度,还展示了五星红旗。

著名登山家乔治·马洛里在采访中被问及为何要攀登珠穆朗玛峰时说:"因为它在那里。"

它,就是白雪皑皑的珠穆朗玛峰。这句话被登山爱好者奉为座右铭。

1999年,美国登山家在海拔8 327米处发现了马洛里的尸体——他永远躺在了"它"的脚下。

叶聪是第一位驾驶"奋斗者"号抵达马里亚纳海沟海域万米之下的中国人,此前他到过深度二三千米、五六千米直至7 000米的海底。

"下潜到7 000米之下,等了一段时间,就出现了端足类生物。它像一只大虾,但有很多脚,还引来一条身体几乎透明的鱼。我们和它四目相对的时候,觉得还是有一点点恐怖的。这个生物的眼睛对光线是没有感觉的,所以它看不到我们,但是我们在7 000米的海底,看着这么一个小东西,对我们一点不惧怕。在漆黑寒冷的深海有这么一个小动物向我们靠近,我们反而觉得有一点紧张。"叶聪说。

觉得有一点惊悚,有一点紧张,这可以理解。不仅叶聪有这种感觉,其他深海潜航员、科学家都有这样的感觉。在通常被认为不该有生命的地方,在深远的、寂静的、万古长夜般的深海里和一个活的"小东西"遭遇,它对人类怀有古老的敌意吗?不是。它大概能感应到深海载人潜水器———一个新的物种来到这里,这个庞大的物体用几只发亮的眼睛和它对视,但并不想伤害它。深海呈现出深邃的宇宙一般的、令人胆战心惊的美,而人类则向它展现出陌生而奇特的另一种生命形态。

深海生物圈的生物有独特的生命结构,能够在恶劣的条件下生长,势必有一些很独特的基因。此类基因正是科学家们研究的重点,未来可能会被人类开发利用。人类正在努力探索驱动海底生命的隐秘力量。

它们是另一世界的生命。所有的探索,包括对宇宙和大海的探索,归根到底是关于生命的追问:我们是谁?我们来自哪里?我们是什么?外层空间是否有生命?外层空间是否有高智商生命?地球生命的极限在哪里?这些问题是人类永恒的追寻。

人类的征途是星辰大海。

太空是人类不断探索的目标。月亮、太阳、满天的星星日夜陪伴着地球上的人们。远古时代的人崇拜它们,不知道它们是怎样诞生的,又是怎样存在的。漫长岁月里,人类对太空之谜不停地进行猜测、探究、探索,慢慢地对太空有所了解。

1990年2月14日,天文学家卡尔·萨根说服了美国国家航空航天局,让无人外太阳系空间探测器旅行者1号把相机转向地球,最后一次回望自己的家园,拍摄一组照片。《时代》杂志展示了其中的一张:在浩瀚的宇宙中,在稠密的群星中,地球只是一个浅蓝色的小点,显得那么渺小孤寂。这张照片令无数人慨叹。

"我很好。你们呢?"1961年4月12日,人类第一次乘坐载人飞船进入太空时,苏联航天员尤里·加加林对地面控制站如此汇报，显出了惊人的冷静。

1969年7月20日，美国航天员阿姆斯特朗登上月球表面，留下了不朽名言："一个人的一小步，人类的一大步。"

"对火星，我们曾经路过它，环绕过它，碰撞过它。雷达检测过，火星车登陆过，被它弹回来过，在上面钻过洞，烘烤过，甚至爆破过。还有一样在未来会实现：我们会亲自踏上去。"登月第二人巴兹·奥尔德林在2013年出版的著作《火星使命：我看太空探索》中这样写道。

喜欢仰望星空的人，应该都听说过鼎鼎大名的哈勃空间望远镜。它带来的一幅幅画面，惊艳了所有人。过去的32年中，从星云到黑洞，从最遥远的星系到宇宙的加速膨胀，哈勃空间望远镜不断改写着我们对宇宙的认知。2021年12月25日，被称为"哈勃空间望远镜继任者"的詹姆斯·韦布空间望远镜在经历了14年的延迟（以及20倍的超支）后终于发射升空，它将揭开宇宙中从未被探索过的秘密。

与前几代望远镜不同的是，詹姆斯·韦布空间望远镜将在红外光谱中观测宇宙，因此它能够观测到首批星系，即时间上最接近大爆炸的那些星系。收集数十亿年前的信息为什么如此重要？美国国家航空航天局戈达德航天中心的天文学家比利亚努埃瓦认为："这与哲学相关，即了解宇宙的起源、我们的起源和那些构成我们的物质的存在内涵。"

中国人在太空探索中，循序渐进地一次又一次发射载人飞船进入太空。2003年10月15日，中国首位航天员杨利伟乘坐中国自主研制的第一艘载人飞船神舟五号进入太空。2021年10月16日，翟志刚、王亚平、叶光富3位航天员搭乘神舟十三号载人飞船进入太空，首次在空间站中生活、工作半年。

2021年10月16日6时56分，神舟十三号载人飞船与空间站组合体完成自主快速交会对接。2022年4月16日，神舟十三号载人飞船完成全部既定任务，包括两次出舱活动后返回地球。返回舱在东风着陆场成功着落，返回舱状态控制得很好，呈直立状态。3位航天员安全顺利出舱。

神舟十四号于2022年6月5日发射，航天员陈冬、刘洋和蔡旭哲顺利进驻空间站天和核心舱，正式开启为期6个月的在轨驻留。9月2日0时33分，经过约6小时的出舱活动，神舟十四号3位航天员密切协同，完成全部既定任务，陈冬、刘洋安全返回问天实验舱，首次出舱活动取得圆满成功。9月17日和11月17日，神舟十四号乘组又分别进行了两次出舱活动。神舟十五号也已于2022年11月29日发射成功。中国航天科技集团有限公司总经理张忠阳介绍，今年我国太空空间站将全面建成。这意味着我国空间技术已经达到国际先进水平。中国空间站建设完成后，将向全球开放，所有"符合入驻条件"的国家都能够在中国空间站中进行太空作业。

中国已经是航空俱乐部的重要成员。

中国人自古不乏仰望星空的勇气与浪漫。嫦娥奔月的美妙传说家喻户晓。屈原向天叩问宇宙起源："遂古之初，谁传道之？上下未形，任由考之？冥昭瞢暗，谁能极之？冯翼惟象，何以识之？"苏东坡的"但愿人长久，千里共婵娟"，借月亮表达了共同的思念。

中国人自古亦对海洋怀有奔放的情感和征服的雄心：从曹操《观沧海》中的"东临碣石，以观沧海。水何澹澹，山岛竦峙"到李白《行路难》中的"长风破浪会有时，直挂云帆济沧海"，再到宋濂《题李太白观瀑布图》中的"蓬莱屹起瀛海洋，群仙迟汝相徊翔"。

　　海洋与人类甚至所有生物的进化都有着密切的关系。海洋包围着人类繁衍生息的土地，滋养着地球上每一个生命，在人类诞生后的 300 万年历史长河中，海洋对人类生活有巨大的影响。人类社群在地球上留下的遗迹证明，我们的祖先几万年前就开始在水上活动了。挪威北部迄今 6 000 年之久的描绘人在小船上捕猎驯鹿的岩画，是已知最古老的描绘船只的图像。画中用线条勾勒出了各式各样的小船，其中大多是较长且有多名桨手的船，可能是一种皮筏。2 000 年来，人类对蕴含着生命密码的、广袤深蓝的海洋进行了由浅入深的探测，如捕捞鱼类、利用藻类资源、航行、浅海潜水等。

　　近半个世纪以来，海洋专家持续关注海洋动物、植物和矿物。我们对海洋这个庞大而微妙的生态系统的了解在不断加深。即便如此，我们依然只探索了海洋的极小部分，迄今只探索了全部海域的 5% 左右。

　　覆盖全球近 71% 面积的海洋，构成了地球的主色调蓝色，是地球演变的产物，也是人类历史包括战争史、国家版图史、文明史的重要组成部分。可以说，海洋史是世界史的缩影。人类与水的结缘由来已久，从四大文明古国的大河流域衍生出最早的人类文明，到"大航海"时代世界从分散逐渐走向整体。随着航海技术的进步和人类对海洋的不断探索，海洋文明逐步形成、建立和发展。

　　中国人喜欢水。《道德经》中说："上善若水，水善利万物而不争，处众人之所恶"，"天下莫柔弱于水，而攻坚强者莫之能胜"。抽刀断水水更流，用最锐利的匕首去刺水有用吗？反过来，若水成为武器，则水淹七军。什么是强，什么是弱，立见分晓。为什么大海是辽阔的？因为它待在最低的地方，海纳百川，才变得辽阔、低调和包容，这正是水的品性。这是《道德经》中大道思想的重要内容，也是中国人的海洋观。

海洋与大江大河吐纳交汇。陆地的根、本、魂和精、气、神早已与包容万物、滋养生命、情韵流动的水融合在一起了。仅江苏一地就不仅孕育了广阔的沿海滩涂，而且包蕴了长江的万丈豪情、运河的千古桨声、太湖的秀美风情和秦淮河的婉约诗情。

浩浩荡荡、深沉含蓄的大海千古恒常，它与大陆相辅相成，陆川因海洋而丰盈，海洋缘陆地而朗润。是的，海洋造就了世界、人类、历史，乃至陆地上的一切。人类通过海洋进行的贸易和交流，使得人类相互接近、融通，促进了世界的发展和进步。

但人类对海洋的了解一直很浅薄，我们少有深海探索。在很长的时间内，人们对深海的情况几乎一无所知。汪品先院士说，我们对海洋的了解，尤其是对深海的探索还处在新石器时代。

海洋的全部远未被我们所看到和认知。关于它的起源和形成，至今还有争议。我们目前所观测到的距离地球最近的星球，都是干涸的。火星上有水的痕迹，但仅仅是痕迹。同处太阳系的地球为何有如此大面积的海洋，如此多的水？水为何以固态、液态和气态3种状态存在？海洋是怎样形成的呢？

汪品先院士对此进行了解释。他说，地球上为什么有海洋，这是一个有趣的问题。整个太阳系，只有地球有海洋，这是因为地球上有液态水，液态水聚集在地球表面低洼的地方，就形成了海洋。低洼的地方在哪里？这就要说到海洋和大陆的界限，不少人都以为海岸线是海洋和大陆的界限，这种认识其实不对。大陆和海洋的真正界限是在海底。海岸线是变化的，潮汐的涨落，导致了海岸线的变化。两万年前地球上大冰盖的规模不断增加，海平面降低。那时，祖国大陆和宝岛台湾是连在一起的，从中国上海甚至可以走到日本东京。简单地说，海洋的地壳是由玄武岩构成的，大陆的地壳是由花岗岩构成的，这两种岩石比重的不同导致了大陆和海洋的形成。为什么有两类地壳呢？这是由板块运动造成的。大洋地壳的年龄最老不超过两亿年，而大陆地壳的平均年龄就有22亿年，大陆的平均高度是840米，海底的平均深度是3700米。大洋地壳是不断产生的，而大洋地壳的主体是地球历史早期的产物。洋、陆地壳和上地幔的顶部连成岩石圈，坐落在软流圈上，轻的浮上来，重的沉下去，这就形成了海洋。海洋中有大洋中脊即山脉，岩浆流出来，往两边堆出了玄武岩，俯冲到俯冲带，形成海沟，马里亚纳海沟就是一个俯冲带。

汪品先院士还说，世界上最大的山脉不在陆地上，而在海洋中，最典型的是大西洋中脊。全球总长6万千米的大洋中脊是地球表面最大的山脉。岩浆从大洋中脊里涌出来，形成新的大洋地壳，往两面推动，大洋地壳逐渐增大。最大的滑坡也在海底。小的海底滑坡会引起工程事故，冲击毁坏石油钻井、海底管道和海底电缆。大的海底滑坡会引起海啸，巨浪冲击到岸上几十千米处，造成重大的灾难性后果。

汪品先院士在《必须要推进东方文化和现代科学的结合》一文中提到，20多年前他主持南海国际大洋钻探时，发现世界大洋有几十万年的碳循环长周期，于是给一家国际学报投了稿。一位匿名评审人认为此稿论题不妥，认为作者应该讨论区域问题，而不是全球问题。最后，文章当然还是发表了，但这句评语至今还让汪院士耿耿于怀。"凭什么我只配讨论区域问题?"他问道。他在文中说:"'海洋如何产生'是地球科学的头号问题,国际大洋钻探曾经花20多年时间钻探北大西洋,得出了海盆张裂模式,作为全球海洋成因的标准。然而,大西洋不能代表全球。我主持'南海深部过程演变'研究大计划,探索南海成因,进行检验,在三四千米深海的12个站位打深井,取上来300多米海盆张裂时的岩浆岩,结果发现大西洋模式在南海并不适用。南海的大洋钻探发现:气候长期变化的驱动力在低纬度地区,不在大西洋;西太平洋是两亿年来的板块俯冲带,和大西洋的岩石圈大不相同,所以南海的张裂机制属于另外一种类型。在各门基础学科中,地球科学的特色在于地区性。谁也不可能一口气研究整个地球,总得从某个地区着手。"

由此可见,大陆和海洋不同比重的岩石构成和地壳运动造就了海洋。海底和板块还在不断移动。但各地区的地壳运动是有差别的,没有一个普适性的模式。

历史和现实告诉我们,海洋与我们的过去、现在和将来的联系是那么紧密,它会带来灾难,也会带来各种资源、各种便利和各种环境变化。海水送来了湿润,海风送来了暖流或清凉。离开了波澜壮阔的海洋,我们将无法讲述世界历史和中国历史;我们将无法解释国家版图的形成,包括几千年的文明发展、国家兴衰、侵略和反侵略战争、殖民主义和民族独立;我们将无法理解现在多数国家为何会如此重视海洋。

可以说,全世界的目光越来越投向海洋。当然,各个历史时期,对海洋的探索目的和诉求是不一样的。开疆拓土、进行殖民主义扩张和增进国家之间的往来、进行贸易是两大目的。前者是军事侵略，是掠夺和奴役；后者是和平相处，是合作和共赢。这些都是在海洋表面进行的。而现在，人们更多地关注深海，关注海的内部和海底。

因为那里蕴藏着丰富的资源和奥秘，深海诱惑促进了海洋科考技术的发展，人们越来越频繁地挺进和探索深海——被称为地球最后边疆的疆域。它表面上看起来是一片长夜难明的静穆，实则充满着生命和自然的律动。

人类与大海之间，不仅仅是征服与被征服、欣赏与被欣赏、想象与被想象的关系。大海的浩瀚、气势、神秘、生命力和破坏力，深深地打动着我们。它给予了我们许多，也给我们带来了灾难：2022年1月汤加海底火山爆发造成的海啸，无情地摧毁了沿海城镇的一切，令人震惊和恐惧。

横扫一切的地质灾害的袭击，让人们猝不及防，深受其害。人类在这种天灾面前，显得无比弱小，不堪一击。尽管这样，我们还是离不开海洋。海洋如此博大，如此壮阔。已知和未知叠加在一起，都证实了人类和海洋之间有着无法挣脱的、千丝万缕的联系。古往今来人们对海洋的不断探索，到了孜孜不倦的地步，海洋引起人类深深的共鸣和敬意，人类的心灵和情感融入碧波之中。

那里对我们而言不是遥远的异乡，而是生命的起始之地。

海底深渊孤寒、静寂，然而又富有生机。"载人深潜英雄"叶聪曾充满诗意地描绘道："妙不可言，是另一处生机勃勃的家园。"

中国人和海洋的关系源远又深密。

许倬云先生在《万古江河》一书中提到，中国古代核心文化区的东边和东南边，从北到南是一条沿着黄海、东海、南海的沿海地区。日本列岛、琉球群岛，以及从台湾岛开始往下的一串岛屿形成的一条岛链，和中国沿海的陆地，封起了一条内海。内海两岸，无论沿海居民还是岛屿居民，一直在不断地移动，不知哪里是起点，哪里是终点。沿海陆地上的居民，无数次移向海岛；海岛上的居民，则借着洋流和季风，不断地南来北往。内海两岸的居民，常常跟着洋流追逐鱼群，以打鱼为生。沿海地区的海洋民俗风情、民间海神信仰、海防文化、盐文化等，也是中华文明的重要组成部分。

汪品先院士认为，西方文化和东亚文化，正是当今世界多种文化中的两大主流。东亚文化的主体在中国，中国一旦成为科学创新的基地，就必然会产生出自己的学派。他呼吁要重建创新的文化自信，促进科学与文化的融合，营造创新气氛，强化华夏振兴的软实力。汪品先院士的这一看法和许倬云的观点不谋而合，一个是从科学和文化融合的角度来论述，一个是从历史的角度来阐释。殊途同归，集中于一点：在海洋文化上，中国具有悠久而深厚的历史传统。

在古代以及晚近的历史上，在漫长而宽阔的亚洲海岸上，海上商业和移民活动在商品与文化的传播过程中扮演了重要的角色。海上交流活动（以及这种活动的偶尔中断）对中国文化的形成起到了重要的塑造作用，同时它也使中国的文化和观念得以通过亚洲的海上航路广为传播。

中国东南沿海地区，从长江三角洲到珠江三角洲，水道成网，城镇密布，人口众多，生活富足，是中国的经济重心，也是中国的海道出入口。海上丝路的港口城市送出中国的丝绸、瓷器、茶叶、药材，迎进琉璃、香料、宝石、胡椒。中国从这些东南出入口，长期汲取了亚太地区的贸易利润。近代西潮将中国文化带入现代世界，其影响巨大而深刻。中国走进世界，最早是通过海路。东南沿海驶出去的船只犹如西北丝路上响着驼铃的骆驼，联结了中国与近代世界。

有人说，中国以长城为标志，是一个封闭的内陆国家。这一论点是不全面的。长期以来，中国的文化中心在黄河一带，在黄土高坡的西北，秦腔、燕歌激昂慷慨。秦国崛起于牧马，说明那时的西北水草丰美。黄河流域孕育了日出而作、日落而息的农耕文明。沿海地区则有船夫竞渡的鼓声和挺立的帆叶，涛声和海风夹杂，形成了海洋文明。中国文化是内陆文化和海洋文化相融合的混合文化，呈现出阴柔、温和、阳刚等诸种格调杂陈的特色。

中国历史上，第一支真正意义上的海军出现于春秋晚期，吴国夫差为王之时。吴国在太湖练就的一支水师，有几百艘被称为大翼、中翼、小翼的兵船。约3万水兵组成的吴国水师曾浩浩荡荡从太湖出发，经长江到达夫差挖掘的邗沟（今京杭大运河的重要组成部分），至济水出海，从海上攻打齐国。驻扎在邗城（今江苏扬州）的步兵、车马兵则经鲁国夹攻齐国，齐军大败。夫差在黄池会盟时称霸。穷兵黩武埋下了灭国的祸根。

此后，中国人持续探索海洋。唐宋时代中国成为世界一流的航海大国。600年前，明朝的郑和七下西洋，海上丝路发展到了一个巅峰。1987年在广东省阳江海域，发现了一艘古沉船，是南宋初期一艘向外运送瓷器过程中失事沉没的古沉船，距今800多年，深埋在海底23米之下，被命名为"南海一号"。至2007年，"南海一号"被整体打捞出水，出水文物达18万件。文物以瓷器为主，都是高质量精品。可见当年海上丝路的盛况。

明末以后，奉行闭关锁国的政策，桅杆超过规定的高度则禁止出海，海上贸易骤减。但渔民被允许以南海各岛礁为据点，进行捕捞作业。此后很长一段时间，中国无暇顾及海洋的开发和探索。

直至1959年1月，为贯彻中国第一份海洋科学规划《中国海洋的综合调查及其开发方案》，综合性海洋研究机构中国科学院海洋研究所应运而生。

在1959年召开的中国科学院工作会议上，中国科学院秘书长裴丽生对海洋开发的未来做了热情的展望："人类真正利用地球2/3面积的时代还在后面，现在对深海、远洋的开发还是初步的……相信海洋的充分利用就在不久的将来。"在报告中，裴丽生还提到了对海洋调查船及"海洋生物的考察设备"应予以留意。不过在当时的经济与科技能力下，这些还只能是模糊的远景设想。

穿越深邃海水的覆盖才能观察到的马里亚纳海沟，全长2 550千米，最深处的海渊深度达到1.1万米左右（后经中国下潜人员测量为10 909米），相当于7.2座泰山（海拔1 532.7米）的高度。如果把世界最高的山峰珠穆朗玛峰（海拔8 848.86米）放到沟底，峰顶离海面还有2 060米。

马里亚纳海沟的最深处又被称为"挑战者深渊"。中国人到达这里之前，只有屈指可数的几个外国人曾冒险潜入这片无比深邃的海域，观赏到地球地质运动所带来的这片奇观。海洋研究界曾经普遍认为，这是一片纯粹的、永恒的黑暗，是地狱般的地方，没有可能存在生命。

人们对地球上隆起的最高山峰发起冲刺时，海洋下的深渊则要寂寞得多。人们可以在浅海潜水，但没有人能够凭借一己之力，穿着包括面镜、脚蹼的潜水服到深达七八千米乃至万米的沟壑下潜游。

"因为它在那里"

先行者是凭借着深海载人潜水器来到马里亚纳海沟的底部的。这里的海水是永恒的黑色、灰黑色或青黑色。这里完全黑暗，温度低，含氧量低，气压巨大，是地球上环境最恶劣的区域之一。

深海是一个闻所未闻、难以想象的世界，而这个世界居然是符合逻辑的。没有光线到达的这片幽暗，是真正的宁静之地，仿佛一个宇宙般的异次元空间。

海洋深处，下着没有止境的海雪。它的成分是浮游生物的残骸、鱼类的排泄物、某些动物蜕下的外皮和浅海植物（如水草、藻类、种子、椰子壳等）。它们最终都会分解成残渣，变成碎屑，在永无止境的回旋中，飘落到深海，成为深海一部分生物的食物。在更深的海域中，周围的海雪飘落得更快了，就像是一场又一场水下的流星雨。

对这里的"居民"而言，深海是它们的生活环境。在这黑暗和无情的深度，没有过去，也没有将来。这里有热液喷口，在喷出的几百米高的高温海水中，生物丰富。这里极有可能是孕育人类的母体，见证了这颗星球生命的起源，以及生命产生时的奇妙。深海所攫取的，不仅仅是废弃物，还有二氧化碳。海藻占据单位海洋生物总量的98%，地球上70%的氧气都来自海藻，如果没有它们，我们将无法呼吸。

19世纪中期，科学家都还相信深海是没有生命的，因为当时科学家根本没有能力到达深海。倒是一些科幻作者，在大胆地想象大海深处有丰富多彩的生物，甚至有陆地上早已灭绝的史前动物，它们深藏在海底甚至地心。随着科学的发展，人类搭乘潜水器来到大海深处，这才发现深海竟然确实有生物，而且品种繁多，甚至有比较大的动物。

最早到达马里亚纳海沟的是一个美国人和一个瑞士人，他们于1960年1月23日驾驶"的里雅斯特"号载人潜水器成功坐底马里亚纳海沟，创造了人类深潜的世界纪录。潜水器的窗户外面是无际的黑暗和万古的沉寂。潜水器射出的黯淡光柱下，荒芜一片，沉积物飞扬起来，云山雾罩似的。他们几乎什么都没看到，在沟底待了20分钟就上浮了。但不管怎样，这是人类第一次到达这颗星球海洋的最深处，被称为地球第四极的所在。

此后的半个多世纪里，再也没有人深潜到这个极地。相比之下，当时踏上过月球表面的航天员已达12人了。

直到2012年，加拿大电影导演詹姆斯·卡梅隆进行了一次马里亚纳海沟之旅。卡梅隆曾经拍摄过两部与深海有关的电影，一部是科幻片《深渊》，另一部是海难片《泰坦尼克号》。后者凄美的爱情故事和电影音乐，给中国人留下了深刻印象。

卡梅隆计划到地球第四极探险，这恐怕与他的深海情结有关。他驾驶的一台万米载人潜水器，名为"深海挑战者"号，是由澳大利亚一家私人公司建造的，卡梅隆自己支付了部分资金，其他资金来自商业赞助。他一再宣称这是一次科学考察，但从潜水器的设计方式来看，拍摄电影才是他的主要目的。潜水器上安装了两台3D高清摄像机和一台庞大的照明设备。他也想破一次纪录，以扩大自己的影响。科研只是附带的项目。他在拍摄两部电影的过程中，积累了一定的深海知识，对1960年"的里雅斯特"号深潜马里亚纳海沟的经过也做了深入的解剖。

这台载人潜水器有一个显著的特点：形状像一根圆柱。有人戏称它是一支巨型的雪茄。它的顶端略呈锥形，能减少海水的阻力，加快下潜速度。它的直径只有1.1米，仅能容纳一人，而且只设一个观察窗。这与后来中国研制的万米载人潜水器比起来，显得非常粗糙和简陋，但卡梅隆勇敢地乘坐它深潜了。

最终，卡梅隆只用了两个多小时，就成功地下潜到马里亚纳海沟，比"的里雅斯特"号的下潜速度快了一倍。但是在下潜过程中，重压之下外壳严重变形。潜水器坐底以后，冲击力使得摄像机和机械手出了故障，12个推进器坏了11个，导致潜水器原地打转，失去了前进的驱动力，原来设定的科考项目难以进行。卡梅隆本来也无意于科研。沟底一片黑暗，笼罩着厚重的阴郁气氛，阒寂无声。深海生物稀稀落落，有些发光的东西如萤乱舞。没有看到结核矿，只有厚厚的沉积物。有的地方喷着一股热气，冒着一串串水泡，这里其实是热泉（当时还没有这个名称）。但卡梅隆幸运地没有靠近热泉，因为热泉涌出的水温度极高。卡梅隆对这些兴趣不大，他不是下来科考的，对这方面没有特别注意。

卡梅隆自带摄像机，透过观察窗，拍摄了一些镜头，这些镜头显示了一个令人好奇的海底世界。画面上是黑暗和静寂，峭壁影影绰绰，平坦的海底如死水一般，沉积物大量扬起。他把探险的全过程，包括潜水器的外形、下海的过程、设施的损坏、舱内的情况，用摄像机自动拍下，后来剪辑成一部纪录片，这部纪录片轰动一时。这是世界上第一部记录深潜的纪录片，吸引了无数人观看，并引起了人们对深潜的兴趣和向往。

以上这3位深海探索先驱者并没有真正进行科研作业，他们的主要目的是创造一个纪录、拍摄一些照片、摄录一些画面。这些对他们来说已经足够了。

正如登山家乔治·马洛里所说的"因为它在那里"，这条最深的海沟还是继续引诱着人们去探访。

2018年，美国富豪维克多·维斯科沃建造了第3台万米载人潜水器"深潜限制因子"号，这台潜水器具备了比较强的深海作业能力。维斯科沃是美国退役军官，一个极限运动爱好者，曾经登上过七大洲的最高峰，包括珠穆朗玛峰，在南极和北极滑过雪，但他并不满足。他还有一个未遂之愿：去探测地球上最深的海底。

维斯科沃从军队退役后在金融界寻找机会，他敢打敢拼，赚到了大钱，终于有能力实现深潜的梦想。据说他花费巨资，委托总部位于佛罗里达州的海神潜艇公司，用时数年制造了一台载人潜水器，命名为"深潜限制因子"号。这台潜水器在设计风格上和后来世界上最著名的载人潜水器之一"阿尔文"号极为相似，只是体积略小，仅能容纳两人。

2018年12月，维斯科沃独自驾驶"深潜限制因子"号载人潜水器下到了位于大西洋海平面以下8 376米处的波多黎各海沟。之后，他又相继下到了南大西洋7 434米深处的南桑德韦奇海沟、印度洋7 192米深处的爪哇海沟和北冰洋5 550米深处的莫洛伊海沟。2019年4月，他成功下潜到自己期待已久的超过万米之深的马里亚纳海沟。这位富翁成了深潜过地球上主要海沟的第一人，这位极限运动爱好者的过人体质和应变能力可见一斑。

"深潜限制因子"号比导演卡梅隆的"深海挑战者"号的寿命要长得多，后者受损严重，深潜结束后，再也没有使用过，而是直接被送进了博物馆。

维斯科沃的"深潜限制因子"号在潜入马里亚纳海沟之前，下潜了多次。潜入马里亚纳海沟的这一次，维斯科沃特地带上了科学家，一同探访了海底的一些奇观，如热液喷口、海底岩洞等，还通过设备采集了一大批深海物种，从中发现了40多个新物种，这是一次真正意义上的科学考察。

这次科研探险结束后，维斯科沃意犹未尽，又邀请了一些名人，几次潜入马里亚纳海沟观赏海底景观，其中包括女探险家凯瑟琳·苏利文和凡妮莎·奥布莱恩。前者是美国首位完成太空行走的女航天员，后者是登顶过世界第二高峰的美国女登山家。一系列深潜的成功，使维斯科沃萌生了以此赚钱的念头。他打广告招揽生意，任何人只要出资75万美元，就可以被带到地球海洋最深处的马里亚纳海沟游览一番，可惜至今无人拿出这笔钱跟他下潜海底。而渴望到太空一游的人却并非个别，商业载人航天的发展势头要远远好于商业载人深潜。

可以看到，到达马里亚纳海沟最多次的是美国人，少有其他国家的踪影。美国、俄罗斯、日本、法国等国家在5 000米、7 000米级的深海科学研究方面一直处于世界领先地位。

这些国家的政府、研究机构、军方人员或个人频繁地驾驶潜水器沉入海平面以下二三千米、五六千米，乃至7 000多米进行深潜活动，并同时钻探海床，测量大洋深度、盐度、水温、酸碱度及洋流数据，发现和研究深海生物等。

中国作为大国，在国力还比较弱的情况下，在自主研发、自主设计、自主建造的基础上，于20世纪60年代成功试爆原子弹、氢弹，于70年代发射了第一颗人造地球卫星东方红一号。这些大国重器提高了中国的国际地位，也有效地打破了核垄断和核讹诈。但是在深海载人潜水器方面，中国起步得很晚，直到2002年才真正开始研发。然而，我们弯道超车，用了不到20年的时间，成功研制了"蛟龙"号、"深海勇士"号、"奋斗者"号这3台载人潜水器，完成了载人深潜跨越式的三级跳。

　　此前，中国由于科技力量的薄弱，没有能力和实力研制大深度载人潜水器，但已经开始探索海洋潜水器，并有了一定的技术积累和沉淀。

2

"我这辈子只做了一件事"

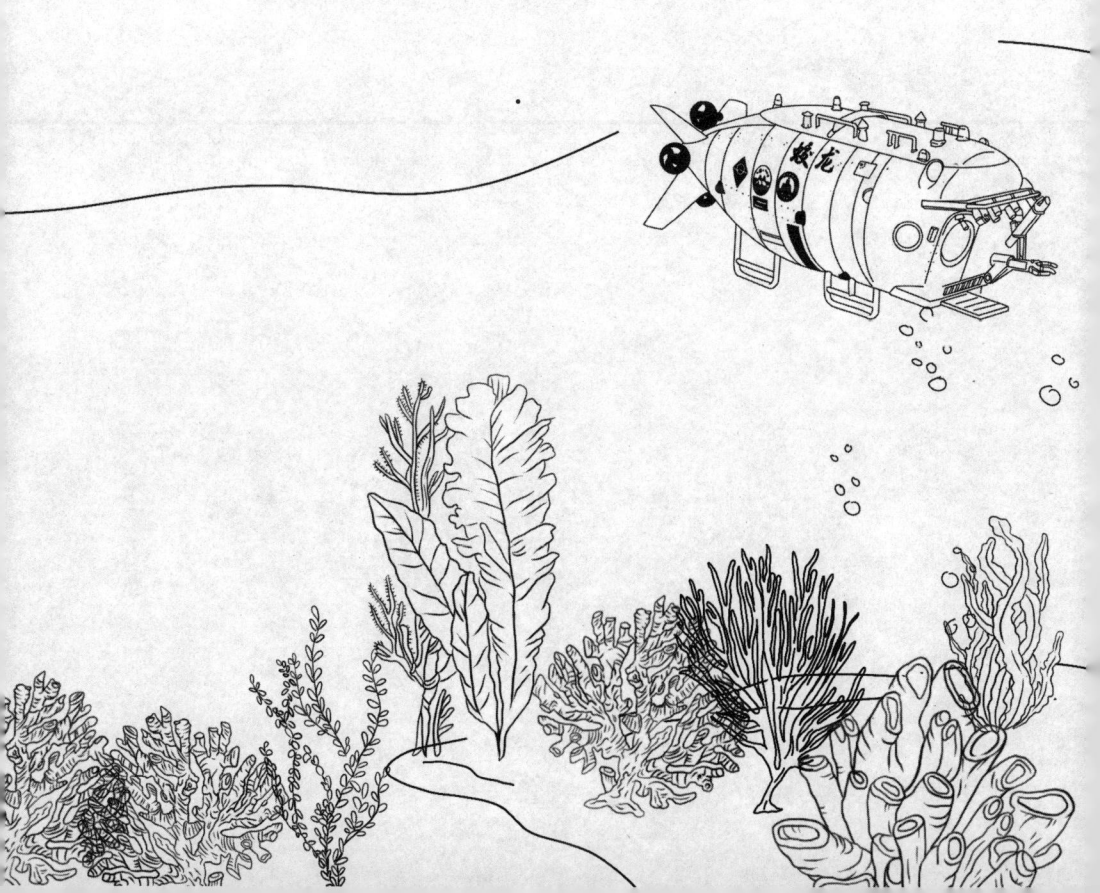

无锡云水澄明、婉约柔静的太湖附近，有一处僻静的山坳，七〇二所就建在这个地方。

这里的厂房和大楼都掩映在浓郁的树木中，显得有几分神秘。它背靠一座名为玉龙山的山坡，翻过这座只有200多米高的山，就是浩瀚的太湖，因而在研究所可以听得到太湖的呼吸，闻得到太湖清新而湿润的水汽。这里与太湖近在咫尺，水源充足，是个研究船舶的理想的地方。

1951年七〇二所建立于上海黄浦江畔，主要从事船舶及海洋工程领域的水动力学、结构力学、振动、噪声、抗冲击等相关技术的应用基础研究，以及高性能船舶与水下工程的研究设计和开发。1965年总部搬迁至无锡，设有上海分部和青岛分部。

70多年一晃而过，七〇二所为我国船舶和海洋工程事业的不断发展做出了奠基性的贡献。

七〇二所成功研制了大深度载人潜水器、掠海地效翼船、小水线面双体船、水翼船、援潜救生设备、Z型全回转推进器、高速游艇、水上游乐设施、环保型保温棉生产线，以及以蓝藻打捞和处理、生态清淤装备为代表的水环境治理装备等系列产品。七〇二所为我国船舶和海洋工程事业及地方经济发展做了大量非常有价值的研究，许多科研成果已转化为产品，或应用于船舶设计、建造和标准规范的编制中。

七〇二所是中央企业的下属单位，虽然它不属于江苏省和无锡市管辖，但毕竟设在无锡，职工中有不少无锡人，外地人更多。对许多人来说，故乡有两个，一个是生长之地，一个是成长之地。许多外乡人出了校门，就来到无锡太湖边，集体宿舍也在附近。慢慢地，他们也和本地职工一样，散居在无锡各个住宅小区，成了这座城市的新居民。

徜徉在无锡悠闲又不失繁华的街巷，流连于明丽柔美的太湖、大运河风景，出入商场餐馆，接送孩子读书，不知不觉就融入了这座富有温情和诗意的水乡城市。他们在这里扎下了根，能听得懂吴侬软语，也适应了江南特色的民风民俗，不少男青年娶了当地的女子为妻，当然也有女青年嫁给当地男性。

无锡作为成长之地，已成为他们的第二故乡。他们的习惯和眼界，也有了这座满城弥漫着花木气息的古城特有的清铄之气。

无锡一些企事业单位常组队赴七〇二所参观全国爱国主义教育基地——深海技术科学太湖实验室（以下简称"太湖实验室"）装备广场、展示厅、大型耐波性操纵性水池和综合展厅，听取叶聪等七〇二所领导或专家做关于中国载人深潜精神的专题报告。《无锡日报》《江南晚报》等本地新闻媒体非常关注七〇二所取得的科研成果，经常跟踪报道宣传。无锡人对七〇二所的状况已耳熟能详。

走进七〇二所大门，宽大的广场上3台完全按照原样复制的载人潜水器模型赫然在目，成为该所令人瞩目的一道亮丽风景线。这

3台模型所有的细节都做得十分逼真。如果不说明，首次走近模型的人可能会误认为它们是真家伙。

几乎所有进入七〇二所办事或参观的人，都会在3台模型前驻足拍照。

是的，这3台代表我国不同历史阶段深潜探索水准的载人潜水器，都是由七〇二所设计并参与研发和海试的。它们的基本结构相似，但在一些重要部件的规格、品质方面有显著的差别，大小也不一样。7 000米的"蛟龙"号自重22吨，体形小于"奋斗者"号，大于"深海勇士"号。"蛟龙"号是我国首先研发的深海载人潜水器，历经艰巨的摸索和一次次的失败，经过长达10年的时间才研制成功，可以说十年磨一剑。研制成功后，这台潜水器又经过循序渐进的海试过程：600米、1 000米、3 000米、5 000米、7 000米，步步深入，步步惊心。整个研发过程是一个系统工程，全面记录了中国深海载人潜水器"蛟龙"号走过的艰难历程。"蛟龙"号是中国深潜取得重大突破的一个标杆。但这并不是说，"蛟龙"号成功后，后来的"深海勇士"号、"奋斗者"号的研制就轻松了。

这条探索之路任重而道远，目标是清晰的，但并不平坦，而是弯弯曲曲、沟壑纵横。参与开拓创新的团队蓦然回首，身后这条踏过的路让人悚然一惊而又扬眉吐气。

"蛟龙"号通身是白色的，只有顶部被漆成红色，头部有一个很突出的"帽檐"，主体的横截面近乎圆形。4 500米的"深海勇士"号体形最小，自重只有20吨，主体同样是红顶白身，横截面近似方形，头部扁平，"帽檐"被去掉了。11 000米的"奋斗者"号体形最大，自重达36吨，主体被漆成绿色，加上橙色的顶和白色的边，华丽而时尚，有种英姿焕发的气质。

"奋斗者"号10余次抵达过地球海洋最深处的马里亚纳海沟。这条被人认为难以到达的沟壑，对于"奋斗者"号的潜航员来说，已经是一片熟悉的风景了。中国自主研发的这台深海载人潜水器是目前世界上最为先进和最为优良的载人潜水器之一，体形比另外两台大了一大圈，横截面是纺锤形的，"帽檐"比"蛟龙"号的更大更圆。

"蛟龙"号和"奋斗者"号的外形有很大不同。2022年5月8日，"奋斗者"号总设计师叶聪在中央电视台《面对面》节目中说，"蛟龙"号基本上是圆形的，但"奋斗者"号是鸭蛋脸，近似长方形，很皮头（北方话，耐用、结实的意思）。因为所承受的压力不同，"蛟龙"号的下潜深度是7 000米，"奋斗者"号的下潜深度超过1万米。

人们戏称它们为"三兄弟"。"三兄弟"在不同的海域深处进行科学考察和探索，在同类型载人潜水器中，都处在世界领先的位置，尤其是万米的"奋斗者"号。作为国之重器，它们使得中国在落后国际先进水平50年的差距下，从跟跑者变为领跑者，进入深海探索的前列。它们如长鲸入海，寂寥的深海如果有灵性的话，一定会感到惊讶，中国人创造了让世界震惊的奇迹。

而这奇迹的背后，站着一个为之奋斗了一辈子的人，他就是中国工程院院士、七〇二所深海潜水器技术专家徐芑南。他为潜水器奉献了毕生的心血和精力，晚年迸发出惊人的爆发力，为铸就3台载人潜水器倾心倾力，居功至伟。徐芑南以顽强人格、求索精神和爱国情怀，使我国潜水器技术得到了突破式、跨越式的发展。

当然，这3台潜水器的成功制造，不仅是徐芑南个人的贡献，而且是在科技部、国家海洋局的主持下，众多研究机构和制造工厂分工协作、共同奋斗的硕果。许多科学家、研究人员和技工在研制过程中呕心沥血、各尽所能，付出了艰苦卓绝的努力，推进了中国深潜事业和海洋文明的发展。

但是，徐芑南不愧为其中的灵魂人物，中国潜水器的开拓者和奠基人。

徐芑南是我国第一批为深海开发培养的人才之一，1958年从上海交通大学毕业后，幸运地成为我国第一批海军舰船装备的研发设计人员。他来到七〇二所报到后，原本设计水面舰船的他被派去做潜艇模型的水动力实验。由此，他的事业从水上"潜入"水下。徐芑南提出想到某潜艇基地当一名舰务兵，从底层的事情做起。他在舰艇上跑来跑去，熟悉潜艇各个舱段的构造。1个月后，他又要求去潜艇修理厂实习。前后历时3个月，他就对潜艇了如指掌了。

徐芑南说，100天不到的实习，使他一生受益匪浅，对工作方式和思维方式的形成大有帮助。他认识到，科研要接地气，要尽量到现场，这有利于发现，有利于开窍。

从潜艇基地回来后，徐芑南便开始主持深海模拟设备及系统（简称"压力筒设备"）的设计和建造工作。

当时某些科技先进的国家对中国实行了技术封锁，徐芑南和课题组成员不急不躁、平心静气地面对难题。但底子实在太薄了，碰到的困难超出想象。有人说，我们搞这些东西，就像婴儿没有长牙齿就啃核桃。不错，这个比喻十分形象。但他们咬紧牙关负重前行，付出了巨大的心力和劳力。

徐芑南凭借美国实验室的一张图片，和课题组成员一起求索。他凡事喜欢较真，日夜埋首于堆积如山的图纸和参考书之中，几案狼藉，废寝忘食。他没有别的选择，只能苦苦翻着资料思索和寻找线索，硬是只用了3年时间就自行研制出我国第一台压力筒设备。

这是中国20世纪60年代初自主研制的第一台国际先进结构形式的压力筒设备。他在圆柱耐压壳强度和稳定性方面的研究成果，被国内广泛应用于各种回转壳体的稳定性研究。

徐芑南从一名普通的舰务兵成长为一名科研专家，从事海洋潜水艇（器）的科研，可以说，他不仅见证而且参与了新中国潜艇科学从无到有的发展过程。中国的潜艇技术在一穷二白的基础上起步，徐芑南一路走来，从案头规划，到设备安装，到试验测试，再到分析报告，成了所里的"多面手"。

20世纪60年代中期至70年代中期，大环境风云变幻，动荡不息，杂音鼓耳，让人难以集中精力钻研。徐芑南有手脚被绑住了的感觉。即使这样，他仍在尽力做他热爱的事情。时代转圜，改革开放使中国人迸发出应有的精神力量。正值壮年的徐芑南来劲了，历史的关键时刻激发了他潜隐了多年的雄心壮志。

20世纪70年代后，随着中国核潜艇驶向大洋，潜水装备也被纳入科研工作。依托国内潜艇的某些技术，海洋无人机器人和载人救生艇的研制同步开展，徐芑南有机会参与其间。可喜的是，不同院所研制的两台装备，均在1986年成功海试，这也成为中国深海探测技术的第一个"大年"，从0到1，有无问题解决了。

此后，中国的潜水装备研发转入了"下蹲"阶段，在资源有限的情况下，集中力量攻坚需求更为迫切的海洋无人平台，利用较为理想的国际环境，引进并充分消化国外先进技术，最终成功研制了6 000米作业型无人潜水器，成果达到了世界先进水平。

20世纪80年代，随着我国海洋工程的发展，对潜水器的需求越来越迫切。徐芑南团队投入多种潜水器的研发，多台潜水器填补了国内空白。20世纪80年代末，作为总设计师，徐芑南带领团队成功研制了300米仿人形常压潜水器、载人或无人双功能常压潜水器、600米重型缆控作业型无人潜水器和6 000米自治水下机器人。20世纪90年代，徐芑南团队创造性地为中国研制出多型潜水器和水下机器人，从浅蓝走向了深蓝。他组织了控制、水声、载体、机械各领域近百名专家和技术骨干，在1 000米无缆水下机器人研发实践的基础上，将自力更生和技术引进相结合，攻克了6 000米深度机器人的设计、制造、联调和海试等方面的一系列难题，1995年完成太平洋5 200米深海功能试验，1996年完成6 000米海试。

1991年，依据《联合国海洋法公约》，大洋协会被核准为深海采矿先驱投资者，在东太平洋获得了15万平方千米的多金属结核资源开辟区。该矿区在5 000多米深的海底，蕴藏着丰富的多金属结核矿。

可是在这么深的海底，要实现批量性的可持续开采，谈何容易？一些具有远见卓识的专家认为，海底世界不能小觑，总有一天会引起一些国家足够的重视，中国有那么长的海岸线，领海面积也很广阔，关注深海现实情况的意识将逐步增强。因此，他们在可能的条件下进行了海洋技术和设备制造的探索。徐芑南说，这10年里潜水器相关技术储备获得了持续积累。这些技术沉淀为后来载人潜水器的研制打下了一定的基础。

20世纪90年代初，当时中国只有缆控的无人潜水器，即用一根电缆拖着一台潜水器进入水下进行探测。因为要同时承担供电和信号传输两项功能，所以这根电缆必须做得非常结实。它就像船只上麻纤维做的缆绳一样，拖在水里阻力很大，笨拙又累赘。对于15万平方千米的海底矿区开发来说，这种无人潜水器显然难以胜任。

当时用于海底调查采样的工具也比较简单、简陋，海底多金属结核矿采样的主要设备是一种抓斗。徐芑南说："这种抓斗不具备定点采样功能，扔到哪里算哪里，抓到啥就是啥。"

大洋协会办公室主任助理刘峰说："当年使用的这种抓斗布放回收一次至少需要 6 个小时，单次采样量约为 0.25 平方米内的多金属结核量，而这就成了计算海底矿物丰富度的依据。"

为改变这种状况，以徐芑南为总工程师的七〇二所团队和封锡盛院士领导的沈阳自动化所团队与俄罗斯合作，终于去掉了缆绳的拖累，研制成了两台 600 米无缆水下机器人。这两台无缆水下机器人依靠自带的电池供电，下水后能够按照预先设定的程序，自主进行水下探测。这相对于抓斗来说，当然是一个很大的进步，工作效率由此大为提高。布放到水里后，这两台机器人会自动下潜到距离海底 5 米至 10 米的地方，通过自带的声呐扫描海底地形，并用自带的照相机对海床进行拍摄，所有数据都存储在自带的硬盘里，完成任务后由母船进行回收。如果使用过程中出现故障，它们会抛掉压载物自动浮出水面。

大洋协会曾用无缆抓斗和机器人调查了 200 万平方千米的太平洋矿区，对多金属结核的矿区资源进行了初步的评价。按照国际海底管理局的规定，接下来大洋协会需要对所获得的 15 万平方千米的矿区进行更加细致的勘探。那么问题来了，仅仅凭借自返式无缆抓斗或机器人是远远不够的，发展载人潜水器进入海底调查勘探亟需提上日程。

徐芑南说："我终于知道我干的是什么，该怎么干了，连看图纸的感觉都不一样了。科技报国是我们这代人的梦想，早日研制出我国自己的深海载人潜水器，向蓝色海洋进军，探测深海的奥秘，是许多科学家的共同愿望，更是我一辈子的梦想。"

他一生最好的时光几乎都是和海洋共存共度的。他说过，中国古代的思想家及哲学家都很关注宇宙和海洋，天人合一是儒家思想，上善若水是道家思想。在谈到道家关于水的哲学时，徐芑南说："我是和水打交道的。我们搞科研的，研究潜水器，实际上是研究水性，研究大海的性格。水是柔性的，但能以柔克刚。做人做事也是这样，上善若水的思想关系到修身、治国、用兵、处世等，是政治旨归，也是人生原则。我们做人也好，做事也好，都要从善意出发，人生是一条柔性的道路……要柔和、宽容地待人，有时还可以让步、妥协，前提是这条道路能通向成功和胜利。"

他是中国通往海洋之路上一个奋力的奔跑者。他是一个柔性的人，在科学面前，保持谦卑的心态，从不满足，从不为取得了一点成就而沾沾自喜。他又是坚忍的，有股韧劲，想做的事，便会做到底。像蜜蜂采蜜一样，只要是花蜜，不管藏得多深，他都决心去采撷。他自己说："我没有什么了不起的，我这辈子只做了一件事，就是研制无人或载人的潜水器。我觉得这辈子无憾了。"

一辈子躬耕于一件事，是水滴石穿、磨杵成针的坚守，是对毅力和恒心的考验。专注于一件事，做到极致。一生只做好一件事，看似简单，却又不简单。做好一件事容易，用一生去做好一件事，真的不容易。

徐芑南获得过国家科技进步一等奖、二等奖，中国科学院科技进步特等奖、一等奖，上海市科技进步一等奖，中国船舶重工集团公司科技进步一等奖、二等奖。可以想象，这些光耀的奖项背后，他付出的辛劳和努力是异乎寻常的。

徐芑南对大海怀有深厚的感情，他生在宁波镇海，那里靠海。近代历史上，发生过一场镇海保卫战，时任宁绍台道道员薛福成是无锡人。晚清中法战争中，法国远东舰队司令孤拔率领的军舰在袭击福建马尾南洋水师后，企图攻占镇海，侵入中国腹地。薛福成作为前敌总指挥，据镇海之险，用智慧和谋略布阵严守，击退了法国人的多次进攻。在一次海战中，猖狂嚣张的孤拔被中国水师的炮弹击成重伤，几天后不治而死。

镇海人对家乡满怀自豪。徐芑南是在海浪和海风中长大的，喜爱的食物也是腥咸的蟹糊、咸鱼干、咸菜，里面是海水的味道。后来他走南闯北，不过镇海人的咸鲜口味是改不了的。参加工作后，他几乎一辈子和海洋打交道。他用他的方式来镇守海洋。

中国载人深潜项目始终萦绕在徐芑南的心头。美国、俄罗斯、日本等海洋大国在载人项目中都取得了骄人的技术成就。1989年8月，日本6 500米载人潜水器完成了6 527米的下潜试验，并长时间保持着这一作业型深海载人潜水器下潜深度的世界纪录。这无疑让徐芑南有一种无形的紧迫感，同时进一步激起了他研制大深度载人潜水器的豪情和壮志。

他希望中国能启动深海载人潜水器的研发，赶上世界先进水平，使海洋科学家有载体去研究、探索深海奥秘和生活在黑暗中的未知的深海精灵。这个念头像藤蔓一样，时时缠绕着他。他望着宁静的太湖，一片深邃的蔚蓝，与他熟悉的大海非常相似。办公场所周围青山如黛、云絮低悬，似搓洗过的天空蓝得透明，这样的景观使他常常想起他的深潜梦。

那年，他56岁了，已经不年轻了。时间快如白驹过隙，转眼就会到达那个终点站了。但他耿耿在心的，仍是希望能在有限的时间内，参与深海载人潜水器项目的启动。一想到载人潜水器，他心里就热乎乎的，因为对中国的海洋探索事业来说，它太重要了。没有它，是无法到深海去丈量那个奇异的水下空间的。他告诉自己，心有所期，就全力以赴。

1992年，七〇二所向国家科委（科技部前身）提出研制6 000米大深度载人潜水器的建议。徐芑南和一些老专家也上书有关领导部门，分析了现状，提出中国应像研发航空航天器那样，立即动手研发深海载人潜水器，他愿意在退休前的这段时间里，做最后的一份努力，向实现"上九天揽月，下五洋捉鳖"的大目标迈进一步。

国家对海洋开发是重视的，但在深海载人潜水器方面起步较晚。当美国、俄罗斯、法国、日本向深海进军，当我们的太空探索脚步急促又稳健，瞄准领先国家紧追不舍时，探索海洋的进程一度显得很迟缓。虽然徐芑南等科学家有强烈的渴望，希望启动研制，但有关决策部门也有自己的考虑。

与深海无人潜水器的蓬勃发展相比，深海载人潜水器的研发愿望频频碰壁。1995年，东太平洋作业现场，欢呼的人群中一位老人略显落寞，他刚刚接到国内来电，大深度载人潜水器的立项努力又一次失败了，这意味着来年开始的第九个五年计划期间，这一项目也将很难获得支持。这位老人就是徐芑南。他知道，美国的"阿尔文"号深海载人潜水器已下水31年，法国的"鹦鹉螺"号深海载人潜水器已下水11年，俄罗斯的"和平"号深海载人潜水器已下水8年，日本的"深海6500"号深海载人潜水器已下水6年。

显然，中国的深海载人潜水器制造技术已远远落后于世界先进水平几十年。大深度载人潜水器和几百米的浅海载人潜水器是两个完全不同的概念，壳体材料、技术结构、声呐系统、浮力材料等完全不同。说当时的中国在这方面几乎是一张白纸并不为过。

为什么深海载人潜水器在国内一度毫无进展？究其原因，有技术上的，也有观念上的。这是一个高科技项目，涉及多门类科技的挑战。20世纪八九十年代的科技水准受到很多限制，包括制造业的薄弱基础、关键技术引进受制于人的窘迫，以及组织经验和知识缺乏的无奈。另外，20世纪90年代的中国经济，还不足以支撑对载人深潜的需求。因此，当时要研发深海载人潜水器是极其艰难的。决策者下不了这个决心，总觉得如孵化小鸡，温度若远远不够，小鸡怎能独自啄壳，毛茸茸地活着走出来。有人问：人造卫星都能上天，为何还入不了海？这是两码事，不能相提并论，而且两个拳头都举起来使劲做事，是比较难的。所以，在比较长的一段时间里，国家没有力量将深海载人潜水器作为一个领域、一个项目去研究开发，结果自然就落伍了。

对海底世界的兴趣是有的。徐芑南说："我们在1992年就提出要搞中国的载人潜水器，各路专家经过了10年的论证。"他介绍说，实际上，有些部门早在20世纪70年代就对海底发生了兴趣，一是因为海军的要求，二是因为在渤海湾发现了大油田。但无论是军用救生艇作业还是渤海湾油田勘探，都是浅海操作，用不着几千米、上万米的深海潜水器，因此当时对深海勘探、探索技术的需求并不那么强烈。

时不我待，徐芑南已年届花甲，即将退休，可他还没有得到有关深潜项目的好消息。他一时无法圆梦了，丝丝伤感潜入心底。他不是戚戚于无名、汲汲于富贵的人，对这些他看得很淡。对他来说，人生最曼妙的风景，就是对事业的追求。1996年，徐芑南的职业生涯到站了，疾病缠身的他办理了退休手续。

1998年1月，他和夫人带着落寞移居美国旧金山调养身体。在唐人街和海边的人群中，常能看到徐芑南的身影，谁都不知道他曾经是叱咤风云的中国"潜水器之父"。俗话说，解甲归田，徐芑南已经归田，但并未完全解甲。

他身在旧金山，心里还想着潜水器，也常读带来美国的专业技术方面的书籍，有时看了一会儿就陷入沉思，沉思了一会儿，脸色开始荡漾，有种豁然开朗的感觉。他有种第六感，中国深海潜水器计划可能很快会启动，这个预感应验了，但他绝对没有想到的是，他会重返岗位，并且唱起主角。他的人生会达到一个新的高峰。

幸运的是，历史的机缘并没有放弃这位一辈子痴迷潜水器的老人。

有人无奈离开，也有人咬牙坚守。徐秉汉与吴有生，七〇二所走出来的两位院士，在"九五"计划期间年复一年地申请呼吁。2000年前后，海洋矿产资源的勘探申请必须要有载人潜水器配套，这一新规使中国载人深潜的推动者看到了极大的希望。在现实需求的驱动下，载人潜水器重大专项终于列入"国家高技术研究发展计划"（即"863"计划），科技部于2002年6月正式批复立项。项目终于有了，可是人却跑光了。领到研制任务后，吴有生发现七〇二所在岁月蹉跎中，人员流失已经到了凑不起总师班子的地步。吴有生想到了徐芑南这位研发潜水器的老兵。

2001年1月下旬的一天，金门公园的旧金山植物园里，樱花本来要3月开的，大概是因为气温较高，提早开了，开得轰轰烈烈，红白交织，有一种梵高式的浓烈，就像鲁迅形容上野樱花的烂漫那样："望去确也像绯红的轻云。"

那天，在美国旧金山的家中，徐芑南接到来自中国无锡的越洋电话。电话是中国工程院院士、七〇二所前任所长吴有生打来的。

他告诉徐芑南："老徐，7 000米载人潜水器可能要正式立项了，已论证了好多次，我想来想去，决定请你回来，这个总设计师非你莫属。"

"真的吗？这太好了，这是我来美国这些年，听到的最好的消息。"徐芑南接听吴有生的电话时欣喜若狂，这是他来美国后，最为高兴的一刻。他在电话里说："总设计师当不当无所谓，只要让我参加就行。老吴，你知道的，为了这事，我憋了好多年，还写了报告。报告底稿我都带到美国来了。"他拿着话筒的手忍不住哆嗦起来。

"知道，知道。我怎么会不知道呢？这可是你一生的追求。"吴有生动情地说。

徐芑南的夫人方之芬后来回忆说："当时搁下电话，老徐一个劲儿地说，来不及了，要赶快回所里去。他急切得恨不得连夜要去订机票，他不想让自己的有生之年留下遗憾。可是，他没有想到的是，家人全都反对。他们有他们的理由：当时老徐已经退休5年，身患心脏病、高血压、偏头痛等多种疾病。回国担任这么大项目的总设计师，身体健康的人恐怕都扛不住压力，更何况一个疾病缠身的老人。"

方之芬有些心疼他，对他说："你又得到海里去，你又要把自己的衣服弄得湿淋淋的了。你知道吗，你已经退休了。现在要去挑更重的担子，日夜奔波，你行吗？"

他点点头说："行，老兵新传，我愿意到海里去，大海需要我，国家需要我。"

是的，研制载人潜水器，是他多年来怀抱的一个理想。就个人而言，他要圆这个梦；为了国家，他要为研制载人潜水器竭尽全力，付出他的余生。他没有犹豫，更没有推却。

徐芑南对素来最懂自己的老母亲说："您是知道的，我一辈子的梦想，就是为国家造出最好的潜水器。只要思考潜水器的问题，我的头就不痛了，不思考就一直痛。现在国家需要我，我如果推辞，到死都不会安心，我退休的最后的日子会在懊悔和懊恼中度过。您让我回去吧，我要接下这个任务，这是我最后的机会。这次失去了，今后就不会再有了。"

年近九旬的老母亲同意了："你把话讲到这样，我晓得八头牛都拉不住你了，你去做吧，不让你去做，你会生病的。"

于是，带着创造"中国深度"的梦想，徐芑南回到了七〇二所，一同归来的，还有他的夫人方之芬。方之芬毕业于华东理工大学，和徐芑南一起回国后，也参加了课题组，既当助手，又当护工。

徐芑南感慨地说："夫人带给我的不仅仅是家庭的温暖，还有研究过程中的扶持和协助。"

方之芬说："他这个人，没有什么爱好，只喜欢自己的专业，其他的他都不在乎。只要为国家做出潜水器，他这辈子就感到欣慰了。不管病有多重、人有多累，只要一提到潜水器，他就会精神抖擞。要是离开了潜水器，他就像丢了魂一样。"

从美国回来的时候，方之芬准备了许多速效救心丸，每次和徐芑南出门时都带在身边。她说："那时他有心脏病，严重的时候，他的心脏早搏一天16 000多次。每天夜里，只要听不见他的呼噜声，我就会非常紧张，赶紧起来摸一摸他的心跳。"

夫妇俩把家安在了七〇二所陈旧狭小的老宿舍楼里，一住就是10年。徐芑南的心脏病时常复发，他成了上海华山医院的常客。每次住院，医生都要求他至少住两个星期，可每次病情稍有好转，他就悄悄地溜出医院。

徐芑南知道，他等不起，深海载人潜水器的研发进度更等不起。

回国前，他去了红色的金门大桥，久久凝望着波澜壮阔的大海。大半辈子，他都是与大海相伴的。他就是个搞科技的渔夫，潜水器就是他编织的网。

大海点燃了他的人生理想和热情。每每乘船在海洋上疾行，海洋深沉、辽阔的景象和桀骜、澎湃的性格，让他常常感受到无法用言语形容的那种怦然心动。海底下有许多未知的谜团等待揭开，就像头顶上的宇宙一样。这颗星球上最广阔疆域的无穷魅力，让他着迷。

他本想安度晚年，集结号却吹响了，他要归队了。新的使命让他内心兴奋不已，又有少许忐忑不安。

他知道要研制出超越美国、日本、法国等发达国家的深海载人潜水器，是一项非常艰巨的任务，是一项涉及多种学科的系统工程，我国的技术基础和技术积累又相当薄弱。在科技道路上，历来没有捷径可循。

他参与打造的是一个全新的领域，面临的是一个个新的课题，要攻克的是一道道的难关。他真的无法说得清楚这段路有多长，有多难走，能做的只是一步一步走下去。

徐芑南的学生叶聪说，深海探索是人类的重要课题，下潜到海底的难度一点都不亚于太空探索，深海技术和航天技术都属于非常尖端的高科技。从飞行员向航天员的转变，被苏联航天员列奥诺夫形象地称为"上天的阶梯"。那么对于深潜技术人员来说，"下海的台阶"也同样难以铺设。

深海潜水器正式立项后,徐芑南先前的技术突破和积累,被公认为能为深海载人潜水器的研发技术打底,这些技术是徐芑南用心血和韧性换来的。深海载人潜水器虽然还只是一张白纸,但徐芑南先前的积累可以为这张白纸打上底色。

2002年6月,经科技部高新技术司同意,大洋协会任命徐芑南为深海载人潜水器总设计师,负责开发我国首台自行设计、自主集成研制的7000米载人潜水器。从哈尔滨工程大学船舶工程专业毕业的叶聪成了他的学生和技术骨干。

徐芑南退休时,叶聪还没有进七〇二所。徐芑南后来又去了美国,自然对叶聪不认识、不熟悉。但叶聪听许多人说起过徐芑南这位可敬的前辈,他们无不赞赏这位中国潜水器的先驱者为潜水器事业做出的卓著贡献。当叶聪获悉徐芑南担任了7000米深海载人潜水器总设计师,不久就要来所里上班,但徐芑南的身体状况很不好,患有先天性"心肌桥",一只眼睛也已仅存光感,还有严重的高血压,必须每天服用降压药时,他既感动又敬佩。他感受到了这位从未谋面的前辈的气息和热血。

根据国家"863"计划重大专项总设计师的任职要求,总设计师的年龄不能超过55岁,而徐芑南已经65岁。科技部特地为他破例,不顾徐老已经退休,毅然决然又请他回来工作,并委以重任。这种突破惯例的做法是需要勇气的,需要直面现实的信念和理性。而更有勇气的是徐芑南。作为一位老科学家,他没有掩饰自己的内心渴望,没有丝毫的顾虑和怯步。难是不必说的。正是难,给他带来了一种与之对垒的兴奋感。他没有多想什么,而是抱着召之即来,来之能战,战之能胜的心态,启程回国,尽管他有一个不接受

"我这辈子只做了一件事"

的过硬理由：身体太差。

在漫长的飞行中，他甚至激动得难以合眼。"我直到现在都记得当时的心情，一方面是因为回家，另一方面是因为期待未来的生活。"回国工作后，他在接受采访时沉默了片刻，垂着眼说，"但其实，飞机降落那一瞬间的失重感让我记忆深刻。回来重新工作后直到现在，这个感觉都在。"

他本可以过上安逸平静的日子，享受子孙绕膝的天伦之乐。他本可以漫步海边，晒晒太阳，或坐在院子里的躺椅上读书看报，旁边的小桌子上放着一杯热气腾腾的咖啡。这是多少老人向往的生活啊。但是，他丢弃了这一切，自讨苦吃。他要回到原点和从前，拖着病体没日没夜地奔波了。科技部、大洋协会没有对徐芑南提出"廉颇老矣，尚能饭否？"的疑问，徐芑南也没有将自己视作垂杨暮鸦、长河落日，而是老骥伏枥，志在千里。对他来说，担任总设计师是一份责任，更是一个梦想的赓续。他说："虽然我当时已退休5年，但是为了圆梦，我还是愿意多出一份力，多尽一份心。身体，是不好，但我能动能思考，这就可以了。"

肺腑之言，赤诚之心，金子一般的家国情怀。

"京口瓜洲一水间，钟山只隔数重山。春风又绿江南岸，明月何时照我还？"王安石在诗里说，温柔的春风又吹绿了大江南岸，天上的明月呀，什么时候才能够照着他回家呢？

徐芑南返回时，春节即将到来，春意悄然而至，万物开始复苏。他在心里念道："春风尚未吹绿大江南岸，明月已经照我还家。王安石，你羡慕吧！"

到家的第二天他就去研究所报到了。看着熟悉的环境，他心情激动,周身温暖,仿佛从来没有离去一样。他对同事说:"我是个退役的老兵了,没想到又重返前线,拿起了枪。你们看,我这枪把子还是热的。"他明白,作为一名科研人员,这肯定是他的最后一班岗。国家对他的信任和期待令他重返岗位,国家对他寄予了很大的希望。这种情况是不多见的。

有人劝他悠着点,不要再那么拼,出出主意、顾问一下就行了:"你是匹久经沙场的战马,好马不吃回头草,你吃上一点就罢了。"他回答说:"什么好马不吃回头草?错了,有草干吗不吃?让我吃回头草,我能不拼吗?正因为我退而不休,我要珍惜每一天、每一分钟,不能有丝毫的懈怠和马虎。"

这是他的最后一班岗,他以为只会站上一阵子,几年而已。没想到,他一站已经20年了,而且仍在继续站下去。

2005年,已过古稀之年的他担任了七〇二所副总工程师、研究员。2013年,他当选为中国工程院院士。现在,86岁的徐院士和夫人方之芬一天不落地在七〇二所准时上下班、开会、讨论课题,有时还要延长工作时间或加班出差,甚至还要出海。他继续探索潜水器,夫人则形影不离地照顾他的生活,当他的助手。

徐院士很随和,年轻的工程技术人员向他请教什么问题,他从不拒绝。他办公室的门从不紧闭,而是留着一条缝隙,用一只纸箱顶着。他是担心关了门,别人不敢随便敲门,完全敞着又不合适,所以这样虚掩着,便于别人找他。

这20年里,徐芑南主持和参与了3台世界一流深海载人潜水器的设计、研制和海试。他忙得团团转,非常辛苦,但感到充实,感到忙碌中有无尽的意蕴和乐趣。他说,每攻克一个难关,新的收获就像从地里挖出来的蒲公英,根很长,沾着泥土,还是湿的,将来它会长满须发，在风中飞散出去，那是种子，会在新的地方孕育生命，这太让人兴奋了。其间，他的眼睛又发生视网膜脱落，只得常常戴上墨镜。

在深海探索领域，有一批像徐芑南这样把整个心灵献给深潜事业的可敬的老科学家，如汪品先院士、吴有生院士、孙家广院士、徐秉汉院士、封锡盛院士等。他们为了深海载人潜水器的设计、研制以及深海科学考察无私忘我。让人敬佩的是他们的家国情怀，汪院士说得好：科学家除了好奇心，还有责任心；要做对自己有用，对国家有用的事情。作为在国难当头的时候出生和成长的一代人，他们都懂得国家利益是最大的，没有国哪有家。

3

深潜的艰难和价值在哪里?

8

客商如何迅速成为时代弄潮儿？

花费那么高的代价，研发深海载人潜水器绝非一时冲动，也不是国家形象的炫耀，而是深海探索的需求。中国已经认识到，探索深海、研究深海是一个大国的责任，这是具有重要战略意义的。多个国家在这个领域走在前面了。缩短差距，尽快追上，实现"上九天揽月，下五洋捉鳖"的目标，挺进地球最后的边疆，已经是势在必行的了。

但深潜这件事并不容易。它的难度，超过一般人的想象。

下潜到海底的难度，一点不亚于飞往地球之外的宇宙。到深海，必须要开发深海潜水器。深海潜水器是深海之舟，就像进入太空轨道，必须有火箭、飞船和空间站一样。另外，由于大深度海水的压力和海水对光线的物理吸收作用，深海探索难度非常大。在海底用一个手电筒只能看到大约几平方米的范围。海洋的平均深度大约为3 800多米，最深处有万余米之深。任何高科技设备下潜到海底探测，首先必须能够承受巨大的压力，实现非常精密的密封，否则，一旦海水渗漏进来，不仅许多电子元器件会瞬间报废，而且会危及人员的生命安全。深海技术和航天技术都属于非常尖端的高科技。

那么，既然研制深海载人潜水器那么难，而且要投入巨大的人力和物力，深潜的价值和意义到底在哪里呢？

正如登山家乔治·马洛里说的，"因为它在那里"。深潜毋庸置疑包含着一种探险精神。探险彰显了一个人的勇气和智慧。中国制造深海潜水器进行深海探索，某种意义上是一种探险，但这不是目的。

电影导演卡梅隆驾驶雪茄形状的"深海挑战者"号是为了拍摄一部纪录片，向大众展示海底的景观。中央电视台也对中国的载人深潜进行过直播，就像首播载人飞船进入太空一样，这是万众瞩目的报道。

中国以国家之力探索深海和太空，有其深刻的战略目标和意义，因为海洋对于人类的前途，对于中国的前途起到了不可替代的作用。如果能够积累起海洋的收获，并在此基础上进一步研究，一些曾经模糊的结论会变得越来越清晰。

人类现今面临三大难题：人口膨胀问题、资源短缺问题和环境恶化问题。迄今为止，全球人口已超过70亿，陆地的资源总有一天会消耗殆尽，这不是杞人忧天，而是摆在人类面前的一个严峻事实。海洋资源是一个肉眼可见的潜在希望，海洋面积占了地球总面积的近71%。人类自然想到要向海洋拓展，向海洋索要资源。

每个人一生的消耗大约可以折合成上千吨的矿产资源，乘以全球70多亿的人口，地球人口消耗的资源无疑是个天文数字。地球陆地上的资源是有限的，我们不能坐以待毙，现在就要早做准备。探索太空的一大目的，是利用其他星球上的资源，甚至可以向月球、火星移民。这当然是一个遥远的念想，有十分漫长而坎坷的路要走,需要一步一步跨越难关。

而海洋就在地球上,它的开发和利用要比太空探索便捷一些。海洋基本上是一片尚未开发的原始之地,充满了未知。科学家的研究目前仅仅触及了大约5%的海域,仍然有95%的海域没有人到达过。因此探索海洋深处是人类重要的、共同的责任和课题。国外已尝试在海平面几十米之下建造封闭的房子居住,这比在月球、火星上搭建人类住宅要容易得多。20世纪60年代末期,世界各地共有50多处水下居住舱。澳大利亚、日本、德国、加拿大和意大利都纷纷在深海寻找新的栖息地。法国海洋探险家、导演雅克–伊夫·库斯托预言,未来人类的后代将在水下的村落里诞生,并且"能适应环境,不需要进行手术,就能在水下生活和呼吸,到那时,我们就创造了人鱼"。

第一个水下居住舱就是由库斯托打造的,建于马赛附近海域海面下10米左右的位置。它叫"大陆架",大小和一辆"大众"牌公共汽车的车厢相仿,寒冷而潮湿。"这里风浪巨大,超越了人类挑战的范围。"打造"大陆架"的库斯托说。库斯托派了两个助手待在水下,他们只坚持了一个星期。

一年后,库斯托在苏丹沿海的海底搭建了更为豪华的5室水下居住舱,包括起居室、淋浴室和卧室。记录这次海底生活的镜头,后来出现在库斯托的奥斯卡获奖纪录片《没有阳光的世界》里。这部纪录片展示了某种未来主义的生活。参与者漂浮于色彩斑斓的海洋花园里,夜晚他们抽烟、喝酒、品尝美食、看电视。他们觉得这日子很棒,优哉游哉地坚持了一个月。

但有意思的是,这些人都不愿意长期住在海里,因为当寂寞来袭时,他们只能闭上眼睛,思念陆地上城市和乡村充满烟火气的世俗生活，思念树木、草坪、公路、汽车，思念疏星晚空下的篝火野炊、熙熙攘攘的大街、冬天纷飞的大雪，思念暴雨、日落、月轮……

为了不让法国人领先，1965年，美国政府派遣水星七号航天员卡彭特，进入名为"海洋实验室二号"的管状钢铁舱里。该钢铁舱长15.24米、直径3.66米，待卡彭特进入后，被沉入加州拉霍亚沿海海面下62米的深处。接下来的一个月里，卡彭特测试设备，接收由海军训练的宽吻海豚"塔非"投递的邮件，呼吸主要由氦气构成的混合气体。海底生活的尝试获得了成功，总统约翰逊打电话向卡彭特表示祝贺。因为氦气的原因，卡彭特的声音变了调，他尖声细气地和总统讲话，令人发笑。

但这些实验并没有真正形成人类长期的海底生活方式，除了成本太高，一个主要原因是人类很难适应海底环境，而且风险太大，居住舱易被海浪摧毁。但海洋研究者坚持认为，海底未来极有希望成为人类新的生活场所。

住到海底去，这是一种浪漫主义的想象，有一系列的难题有待解决，难度恐怕不亚于住到月球上。暂时没有一个国家会认真思考这个课题并真正去实施。

更吸引人类的，是海洋拥有的巨量宝藏，人类梦寐以求的丰富资源。

那么，海下有什么"宝贝"呢？汪品先院士在《深海浅说》第七章"深海藏宝"中以一位海洋科学家的视野和学识对此进行了专业的说明。首先，深海底下隐藏着多金属结核矿。据书中介绍，目前已知的深海金属矿包括3个大类：多金属结核、富钴结壳和金属硫化物。多金属结核俗称锰结核，是土豆形状的黑色铁疙瘩，长度为几厘米到十几厘米，是锰（约30%）和铁（约4%）的氧化物，并且含有镍、钴、铜等几十种元素，主要分布在4 000米至5 000米深海平原的红黏土之上。富钴结壳全称富钴铁锰结壳，成分也多是金属氧化物，但是钴的含量可以高达1.7%，呈层状附着在岩石表面形成结壳，厚的可达25厘米，分布在海山、海岭和海台的斜坡和顶部，水深为400米至4 000米。金属硫化物是块状硫化物，可称为多金属块状硫化物，包括铅、锌、铜等金属，与包括金、银在内的其他金属硫化物一道，主要分布在太平洋海隆、大西洋和印度洋中脊，以及大洋边缘的弧后扩张中心。这3类金属矿都有巨大的分布面积和丰富的储量，人类早在半个世纪以前就试图开发，但是直到今天，世界上还没有一个商业开采成功的实例。

其次，海洋尤其是深海还隐藏着丰富的石油和天然气。海洋油气已经位居世界海洋经济的首位，产值超过了各种传统的海洋经济行业，产量已占到世界石油产量的30%，其中深水油田又占整个海上产量的30%。近年来，全球重大油气发现中，70%来自水深1 000米的水域，并且有逐年升高的趋势。再者是可燃冰，天然气的分子可以锁在冰的晶格里，这出乎地球科学家的预料。关于可燃冰的总储量，10年来科学界的估计发生了很大变化，根本原因在于对可燃冰产状的多样性估计不足，将同一个模式套用全球。这些年的研究证明，不同海区的可燃冰从形成过程到产状特征都十分多样。大陆架尤其是北极高纬区大陆架的可燃冰，是冰期时陆上冻土带被海水淹没而形成的，主要是1.5万年来形成的，不同于深水海底由深海甲烷菌所产生的可燃冰。

另外，人类从古至今一直从事的生产活动之一，是获取海洋生物资源，也就是渔业。海洋的生物资源不仅丰盛，而且具有多样性。各种鱼类和其他多种海洋生物是人类食物和蛋白质的重要来源。海洋捕捞并不在深海，近海和浅海才是主要的渔业区，有传统的渔场。

《深海浅说》中提到，人类不仅将史前的捕捞方式延续至今，而且正在变本加厉地向"工业化捕鱼"的方向发展。这种与可持续发展背道而驰的做法，必然造成原有大陆架和近海渔场的资源枯竭，于是渔民纷纷向深远海发展，其结果就是20世纪80年代起全球性的渔业资源下降。100多年来，人类对深海生物的认识已完全改观。19世纪人们认为深海没有动物，深海是一片荒漠。但从热液、冷泉到海山上的生态系统，从"黑暗食物链"到"深部生物圈"，深海的种种发现冲破了生命科学的认知牢笼。

总而言之，海洋生物资源是巨量的。浩瀚的海洋不仅仅只有鱼虾、海鲸、贝壳、珊瑚等。据科学家研究调查统计，海洋里大概有20万种以上的海洋植物和海洋动物，其中海洋动物占绝大多数，大概有18万种，海洋植物有2万多种。尤其重要的是，海洋生物每年可给人类提供大约6亿吨的海产品，其中蛋白质占22%。

许多国家竞相针对海洋矿产资源进行投资和探索。近几年来，日本专家对太平洋78处海床地点的调查结果显示，深海海床的矿产资源非常丰富。据估计，每个海床地点的每一平方千米都储藏有稀土氧化物。根据媒体报道，南鸟岛海域有一个超级规模的稀土矿，储量大约为1 600万吨。按照全球目前的使用量，这样的储量至少能让人类使用730年的时间。

但是，发现与实施开采是两码事。日本虽然发现了这么大的稀土矿，但日本目前的海洋技术和设施并不能赋予它开采能力。日本不甘心望洋兴叹，正在研究开发开采设备，但迄今未取得突破性进展。这个稀土矿位于海面以下5 000米处，而日本海上采矿船的作业深度仅在百米之内。茫茫深海，鞭长莫及，开采的难度之大，不是短期内能解决的。尽管海底矿产储量大、品位高，然而开采难度极大。海底地形复杂、压力极高、无光照，加上海洋环境复杂，存在海浪、洋流、内波等，因此探测和作业设备必须满足极高的要求，而且开采过程中多系统协同控制和联合作业的难度也很高。此外，需要深入评估海底矿产资源开发对海底生物、海底地形及环境的影响，保护海洋比利用、开发海洋更为重要。这些都少不了载人潜水器和无人潜水器这样的作业载体。

在海底采矿，首先需要载人潜水器和无人潜水器潜入海底进行探测和取样，查清矿物的种类、储量和分布面积。中国在国际海底区域的调查和研究始于20世纪70年代，目前已经在4个国际海底区域拥有采矿权。20世纪七八十年代，徐芑南试制成功了多种浅深度载人或无人潜水器，包括机器人，但它们只能探测浅海的海底矿产，对深海海底的矿物探测显得无能为力。20世纪90年代初，徐芑南制造出了无缆抓斗和机器人，大洋协会用这两种设备调查了200万平方千米的太平洋矿区，对多金属结核的矿区资源进行了初步的评价，从而获得了15万平方千米的矿区勘探权。这是万里长征的第一步。现在看来，也还是很有意义的。

2001年5月，大洋协会与国际海底管理局签订了多金属结核勘探合同，矿区面积为7.5万平方千米，为期15年。此后，中国分别在2011年和2014年，获得西南印度洋1万平方千米的多金属硫化物勘探合同区和西北太平洋3 000平方千米的富钴结壳勘探合同区。

2015年，中国又获得位于东太平洋克拉里昂-克里帕顿区的

7万多平方千米的多金属结核勘探区。我国原来缺乏可到1 000多米、三四千米、五六千米、七八千米的海底矿区直至万米海沟探测摸底的大深度载人潜水器。经过近10年的探索、研制，2009年8月，"蛟龙"号载人潜水器正式下海，它的最大下潜深度是7 000米，这意味着它可以在占世界海洋面积99.8%的广阔海域里自由行动。"蛟龙"号配备了多种高性能作业工具，能在特殊的海洋环境或海底地质条件下完成保压取样、潜钻取芯等各种复杂任务。

此后"深海勇士"号和"奋斗者"号的试制成功，使中国的深海载人潜水器走到了世界前列，深海海底的探测、科考再也阻挡不了中国人了。我国于20世纪80年代末启动了深海矿产资源开发技术装备研究，聚焦管道提升式深海矿产开发系统，开展技术攻关和装备研发，初步形成了深海多金属结核开采系统的设计和装备研发能力，同时兼顾富钴结壳、多金属硫化物开采技术装备的研发。

2014年，中国首艘水下采矿船开始在海南岛附近海域开采锆矿和钛矿，突破了大多数海底矿物质开采仅局限于40米深处海床的历史，可以在水下80米到100米的深处作业。但海底真正的富矿还是在深海区。中国的深海探测技术已经世界领先，"蛟龙"号、"深海勇士"号和"奋斗者"号这3台深海载人潜水器可随时为深海矿物开采提供探测发现。

毫无疑问，深海采矿是一项巨大的技术挑战，需要设计、研发大型采矿设备。这些设备不仅要承受低温和巨大压力，而且要尊重和保护环境。各种研究和调查显示，开采海底矿床将给海洋的生物多样性和生态系统带来损害，如不采取严格的安全和防范措施，释放的污染物会危及许多物种，甚至会影响正常的渔业生产活动。中国在试验性开采海底矿物时，一向重视海洋生态保护，首先会在小块海底区域开展试验，从海床中开采少量矿物，以了解海底生物的反应，看一看哪些可以做，哪些不可以做，以及在何处可以做。海底比月球的情况更不为人所知，还有很多问题有待探索、解答，以确保在稳定的监管环境下进行开采。

1999年到2001年，中国地质调查局的科技人员在南海西沙海槽发现了可燃冰的信息。2013年6月至9月，在广东沿海珠江口盆地东部海域钻获高纯度可燃冰样品，并通过钻探发现了可观的控制储量。2017年，中国首次在南海北部神狐海域试采可燃冰，并获得成功：3月28日第一口试采井开钻，5月10日14时52分点火成功，从水深1 266米以下的可燃冰矿藏开采出天然气。2017年9月，我国科考团队通过"发现"号无人潜水器携带的、我国自主研发的深海激光谱拉曼光谱探针，在我国南海约1 100米的深海海底，探测到两个站点存在裸露于海底的可燃冰，这也是科学家在我国南海海域首次发现裸露在海底的可燃冰。当年11月，可燃冰被列为我国的新型矿种。

我国的钻探技术和探测手段已达到世界先进水平，载人和无人潜水器、机器人在这个领域大有可为。在海洋石油资源的开发中，潜水器可以在海底进行观察、调查、取样；可以帮助既快又好地铺设海底油管；还可以定期检查水下油管，长时间在水下巡视，并及时进行维修。这个功能同样适用于海底电缆和海底天然气管道。

发展深潜设备在军事上也有一定的需求。它不仅能够在港口布雷、扫雷，而且能够同水下潜艇对接，通过潜水器营救失事的潜艇。

深海潜水器还能在深海进行打捞和维修作业，如对海难、空难造成的船只、飞机残骸进行寻找、观察、定位和打捞。马航MH370失事客机已失联8年，多国协助寻找飞机残骸时，曾多次运用深海载人潜水器，可惜至今未找到这架飞机的踪影。失事人员的家人一直在苦苦寻找答案，很多人也始终认为飞机上的人还活着，各种揣测和说法满天飞，但最终的谜底可能还是要依靠深海潜水器来揭开。

总之，探索海洋功在当代、利在千秋。探索和开发深海资源可以保持经济社会的可持续性发展，也是建设海洋强国的选择。

但不能否认，在载人潜水器研发启动之时，我们可以说是从0起步。中国志在和平利用海洋，合理开发海洋资源，发展海洋文明，把海洋建成谋取福祉的新空间。

4
为了抵达而启步

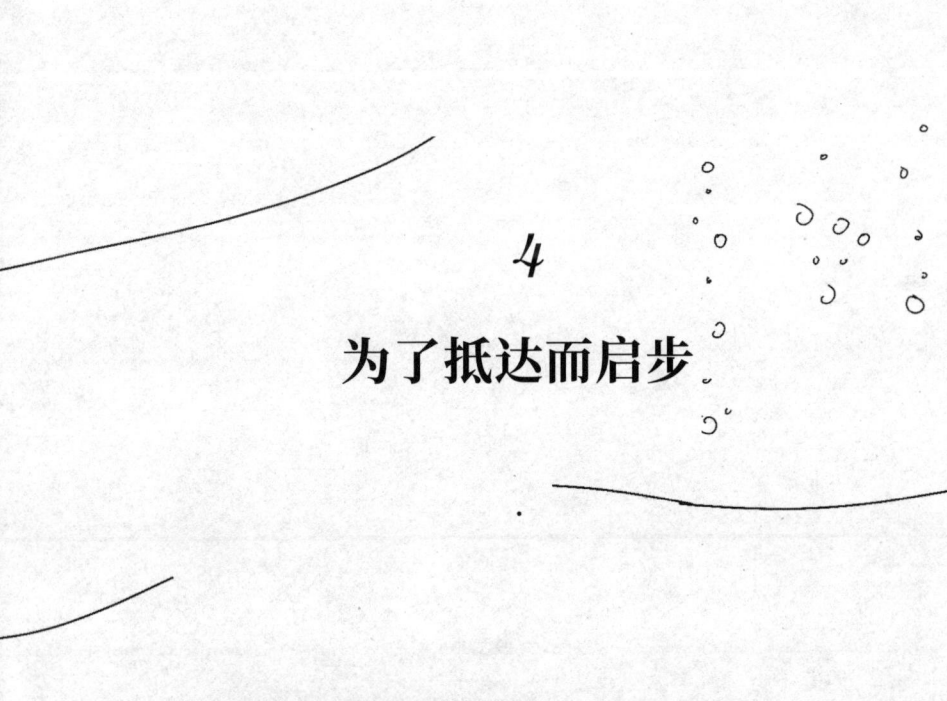

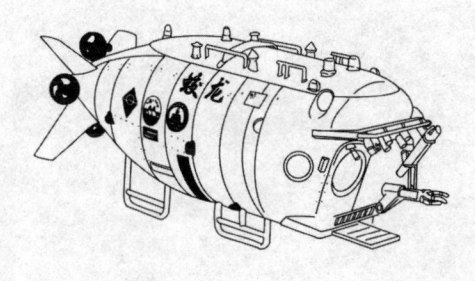

20多年前冬季的一天，下着冰冷的寒雨，在旧金山潮湿的海边，第三代华裔梁昱辉先生穿着米色的雨衣陪同中国来的一位同胞散步。梁先生为人热情，对中国很关注，能说一口流利的上海话。他忽然站住，用手指着一个方向说，从这一边穿过太平洋，对岸就是上海。半晌，他又说了一句："我经常在这里望上海。"

弥漫着雨雾的大海一望无际，浪涛拍岸，海天浑然。天际线模糊了，他觉得上海仿佛真的离他不远，他能望得到上海。他继续说，他是个海洋生物学家，不久前，曾去上海参加一个会议，中国的海洋生物学家来了十几位，交谈下来，发现他们几乎没到过深海，连深海载人潜水器都没见过，研究海洋生物基本上就是从本本到本本，至多在浅海里乘船观察过海豚、鲸鱼、珊瑚和各种鱼类。对这种情况他感到很吃惊：一个海洋生物学家怎么能够不去深海呢？人类注定要研究海洋。他乘日本载人潜水器下潜过十几次，最深达6 000多米。他为中国没有载人潜水器供海洋生物学家下海观察而感到遗憾。

美国、俄罗斯、法国、日本等国在研制出深海潜水器后，很快将其投入到深海资源的开发当中,使得这些国家在海洋物理学、海洋生物学、海洋化学、海洋地质学等自然科学领域的研究成果超过了中国。

对中国当时的状况,徐芑南是知根知底的。他多次说过,不能因为别人跑得很远了,我们就一直止步不前;不管怎样,我们要跑出去,而且要不断加速,来个弯道超车,赶上那些处于深海探索前列的国家。

1999年10月4日至7日,大洋协会在杭州组织召开了一次中国国际海底区域资源开发战略研讨会。这样的研讨会在中国是首次举办。

大洋协会于1990年经国务院批准在北京成立。它是个不折不扣的官方组织,它的成立标志着中国正式进入海底矿产资源的勘探和开发领域。

这次会议表明,中国要动真格的了。大家为正式迈开步子而感到振奋,同时也清楚地意识到,有些国家已遥遥领先地走在了前面,他们对资源的渴望和野心使得他们把海洋放到很高的战略位置上。毕竟陆地上绝大部分的资源都得到了不同程度的开发利用,而海底基本上还是未开垦的处女地。

这次会议的主题是:从发展战略、全球战略和大国战略来审视国际海底区域科学考察活动。来自国务院办公厅、中央政策研究室、国家计委、财政部、外交部、国土资源部、国家海洋局、国家冶金工业局、国家有色金属工业局、海军及相关研究院所、高等院校等部门的领导与专家参加了会议。会议形成了广泛的共识:对比一些国家在深海探索领域的发展水平,我国明显滞后了,因此完全有必要进行适应国际海底区域形势的战略调整,要急起直追,研发深海载人潜水器，以最快的速度缩短与国际先进水平的差距，进入深海探索的第一方阵。

这次会议，拉开了载人潜水器立项程序的序幕。

2000年3月17日，大洋协会在北京香山组织召开了深海运载设备需求论证会，与会者主要是各方面享有盛誉、造诣深厚的专家，其中有中国工程院吴有生院士、徐秉汉院士、封锡盛院士、徐洎院士、朱继懋教授、边信黔教授、阳宁研究员、周怀阳研究员、宋连琪研究员等。

这些专家学者中有些很早就提出了中国要开发深海探索并研制深海载人潜水器。他们想到了徐芑南研究员，他从事潜艇、潜水器结构强度与稳定性应用研究多年，并参与指导了水下机器人工程的研发，是中国为数不多的海洋潜水器专家之一。他是最早提出要开发深海载人潜水器的专家。徐芑南此次没有到会，远在旧金山养老，还不知道国内要启动研发他盼望已久的深海潜水器。就是在这次会议上，吴有生院士提出让徐芑南回国参与载人潜水器的研制，总设计师一职非他莫属。大家都认同徐芑南的能力，但有人提出："徐芑南已退休多年，让他回来合适吗？"吴有生说："退休又怎么样？特事特办，只要对项目有利，可以打破常规。"

大洋协会理事长陈炳鑫表示："我们向科技部汇报，特殊时候，特殊情况，可以特殊处理。就只怕老徐不愿意回来了，他好端端在那边过着休闲的日子呢。"

吴有生肯定地说："这不可能，我了解老徐这个人，他肯定愿意，他巴不得做一些这方面实实在在的事。"

于是，就有了后来吴有生打给徐芑南的越洋电话。

会上也提到，伴随着改革开放20年的发展，中国对深海技术装备进行了一系列的研究、开发和应用，在耐压结构及密封、槽道螺旋桨推进、通信导航定位、水声环境探测、图像传输、预编程控制、主从式机械手控制等方面都已取得了实用性成果，在路径规划、动力定位、声学图像识别及导引、力感机械手智能技术等方面也都取得了实质性进展。中国与俄罗斯合作，成功研制并得到实际应用的6 000米无人自主潜水器（机器人）项目，培养和锻炼了深海技术装备的第一批研发队伍，积累了一定的技术和经验。这些无疑是研究载人潜水器的基础，而且徐芑南在其中起到了主导作用，这是有目共睹的。

但毋庸讳言，当时对于深海载人潜水器，中国仅仅停留在概念上，没有进行过真正的研究和试制。

其他专家大多数也都发表了意见，表示研究开发深海潜水器已刻不容缓。在此基础上，会议形成了论证报告框架。

2000年10月19日，大洋协会通过国家海洋局、国土资源部、外交部、科技部、国家冶金工业局、国家有色金属工业局上报国务院《关于国际海底区域工作有关问题的请示》，提出"持续开展深海勘查、大力发展深海技术、适时建立深海产业"这一从海洋大国迈向海洋强国的建议。紧接着，中国工程院宋健院长听取了徐秉汉院士，大洋协会秘书长、办公室主任金建才，办公室主任助理刘峰关于中俄合作研制载人潜水器的设想。他们代表科学家提出了中国载人潜水器两步走的部署：首先研制6 000米载人潜水器，成功后再开发11 000米载人潜水器。

一个月后，国家海洋局副局长倪岳峰和大洋协会的领导赴无锡七〇二所，与徐秉汉院士、七〇二所所长邵焕秋等共同编制我国大深度载人潜水器研制立项建议书。2001年1月16日，中国工程院在北京召开深海载人潜水器座谈会。各路专家齐聚北京，畅所欲言，各抒己见，围绕是否应该立即上马载人潜水器项目，以及如何制定载人潜水器的性能规格，发生了一些争论。

一部分人认为，通过10年的论证和潜水器的开发，尤其是6 000米机器人的研制应用，技术积累已经足够，再加上当时的国际环境较为宽松，可以借鉴美国、日本、俄罗斯等国的设备、技术，必要的话，可以适当引进某些零部件，总之是时候发展自己的载人潜水器了。七〇二所部焕秋所长和徐秉汉院士参加了会议，他们强调了发展深海载人潜水器的必要性和紧迫性。为什么要载人？因为人的洞察力是机器替代不了的，只有科学家带着知识和热情下到深海，才会对海洋有更深的理解。

另一部分人主张，载人潜水器能做的事情无人潜水器同样也能做，而且后者是科技发展的方向，成本和风险要比前者小得多。国外已经在研制无人飞机、无人军舰了，太空探测也是从制造可以行驶、拍照的无人探测车开始的，航天员登月只有寥寥几次。

他们说，我们不值得去冒风险，应该把主要精力放在研发更先进的无人潜水器上。这种公说公有理，婆说婆有理的争论涉及深海探索、深海开发的方向问题，国际上也有类似的争论，孰对孰错，很难判定。一个事实是，那些已研制出深海载人潜水器的国家，并没有停止研制新的深海载人潜水器。许多科学家继续深潜，通过深海载人潜水器，了解惊心动魄的海底真相。

最终还是中国工程院院长宋健当场一锤定音，决定研发载人潜水器，并且把目标由原来的6 000米调整到7 000米。

吴有生院士是形成《7 000米载人潜水器总体方案论证报告》

的领军人物。他力荐在旧金山定居的徐芑南并亲自打电话请徐芑南返回国内参与深海潜水器研发。吴有生识人善任,亲历亲为,在7 000米载人潜水器的开发、研制中功不可没。他热爱海洋,刻苦钻研海洋深度作业技术和装置,以报效祖国。1984年,他在英国伦敦布鲁纳尔大学博士论文的扉页上写道:"To my motherland.(献给我的祖国。)"答辩委员会主席看着这行英文问道:"那你打算留在英国吗?这里有很好的研究和生活条件啊。""我感谢校方和老师们的厚爱,但祖国更需要我。"吴有生礼貌而坚定地回答。

回国后,吴有生于1992年出任七〇二所所长,1994年当选首届中国工程院院士。他和徐芑南共事过,他们都有应和深海呼唤,发展中国深海载人潜水器的渴望和追求。

终于,他和徐芑南的愿望实现了,他们要挺进地球最后的边疆。宇宙的边疆无穷无尽,地球的边疆从古至今有所不同。古人曾经把热带雨林和沙漠戈壁视为边疆,后人又把南北两极和喜马拉雅山脉称为边疆,而现在人们把深海看作地球最后的边疆。

7 000米,这是挺进地球最后边疆的重要而关键的一步。

为何要调整到7 000米?当时也是有不同意见的。有人认为,我们还在起跑线上,去破纪录有点不切实际,科学毕竟是科学,时代大潮席卷,敢为人先的精神值得鼓励,但不能不讲科学发展观。七〇二所副所长、后来的"蛟龙"号第一副总设计师崔维成说,当时国际上最大深度的载人潜水器是日本的"深海6500"号,下潜深度是6 500米,定在7 000米显然是为了赶超日本,打破作业型载人深潜的世界纪录。这个目标对于基础为0的中国设计团队来说,是一个巨大无比的挑战。

后来担任"奋斗者"号总建造师的七〇二所高级工程师刘帅认

为，当时中国的技术能力还处在几百米这个等级，无论是 6 500 米还是 7 000 米都没有本质的区别。

大洋协会办公室主任助理刘峰后来连续 6 年担任"蛟龙"号海试总指挥，他以为，中国人有必要在前人的肩膀上，再往前跨出一步，为人类探索深海的远大目标做出应有的贡献。这是时代的感召。

7 000 米的下潜深度已经可以覆盖全球海洋面积的 99.8%，几乎可以在所有海域进行下潜作业。剩下的 0.2% 的海底深渊，可以下一步再考虑。现阶段有 7 000 米载人潜水器就足够了。

2001 年 3 月，俄罗斯科学院代表团访问了北京、无锡、上海等地，和中国科学家进行了广泛交流，他们十分有意与中国合作研制深海载人潜水器。2001 年 4 月 10 日，科技部同意考虑将载人潜水器项目列入 "863" 计划重大专项给予支持。此后又举行过几次听证会议。2002 年 7 月 9 日，7 000 米载人潜水器的关键技术、技术指标和时间进度等通过了科技部高新技术司组织的专家评审。"7 000 米载人潜水器"（当时尚未起名"蛟龙"号）项目正式列入 "863" 计划。

2002 年 7 月 10 日，即正式立项后的第二天，7 000 米载人潜水器总体组在北京就总体及各分系统的主要技术分工进行了认真的讨论，明确了七〇二所为技术抓总单位，其他参与的承研单位共同协作，分头行动。具体分工如下：

大洋协会：负责重大专项的总体协调与组织实施，负责国外进口部件的采购。

七〇二所：负责潜水器本体技术的总体协调，负责潜水器本体总体优化集成、耐压结构及密封、作业系统、生命支持系统的研制。

声学所：负责潜水器本体声学系统的总体设计和研制，具体包括水声通信机、远程超短基线声呐、多普勒声呐、成像声呐、测距声呐、测深侧扫声呐，以及声呐主控器的研制。

沈阳自动化所：负责潜水器本体控制系统的总体规划和研制，具体负责潜水器的信息监测、处理，以及综合显控系统、导航定位系统、航行控制系统的研制。

中国船舶重工集团公司第七〇一研究所（以下简称"七〇一所"）：负责潜水器试验母船的改装设计和水面支持系统的研制，具体包括母船设计及改装施工、布放回收系统研制、辅助设施的研制等工作。

2002年10月17日，大洋协会正式发文成立了7 000米载人潜水器总体组和潜水器本体总师组，并在七〇二所举行了成立大会。科技部高新技术司调研员杨少军、大洋协会秘书长毛彬进行了大会动员。根据国家"863"计划重大专项管理规定，总体组负责潜水器本体、水面支持系统、潜航员选拔与培训、载人潜水器应用等各技术层面的协调。总体组成员为刘峰、徐芑南、刘涛、胡震、王晓辉、朱敏和杨有宁。总师组办公室设在七〇二所。至此，深海载人潜水器的研制正式启动。

总体组组长是大洋协会办公室主任助理刘峰，他是通过竞聘担任这个重要职务的。2001年12月7日，寒冬的一天，北京友谊宾馆会议室内召开了竞聘7 000米载人潜水器总体组成员的会议。刘峰做应聘报告时，介绍了自己的简历和自己对专项计划的认识和初步设想，最后说："世界正在进行蓝色圈地运动，我们中国人不能当看客。形势紧迫，时不我待。如果应聘成功，我一定团结各个单位的科研人员，为我国的深潜事业做出应有的贡献。"与会专家认为刘峰的应聘报告观点新、思路广、站位高，他既熟悉7 000米载人潜水器的立项背景，又具有献身深海开发的责任感和事业心。最终，刘峰被任命为总体组组长。此后，他不负众望，连续6年担任海试总指挥，不管是顺境还是逆境，无论是大雨倾盆还是台风肆虐，在海天一色、波澜壮阔的苍茫深处，他都能指挥若定，表现出大将风度。

中国人沉睡了几百年的"蓝色梦想"开始觉醒，这是一个伟大的觉醒，中国迈出雄健的步伐走向海洋，正如《中国载人深潜"蛟龙"号研发历程》一书中所说的："曾经恩威四海的中国，再度扬起风帆开始远航。"

海洋在向爱好与捍卫和平的中国人呼唤、招手。海洋是美丽的、辽阔的，它不是个别海洋大国逞强霸道的疆域，和平利用、发展研究是中国一贯的主张。海洋创造了历史，必将创造新的历史。作为地球最后的边疆，它是属于全人类的。通向深海的大门向每个国家、每个民族、每个人敞开。

太空浩瀚美丽。海洋同样浩瀚美丽。它们都令人神往，给古今中外的人带来无限的遐想，给诗人、作家、画家、音乐家、影视导演和编剧带来神奇的艺术灵感。

在茫茫无际、深邃幽暗、星球密布的宇宙中，地球是一颗漂亮的蓝色星球。人类目前还没有在宇宙中发现第二个如此璀璨的蓝色球体。地球之所以呈蓝颜色，是由于近71%的地球表面被蓝色的海洋所覆盖，加上大气层，地球成了宇宙中独一无二的、充满生命活力而又无比美妙的星球。它在广袤的太空中只是一个小不点儿，是孤独的、渺小的。因为至少到目前为止，我们还没有发现智力与人类相同或高于人类的外星人，也没有发现和地球相似的高度文明的星体。电影或书籍中的外星人的故事都是艺术想象，现实生活中并没有存在过。传说美国曾俘获过 10 多个外星人却秘而不宣，传得神乎其神。不久前，美国人终于出来辟谣。子虚乌有的事有那么多人相信，只有一个解释：人类太孤单了。正如唐朝诗人柳宗元的诗句"孤舟蓑笠翁，独钓寒江雪"，那是一种天地间的孤独，又如他的"来往不逢人，长歌楚天碧"，那是一种存在的寂寞。是啊，地球上的人类有时候真的是孤独和寂寞的，迫切希望在太空星球上找到同类。

到过海洋深处的人描述说，那里是一个陌生而神秘的世界。那里没有光线，没有声音，黑暗幽静，但是活跃着各种生命，像太空一样，充满着诱惑。人类已经探访过月球，并留下了脚印。中国发射的天问一号于 2021 年 5 月 15 日 7 时 18 分成功着陆火星乌托邦平原，中国成为全世界第二个将探测器送上火星的国家。"祝融号"火星车正在火星地面移动，传回信号和照片。

正如旧金山的梁先生所言，中国从未游目骋怀于深海世界，没有直接的感知。几个国家的探险家、科学家去过了。他们的潜水器曾和海洋生物共游，屏息以视，这是何种体验？海底的结核矿他们已获取了不少，可我们仅仅只在几百米深的浅海海底抓到了一些。这一切都吸引着中国人，令中国人神往。研发团队成员很庆幸能参与到真正的开创性研制中，这是关系到人类文明进步的一项探索。

叶聪是深海探索中新一代的一位代表人物，别人评价他时，说他有种初生牛犊不怕虎的锐利，说他聪明、执着，憨厚中不失豪放，言谈中爽快又朴直。面对名誉，他总是淡淡地说："干我们这一行的，都是集体的努力，个人是没有这个本事的，不能自视甚高。我仰视深潜这个事业，但以俯视的角度来看待自己。我想，真正的航天人和深潜人都会这样，因为我们面对的世界太伟大、太辽阔了。"这句话，蕴含着深刻的智慧，也反映了叶聪的清醒和透彻。

几个采访过叶聪的媒体人都有这样的共同感觉，事实证明叶聪确实是这样一个人。徐芑南看好叶聪，叶聪此后获得成功绝不是偶然的。叶聪一再说自己幸运，但幸运之外，他的勤奋好学和敢于超越自我的精神，当然还有他的才干，使他走向了成功。个人素质和时代潮流共振，使他成为"下五洋捉鳖"的好手。这些年他一直从事深海相关工作，更喜欢到现场去，跟所有学科方向的人交流，尽量亲力亲为。"自己能把事情弄清楚、自己能说服自己是最重要的标准。"叶聪说。

叶聪于2001年大学毕业，被分配到了无锡太湖之畔的七〇二所，来到了湖沼星罗、河港密布、小桥流水、杏花春雨、满目葱茏的江南，他工作的地方就在波光粼粼、风樯片片的太湖之畔。这是一块膏腴之地，浸润了吴越文化天生丽质和柔美温顺的生命色调。

他没有想到，他会在这个风景如此动人的地方，成长为中国载人潜航事业的新一代开拓者和创始人，成为中国驾驶"蛟龙"号下潜深海的第一人。他学的是造船，结果没有去造船，而是造了载人潜水器。学习期间，他接触过潜艇，对潜水器只有粗略的了解，对载人深潜只有过耳闻。

叶聪生于1979年11月7日，介于七零后和八零后之间。他的家乡武汉黄陂位于长江北岸的滠水河旁，北面紧靠大别山的余脉，这里既有最早的"九省通衢"的商代盘龙城遗址，又有东汉末年将领黄祖演练水兵的武湖，还有纪念生于斯、长于斯的宋代理学家程颢、程颐的双凤亭，更是国人家喻户晓的"花木兰故里"。

黄陂人崇尚技艺，民间有所谓的"九佬十八匠"。叶聪从小耳濡目染，养成了匠人笃信的本分老实、精工细作、处处周全的性格，同时又有荆楚人的豪爽直率、坚忍聪慧。

叶聪从小就是一个军迷，整天看《舰船知识》《兵器知识》杂志和战争题材电影。海战、空战的内容他百看不厌，能亲手造潜艇、造军舰是他少年时代就萌发的夙愿。同时他还喜欢文学期刊。他创作的一篇以"枪"为题材的小说，曾在报刊征文中获奖。

叶聪上初中的一天，一家人在一起吃饭，叶聪突然放下碗筷，拿出一份草稿对父亲叶大群说："爸爸，你帮我把这篇文章打印一下，我想参加征文比赛。"素来爱好文史、在单位是"笔杆子"的老叶取过来一看，居然是儿子写的一篇幻想小说——《一杆枪的故事》。

故事的大意是：一支放在武器库中的枪，羡慕世界的五光十色，跑到街上闲逛，后来在一名警察的劝说下，认识到和平时代自己应该待的位置，主动回到了武器库中。故事固然稚嫩，但很有意味，立意比较深。身为普通机关干部的老叶很高兴，但并未过多表露，只淡淡地说了句"还不错"，就算是对儿子的鼓励了。这篇文章后来获得了一个全国性儿童刊物的奖项。叶聪后来曾戏言，要不是考上了船舶工程专业，说不定他会成为一名作家，他当时很羡慕作家能写出那么多生动有趣的故事。

科学家和作家看似属于两个不同的行业，但他们有一个共同点，就是富有想象力。从喜欢兵器舰船和创作幻想小说可以看出，叶聪具备丰富的想象力。这个潜质让他成为一位出色的潜水器设计师。

"蛟龙"号、"深海勇士"号和"奋斗者"号让中国人扬眉吐气。中国少了一位作家，多了一位科学家。对叶聪而言，这不是个遗憾，更不是历史的误会。他后来在深海事业中跋山涉水、探隐索微、为国争光、事迹感人，他的选择是正确的。

叶聪的父母介绍说，他们的家在黄陂南边的一个小区里，居室简朴。叶聪的少年时代在这里度过。叶聪年少时活泼好动，下河玩水、上树抓鸟，男孩子的各种淘气事，他没少干过。叶聪上小学三年级时，舅舅送他一件黑色的皮衣，但他在学校和同学一起玩闹时，皮衣被撕开了一个口子。看着被撕破的皮衣，叶聪没有告诉父母，而是找到母亲的针线盒，自己一针一线地将皮衣缝好。他用的是白线，一眼就会给人看穿。叶聪灵机一动，把家里的黑鞋油涂在白线上。这一招竟使母亲常耀俊一个多月里都未发现，直到换季清理衣服时，这个秘密才暴露。她又好气又好笑，批评儿子不该瞒她，但心里又很欣赏儿子的机灵。

1991年夏天，黄陂突降暴雨，区内多处被淹，成为一片汪洋泽国。叶家楼下的积水把一楼都淹了。急着上班的叶母看着楼下的积水束手无策。才12岁的叶聪看到附近正在建造房子，工地上放着一些搭建脚手架的竹子，便跑到那里找了些竹子，动手用绳子、铁丝编成了一个竹筏，将妈妈和急着出门的邻居们撑到没有积水的地方，晚上又将他们接回来。小小年纪就这么热心、聪明，小叶聪的举动让邻居们赞不绝口。事情过去好多年了，常耀俊每每谈及此事都颇有些骄傲。

回想起来，这个简陋的小竹筏是叶聪设计制作的第一艘"船"，它只是船舶的雏形。爱因斯坦说："好动与不满足是进步的第一必需品。"叶聪从小就是一个好动和不满足的人，当造船工程师当军人当作家是他的理想。他动手做的船舶模型、竹筏，还有写的那篇得奖的幻想文章，助推他踏上了追寻理想之路。

叶聪是独生子女。在这个普通家庭里，父母对孩子的教育没有放松，叶聪不是在溺爱中长大的，父亲叶大群有意培养他的吃苦精神，要求他做人做事力戒浮夸。叶大群说，他从叶聪小时候起就教育叶聪：莫怕做事吃亏。

有一年暑假，叶大群布置叶聪做一件事：在屋顶上用砖头垒一个小小的菜园，把泥土拎上去铺满。刚开始时叶聪感到很吃力，只能一手提一只篮子往上拎土，后来两手各提一只篮子，咬着牙往上拎，先后用坏了8只竹篮。被称为"小胖"的叶聪整整瘦了10斤，终于把这个屋顶菜园全部铺满泥土，并撒下了种子。他每天都会拎着水桶上去浇灌。绿油油的菜秧长势喜人。

"从这件事后，我们就放心了，这伢子能吃苦就能做事。"叶大群说。

有时候，叶聪调皮得可爱。他们家住在机关宿舍，守门的是一个婆婆。婆婆守门时漫不经心，有一次机关的东西被偷了。叶聪在机关院墙上写了首打油诗："大事你不管，小事管得宽；若有偷盗事，概与我无关。"这首诗引得大家捧腹大笑，婆婆很难堪。叶大群问叶聪为何要写这样的打油诗，这事本就与他无关。叶聪说，他只是想要讽刺一下守门人。

兴趣是最好的老师。调皮归调皮，好动归好动，叶聪也有安静的时候。从上学时起，叶聪就嗜好读书，而且涉猎十分广泛。他喜爱绘画，他画房子、画轮船、画动物，用铅笔、用圆珠笔、用粉笔，在纸上画、在地上画、在黑板上画。他看电视，什么都爱看，楚剧、京剧、电视剧、歌舞表演都看得津津有味。法国喜剧电影

《虎口脱险》他看了数遍,甚至会哼剧中的口哨音乐《鸳鸯茶》。

叶聪驾驶"蛟龙"号成功深潜后,《楚天都市报》的记者到黄陂的叶家采访,记者在叶聪之前居住的房间里看到,两个书柜里摆满了文学、历史书籍,书架上方4个大木箱里也装满了书。叶大群告诉记者,叶聪在大学读的专业虽然是船舶工程,但高考后填报志愿时,有一个志愿他填的是汉语言文学专业。叶聪大学毕业时,只寄回了一堆书,足足装满了3个大编织袋。叶聪的勤奋和强烈的求知欲由此可见一斑。

这么一份爱好和兴趣的培养,需要尊重和引导。叶聪开明的父亲叶大群教子有方。他找机会给儿子锻炼才干,对儿子的志向也十分尊重,从不干涉儿子的课外阅读,也不压制儿子活泼好动的性格,并且支持儿子的兴趣爱好。自身的兴趣和父母的包容为少年叶聪打开了想象的天地,而良好的家教又使他养成了广泛阅读、踏实奋进的习惯。1997年高考后,叶聪选择了哈尔滨工程大学的船舶工程专业,并如愿走进了他的理想之门。

"我从小就不是个优秀的学生,上课喜欢走神。"叶聪说。1997年,他从名校黄陂一中毕业,以高出重点大学录取分数线10多分的成绩,考入哈尔滨工程大学船舶工程专业。"我的高考分数其实不高,同学中比我高的多得去了。"叶聪扬起大脑袋,眼光明亮,敦厚的脸上堆满了笑容说,"千万不要说我是学校里的尖子生啊,要不然我那些同学会骂我的。不过,我是一个幸运的人,机遇不错,正好处在国家重视海洋开发的年代,人生选择和国家发展完美契合。"

上大学后,他真正开始有机会研究一直以来令他痴迷的船舶。"我喜欢自己着手设计。"那时叶聪每次看到新船型,心里都会涌起一阵兴奋，盼望亲手把它设计出来。大学同学康庄回忆说，叶聪一见到船舶和大海，眼睛就会发亮："让我印象很深的是大二时，我们一起到大连实习，叶聪在海边高兴得像个孩子似的，对于海洋他似乎有种天然的亲近感。"

就在叶聪进入七〇二所工作的第二年，7 000米载人潜水器项目正式立项，大洋协会任命徐芑南为7 000米载人潜水器总设计师，领导一个团队。所领导号召说："新课题、新任务，需要大批新人参与。"叶聪看到退休多年的徐老都回来当总设计师了，如鱼得水一般，主动请缨，要跟着徐总师干。

徐芑南选择叶聪参与这个项目，是因为叶聪给他留下的印象不错：这是一个体格强壮、很有想法、做事细心、心地善良的年轻人。工作之余，他居然主动"承包"了所里一个公共厕所的清扫工作，每天都去打扫厕所，弄得干干净净。同事感到奇怪：这并非他的分内事，干吗要抢着干？要知道，很少有年轻人愿意主动去做这样的事。叶聪回答说："我年轻，多做点事，好好锻炼锻炼。"

徐芑南还听说了这样一件事：叶聪刚毕业的那一年，日子过得很紧，吃穿都很节省，他当时在资助一位家庭贫困的学生读书。在业务上，叶聪有那么一股钻劲，好学不倦；在为人处世上，叶聪通达事理，懂得宽厚和责任。徐芑南感到这个小伙子品性不错，功底扎实，聪慧勤奋，是个可造之才。经过大半辈子的风雨人生，徐芑南深深感到，这是培养年轻人的一个绝好机会。这个领域太需要怀有事业激情的年轻人了。他特别欢迎叶聪和一批年轻科技人员加入团队中来。

徐芑南感慨地说，深海载人潜水器的设计当时在国际上没有现成的标准，相关资料并不多。虽然我国和俄罗斯合作，但对方不可能把全部设计资料奉上。相关人才也严重"断档",迫切需要新鲜血液:原有的潜水器研发人员已趋于老龄化;团队成员实现老中青结合的模式,让叶聪这样的年轻人挑起大梁,这是大势所趋。就这样,叶聪等年轻一代赶上了中国载人深潜"最好的时代"。

可是,大梁是不容易挑的,最好的时代并不意味着会直接提供现成的设计方案,反而会提出符合时代发展趋势的更高要求,自然也能为科研攻关提供充满激情的环境。叶聪没有"走神",他说的"走神"实际上是对未来、对新事物的遐想,遐想会激发人的追求。实际上,他真正做起事来,是全神贯注、心无旁骛的。

他说过,自己的长处是可以"不厌其烦地去做一件事"。他具有最可贵的工匠精神。

一个研制7 000米载人潜水器的团队组建起来了,徐芑南为总设计师、七〇二所副所长崔维成是第一副总设计师,他们一起组建了一个包括12名青年本科生在内的团队,叶聪是其中的一员。叶聪担任了7 000米载人潜水器的总布置主任设计师,这一年,他只有23岁,比徐芑南小了整整43岁,是最年轻的分系统主任设计师。

叶聪说,这是一项设计工作,包含画图、写报告,然后在纸面上"演练"。叶聪把他的工作说得很简单,其实总布置设计是潜水器设计制造的"主线"。潜水器最重要的设计文件和图纸——每个设计阶段的任务使命分析报告、均衡计算书、深潜操作流程、潜水器总图均出自叶聪之手。

就像造一幢房子,总布置设计需要设计建筑外形及各功能区的分布、功能、面积和风格。这项工作既要有高屋建瓴的构想,又要有细致入微的勾勒,事无巨细,方方面面,从框架的搭建到细节的铺陈，都要做得精确、到位、合理、科学。这么繁复的设计，交给工作年限只有两年多、职称还是助理工程师的青年员工，是够大胆的。

七〇二所没有论资排辈，徐芑南没有论资排辈，这个团队需要新鲜血液，他们期待中国的深潜事业后继有人。徐芑南、崔维成等前辈多么希望"桐花万里丹山路，雏凤清于老凤声"，他们这代人可以把接力棒交给青年一代，并且希望青出于蓝而胜于蓝。

深海探索是没有止境的，世界是不可能穷尽的。就像太空探索一样，这是一场接力赛。这就是叶聪说的幸运和机遇。几十年、几百年，甚至更长时间之后，太空和深海的更多奥秘会被揭示。人类探索的脚步会走得多远，这是现在的人无法想象的。可是，叶聪这一代人已跨入了大海的深处，已敲开了深海厚实的大门。

叶聪的经历表明：历史的机遇和进程有时候往往比个人奋斗更重要。

5

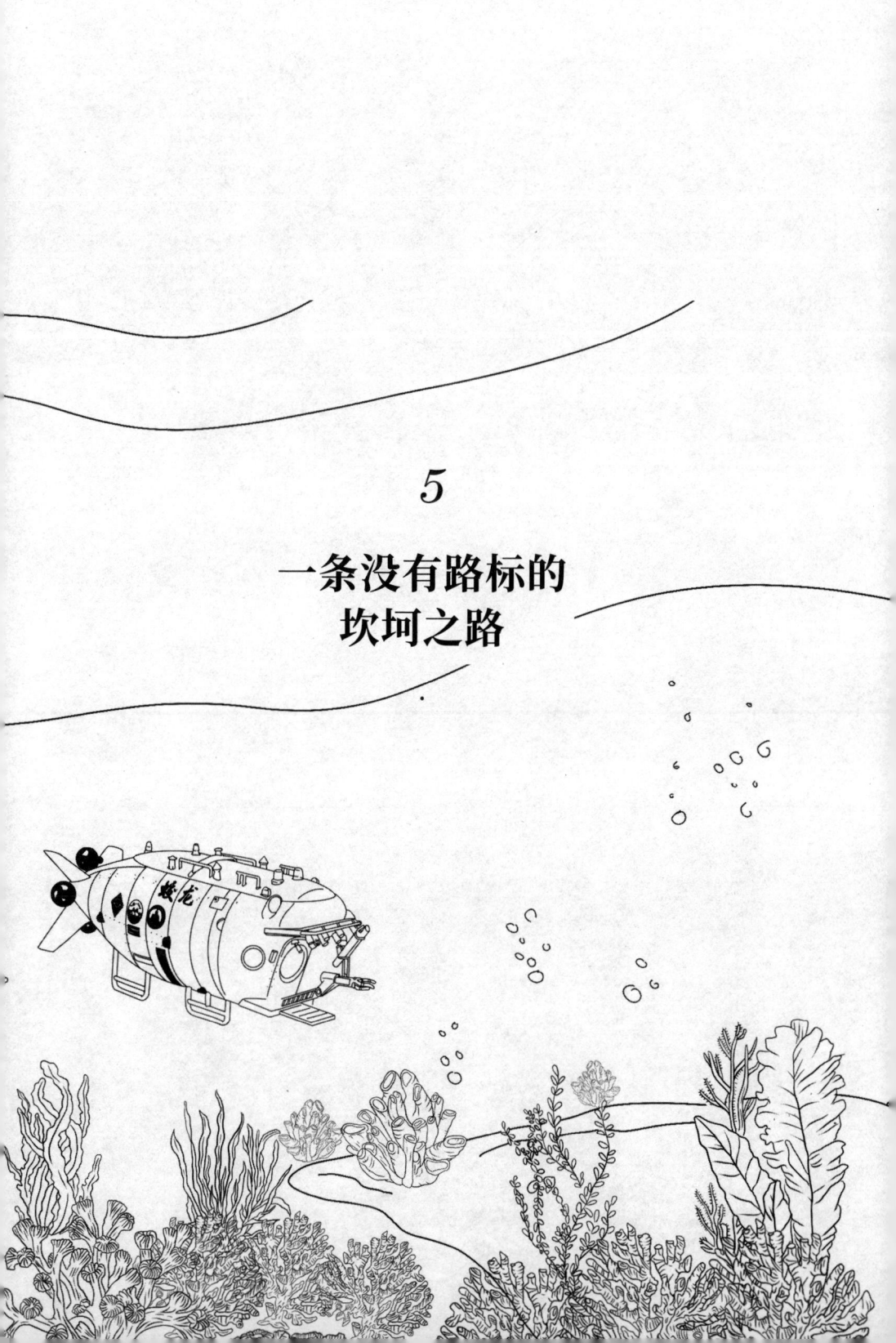

一条没有路标的坎坷之路

一部辉煌的史诗开始书写了。

深海潜水器的设计工作在太湖之畔的七〇二所展开了。

徐芑南走马上任了。他这辈子一直在研究潜水器，是个有大格局的人，看准了一个目标，咬定青山不放松。过了花甲之年，他终于搭上了时代的快车。作为行业翘楚，他再一次挺立时代潮头。他下定了决心，一定要创造出更好的载人潜水器。但他知道，大深度载人潜水器，和他以前做过的潜水器完全不同。他放低身段，重新学习，下起了笨功夫。

这是密林里一条没有路标的、人迹罕至的探索之路。徐芑南正式上任后遇到的第一个问题，就是人才断层、青黄不接的问题。懂得潜水器的人年龄都偏大了。懂得大深度载人潜水器的专业人士更是稀缺。即便是潜水器研究专家徐芑南本人，研制大深度载人潜水器也超出了他的经验范围。

这是中国潜水器制造史上一个前所未有的拐点。

徐芑南和所领导商量后，大胆起用年轻的大学毕业生。徐芑南表示，人才是在实践中锤炼的，研制大深度载人潜水器的过程，也是新人成长、人才断层弥合的过程。12位近几年进入七〇二所的大学毕业生成了团队的中坚力量。徐芑南对这些年轻人说："这是一个很高的起点，我们一点一滴研究。每前进一步，就会集聚更多的势能，成为又一次进步的基点。当你花1万小时钻研，你可能会成为行家，当你花10万小时攻关，你绝对会是精英。7000米载人潜水器成功之时，就是新的专业队伍崛起之日。"

除总布置主任设计师一职交给叶聪这个初出茅庐的青年才俊外，其他年轻的技术人员也各负其责，挑起了重担。在徐芑南的带领下，一个老中青三结合的、生气勃勃的团队组成了。大海点燃了这些青年的人生理想和热情。

七〇二所离太湖很近。太湖浩瀚如大海，深沉、辽阔、幽远。他们常常站在湖边，远眺着，期待灵感乍现。平时，徐芑南和团队中的年轻人打成一片，像一家人那样坐在一起探讨各种问题。他感受到年轻人的那股朝气和勇气，从他们身上仿佛看到了自己年轻时的影子；年轻人也喜欢他，他没有架子，毫无保留地传授自己的经验，平等地与年轻人交流讨论，求得思想脉络的贯通。他的可敬，不仅在于经验，而且在于闪亮的人格，正是这种人格魅力将这些年轻人聚拢起来，一起求索，负压前行。慢慢地，年富力强的分系统主任设计师后面还有更年轻的人才紧随着，他们在探索中共同成长。

7000米载人潜水器的设计难度超乎了所有人的预估，也超出了总设计师徐芑南的经验。徐芑南有设计和制造潜水器的经验，但他研发过的是无人潜水器，最大深度是600米，载人潜水器的深度则更浅。而叶聪只有在大学里学到的造船的书本知识、实习时接触潜艇的经验，以及进所第一年参与研制600米救援潜艇的经历。

"蛟龙"号研制成功后，科技部、大洋协会对徐芑南说，他不仅研制了一台大深度潜水器，而且铸造了一支拉得出、打得响的专业队伍。此前已经断层的潜水器研制团队后继有人，薪火相传。24岁的叶聪担任了总布置分系统主任设计师。叶聪的命运迎来了转折，此后的20年他与深海潜水器和大海密不可分。

面对复杂的海洋环境，要进入7 000米的深海区，潜水器上的所有设备必须能够承受大约70兆帕的压力，载人潜水器球舱要保持一个恒定的大气常压。总体、结构、动力、机械、生命支持、水声通信、水声定位、视频等12个分系统，囊括了多个技术领域的前沿科技，需要联合沈阳自动化所和声学所等上百家科研单位进行协作攻关。各种事务可谓千头万绪，统筹工作是总设计师的重要工作内容。徐芑南没有多说什么，他用了12个字来概括全套设计理念："下得去，能干活；上得来，保安全。"实用、安全这两个原则贯穿了潜水器设计的全过程。"天道酬勤，以人为本"是他秉持的理念。

"蛟龙"号从最初的设计到最终的海试，均由徐芑南和团队自主研发完成。

徐芑南去过俄罗斯，与俄方科技人员就潜水器研制有过交流。7 000米深海载人潜水器立项的消息公布后，俄罗斯科学院下辖的希尔邵夫海洋研究所立即通过中国驻俄罗斯大使馆发来公函，希望和中方合作，由他们全权负责帮助中国制造一台载人潜水器。这是一种代加工的商业模式。

中方早有自己的打算，希望立足自制，走"自主设计、集成创新"的路线，并且通过这样的创造性尝试，培养人才，积聚力量，提高中国深海科技的整体水准。双方没有能够谈拢，俄方原本答应

一条没有路标的坎坷之路

提供的设计参考图纸也没有拿出来。

这个团队的成员从资深潜水器专家徐芑南等老一辈技术人员到后起之秀叶聪等人，都未曾见过真正的深海载人潜水器。他们只能采取"笨办法"，收集大量的资料，自行琢磨、研究。犹如挖掘一口井，现代化的挖掘机按图施工，毫不费力；而他们只有铁锹、铁镐。整个团队凭着这些老旧的简单工具，加上自己的一双双手，一点一点地挖，深挖不止。没有现成的图纸，只能边挖边设计。大家都记住了徐芑南12个字的设计理念："下得去，能干活；上得来，保安全。"

叶聪说："潜水器的关键技术当时在国外也是封锁的，我们只有从一些外国的影视资料中学习。我在大学学的是船舶工程，但深海载人潜水器的技术没有学过。"

叶聪所说的影视资料，包括《泰坦尼克号》等外国电影。这些艺术作品，也是他们直接的学习材料。电影画面中，"蛙人"乘坐潜水器下海，小心翼翼地登上被海水严重腐蚀、变得破败不堪的"泰坦尼克"号的残骸。叶聪能从中模模糊糊地看到潜水器是何模样，能想象到它在海底作业的情景。

直到现在，叶聪及其团队仍然和《泰坦尼克号》导演詹姆斯·卡梅隆的团队有联系。卡梅隆驾驶"深海挑战者"号深潜到马里亚纳海沟，虽然潜水器遭到严重损坏，但他还是拍摄完成了世界上第一部深潜纪录片。研制团队反复看过这部纪录片，虽然画面有些模糊，少有令人惊叹的镜头，但毕竟可以从中一窥马里亚纳海沟的景象。

现代潜水器有大有小，外形和结构也多种多样。大的潜水器排水量有1000多吨，可以下潜1万多米；小的排水量只有1吨多，下潜深度只有9米。不论大小，它们一般都有耐深水高压的外壳、浮力材料以及观测、作业和动力等设备。

徐芑南团队对此当然了解。徐芑南有几年研制过潜艇，叶聪在大学期间也登上过潜艇，对潜艇有一定的研究，了解潜艇的起源和发展。在研发深海载人潜水器的过程中，叶聪又重温了潜艇的前世今生，从中获取灵感。

早期潜艇在某种意义上就是一台简陋的潜水器。潜艇是在潜水器的基础上发展起来的，它的许多原理来源于潜水器。它们是一个家族的两个成员，后来出于不同的用途，而分化成两个不同的类别。

最早期潜艇的使用者甚至会被视为海盗，因不符合所谓的战争规则，而为人所不齿。早期的潜艇连图纸都没有，或者有了图纸而没有保留下来，以免留下把柄。最初的潜艇设计和制造是偷偷摸摸进行的。

1578年，英国数学家威廉·伯恩在《发明与设想》一书中用文字描述了"可在水下航行的船"，寥寥几笔，点到为止。1620年，首艘有详细文字记载的"可以潜水的船"，由荷兰裔英国人戴博尔建成，推进力由人力操作的木头桨叶提供。但有人认为那只是"缚在水面船只下方的一个铃铛状的东西"，根本不能算潜艇。

1620年至1624年，戴博尔改良了设计，又造出了两艘潜水船，并在泰晤士河上进行试验。2002年，英国广播公司播出了一档电视节目，节目中，马可·爱德华兹公司根据当年的设计图建成了一艘搭载两人的戴博尔型古董级潜水船，并成功潜航于伊顿的一个湖中。

在徐芑南和叶聪看来，这种"可以潜水的船"与其说是潜艇，还不如说是探索水下世界的潜水器。

这种潜水器的军事价值很快就被发掘了。1648年，英国切斯特主教约翰·维尔金斯在《数学魔法》一书中指出了潜艇在军事上的优势：1. 私密性——能前往世界任何海岸附近，并且不被发现或控制；2. 安全性——海盗和劫匪无法抢劫水下船只，无常潮汐和强烈风雨无法影响海面以下五六米的深度，冰和霜冻也无法危及潜艇乘员，即便在南北极海域；3. 抵抗性——能有效抵抗敌方海军，破坏和击沉水面船只；4. 补给性——支援被水环绕或接近水的地方，无声无息地运送补给品。但维尔金斯所论及的这种原始的潜艇，由于潜水极浅，动力不足，容量不大，不足以用于真正的战争。

史上第一艘用于军事的潜艇出现于美国独立战争期间。美国发明家布什奈尔当时建成了"海龟"号潜艇，通过脚踏阀门向水舱注水，可潜至水下6米，能在水下停留30分钟。艇上装有两个手摇曲柄螺旋桨，使潜艇获得每小时4.8千米的速度并能操纵艇的升降。艇内有手操压力水泵，能排出水舱内的水，使艇身上浮。艇外携带一个能用定时引信引爆的炸药包，可在艇内操纵，系放于敌舰的底部。艇内仅能容纳一个人操作方向舵和螺旋桨。

1776年9月，"海龟"号企图攻击英国的皇家海军军舰"老鹰"号，虽未获成功，但开创了潜艇首次袭击军舰的尝试。

这些潜艇都依靠人力来推动下潜和行驶，军事价值并不大，但某些技术直到现在还在运用，如注水下潜、利用压载物下沉、抛掉压载物上浮等。

后来潜艇的动力改为由蒸汽机、蓄电池、汽油内燃机提供，武器也由炸药包变成了火炮和鱼雷。之后又出现了双层壳体的潜艇。徐芑南和叶聪分析，最初潜艇和潜水器的功能差别不大，潜水器的功能可能更多。

第一次世界大战和第二次世界大战期间，潜艇得到突飞猛进的发展，成为战争中的重要武器。第二次世界大战以后，世界各国海军十分重视新型潜艇的研制。潜水器也正式从潜艇系列中分离出来。它更多地被运用于海洋探索，包括深海载人探索。

1928年至1929年，美国工程师奥蒂斯·巴顿设计了一个被命名为"潜水球"的深海航行器。博物学家威廉·毕比对它深感兴趣，将它停放在百慕大楠萨奇岛的海边，他准备进行第一次载人下潜。潜水球像一个巨大的、中空的球形火炮炮弹，有3扇76毫米厚的石英玻璃舷窗，上部入口处有一个重达180千克的舱顶盖。大小仅能容纳两人，一人跪坐，另一人蜷腿坐在前面。舱顶连着一条钢索，钢索的另一头缠绕在机械绞盘上，这一装置用来将潜水球放入水下及提回水面，这时的潜水球就像一个悠悠球。潜水球内备有压缩空气瓶，毕比把棕榈树叶用作扇子，来调节空气。但是在未载人的潜水测试中，钢索有时会纠缠盘绕在一起，难以解开。

在汹涌的海流中，潜水球会剧烈地摆动，舱内物品被甩得四处都是。有时候它还会进水。在一次下潜测试中，毕比将潜水球提回到甲板上，透过一扇窗户，发现舱体内灌满了水。毕比用力拧开舱顶盖，这时一枚螺栓射了出来，在十几米远处的钢板上留下了很深的凹痕。一股水流从螺栓飞出的小孔里喷射而出，力量强大，用毕比的话说，"看起来像蒸汽一样"。他意识到，这一定是因为潜水球在海底极深处渗入了海水，当它被拉回水面时，里面的压力逐步上升，松了的螺栓才会像子弹一样激射而出。如果这次下潜时毕比待在潜水球里，他大概已经死了。

后来他加固了球体。1930年6月6日，他爬进了潜水球里，陪同他的是制造这个潜水球的工程师巴顿。船员放松绞盘，潜水球溅着水花进入海中，垂直下沉。钢索不断放下，毕比和巴顿坐着这个潜水球消失在大海中。

潜水球向大海深处沉去。周围越来越暗，就像演出前剧场逐步暗下去一样。"我把脸贴在玻璃上，向上看去，在我视力能及的一小块空间里，我看到了一抹微弱的蓝色的边缘。"毕比后来写道，"我向下张望，心中又一次感受到长久以来的渴望——我想要潜得更深，即使那里看起来像是黑色的地狱入口。"

他们看到了各种奇妙的鱼类及其他海洋生物，如凝胶状球体生物。到达200多米深处时，海水是晦暗的蓝色。"在陆地上，在夜晚的月光下，我常常可以想象阳光的金黄色，还有看不见的绯红色。"他写道，"然而在这里，当探照灯熄灭时，黄色、橙色和红色是无法想象的。蓝色充满了所有空间，隔绝了你关于其他任何颜色的想象。"

1930年至1934年，毕比和巴顿在百慕大进行了多次潜水。1934年8月，他们最终下潜了923米，证实了在极深的海中确实存在海洋动物。他们成为第一批目睹海洋中层带的人。毕比和巴顿瞠目结舌地看着窗外的动物。被困于潜水球之中，被悬在钢索之下，他们没有办法与这些动物进行有意义的追逐和互动。他们没有办法拍照，以至于他们上来后，叙述所看到的一切时，却被质疑。他们的叙述像一份疑点重重的独白，大多数人对此嗤之以鼻，只有少数人相信他们。

毕比和巴顿的潜水球可以称得上是后来潜水器的雏形。与后来的潜水器相比，这个潜水球的球舱没有摄影摄像设备，没有机械手和声呐系统。

不久，毕比和巴顿因为一些个人原因而分道扬镳。作为机械工程师的巴顿又制造了一个更好的潜水球，并于1949年创造了下潜1 372米的世界纪录。不过，因为牵引潜水球的钢索自身重量太大，不可能无限制放长，再加上球壳的耐压强度不够，此类载人潜水器的下潜深度至此已达极限。

1933年，芝加哥承办世界博览会期间，主办方邀请了毕比参加，同时邀请了一位来自瑞士的发明家皮卡德和他见面。1932年8月，皮卡德发明的氢气球升到了16 201米的高空，这是人类制造的飞行器达到的新高度。人类探索未知领域是一种本能，上天和下海是首要的选择，虽然方向不同，但本质上都体现了一种探索精神，而且都需要一个装置来利用浮力。对于上天来说，浮力来自空气；对于下海来说，浮力来自海水。

皮卡德从毕比和巴顿的潜水球中得到启示，产生了试制潜水器的念头。他认为，潜水球用钢索牵引，不仅累赘，而且钢索的自重限制了潜水球的下潜深度，一旦钢索断裂，潜水球就会葬身海底，因此能让潜水器浮上来是至关重要的。他设想在载人球舱上加一个类似气球的浮力装置，让潜水器浮上来。

于是，皮卡德制造了一个6.7米长的圆筒形"气球"，往里面灌满比海水轻30%的航空汽油，再将一个直径为2米的潜水球绑在下面，附上两块用电磁铁吸住的压载铁，这就是世界上第一台深潜舟。压载铁脱落后，圆筒里航空汽油轻于水的特性就能使深潜舟浮上海面。

浮力装置的设计使得深潜舟摆脱了钢索，安全性得到增强。这是一个了不起的发明，显然比毕比和巴顿的潜水球先进了很多。后来的作业型现代潜水器都使用压载铁和注水装置来实现下沉，同时采用上浮材料来实现上浮,"蛟龙"号和"奋斗者"号也是如此。

后来,皮卡德和儿子又制造了一台新型的深潜舟,浮力舱加长到 15 米,载人球壳用更耐压的锻钢代替铸钢,观察窗用新型透明塑料代替石英玻璃。1953 年 9 月 30 日,皮卡德父子俩乘坐这台深潜舟在地中海首次下潜,到达了 3 150 米的深度,这是前所未有的纪录。它就是"的里雅斯特"号,潜水器发展史上标志性的一台深海潜水器,开创了探索深海奥秘的新纪元。这台潜水器后来经过改装,在美国军方的支持下,首次下潜到马里亚纳海沟,进入了这个所谓第四极的大门。

潜艇的发展很自然地利用了上述原理和类似的装备。潜艇由于体积庞大,分量极重,下潜深度有局限,一般只有几十米到几百米。它不需要也不可能下潜几千米乃至到达马里亚纳海沟。

作为军事装备的潜艇在第二次世界大战和冷战时期迅猛发展。核动力和战略导弹的运用,使潜艇的发展进入一个新阶段。20 世纪 80 年代,核动力潜艇的排水量已增大到 2.6 万吨,装备有弹道导弹、巡航导弹和自卫用的鱼雷等,水下航速达到每小时 37 千米至 78 千米,下潜深度为 300 米至 900 米,可执行快速打击、反导、侦察等多重任务。中国在改革开放后,自主研制出先进的常规动力和核动力潜艇,拥有了强大的水下核打击力量。

7 000 米深海潜水器的轮廓在徐芑南的脑海中慢慢地清晰起来。徐芑南是这样设想的:它像一条鲸鱼,流线体形,既直航稳定,又机动灵活。叶聪在潜艇上实习过,最早的潜艇实际上就是一台潜水器。现在他和徐总师想到一起去了,它的体形可能是铃铛形的、橄榄形的、鲸鱼形的或鲨鱼形的。它要沉得下去,就需要压载物;要浮得上来，就需要浮力材料；要航行，就需要动力和推进器。它要有灯光和玻璃窗，在漆黑一团的深海里能有一双明亮的眼睛，以观察深海奇异的景观；它要有有力的机械手，能在深海作业，捞取深海生物和矿物。

叶聪反复细看潜艇和深海潜水器的图片，查阅《泰坦尼克号》和《深渊》的电影资料。这两部电影的导演卡梅隆曾投资建造"深海挑战者"号并成功抵达马里亚纳海沟，成为历史上第3位到达海洋最深处的人。

在电影《泰坦尼克号》中，卡梅隆用他的深海潜水器拍摄了这艘豪华游轮的残骸。叶聪一边观看这些场景，一边向历史深处回溯，感受大海澎湃的力量。这些电影镜头虽然不会告诉他真正有用的东西，但也许可以激发他的设计灵感。他就着定格画面反复推敲深海潜水器的舱室布局。

2018年12月11日，叶聪接受中国文明网《40人对话40年》栏目专访时，拿出一个"蛟龙"号的小模型，它的形状从侧面看像一条鲸鱼。记者出示了山西某小学三年级学生闫颖茹小朋友画的一幅画——《蛟龙2号》，画面上一艘深海潜水器航行在被海洋生物环绕的深海中。所附文字说明中写道：它的下潜深度可达1.5万米，外形呈流线形，漆上了中国红，可乘坐3人；两条手臂可延伸、可钻井、可开采，操作灵活、简便；底部有吸盘，可停留在较平坦之处，电池可供电20小时。

记者询问叶聪对这幅儿童画的评价时，叶聪高兴地说："它的外形还是照顾到了流体方面的要求，应该说这是一个靠谱的外形。看她的画我挺高兴的，因为很多小朋友的想象、图画，都反映了他们对海洋的理解，另外也对我们的工作有一些触动。这幅画有很多地方也可以让我们借鉴，比如它有这么大的采样篮，可以多拿很多样品。"他接着说，很多海洋方面的文学作品、艺术作品，包括电影，都给了研制者很大的启发。

载人潜水器设计专家、获得"载人深潜英雄"荣誉称号的叶聪，依然会想从一幅儿童画中获得借鉴，这说明他具有一名成功设计师的禀赋：虚心地借鉴一切值得借鉴的东西，以他人之长补己之短。

七〇二所研究员胡震一开始就参与了潜水器项目，后来又担任了"深海勇士"号的总设计师，对整个研发过程十分了解。他说："我们知道国际上早已开发出了6 000米载人潜水器，但我们只能从公开资料上找到一些图片和新闻报道，涉及技术细节的专业文献是查不到的。"

别无他法，叶聪只能一字不漏地阅读公开资料、新闻报道和图片，甚至还重读了早年看过的法国科幻小说作家凡尔纳的代表作《海底两万里》。小说形象地描绘了充满神秘色彩的海底世界，语言生动有趣，既是艺术的语言，又是科学的语言。各种海底事物被描绘得惟妙惟肖，特别是那艘"鹦鹉螺"号潜艇，让读者如痴如醉。鹦鹉螺以自身几毫米厚的螺壳承受着百米深海的巨大水压。鹦鹉螺的造型也让叶聪觉得很有意思。

经过一段时间的酝酿、思考、顿悟，总布置主任设计师叶聪对所要设计的潜水器的轮廓慢慢有了感知。这是一个他要建造的逼仄的小世界，这个空间要尽可能地填充起来，直至细节。团队觉得还是需要直接接触一下真正的深海载人潜水器，一睹其庐山真面目。为此他们不放弃任何机会。

高级工程师、潜水器主驾驶张伟提到了这样一件事："一次，我们听说浙江大学的陈鹰教授曾经坐过一次美国的'阿尔文'号潜水器,于是,整个团队跑到杭州去找他了解情况。他突然见到这么多人来找他,吓了一大跳。"

胡震谈起了这件事的后续:"可惜,陈鹰教授是做机械液压装置的,对载人潜水器这块不太熟,只能跟我们描述一个大概。后来我们得知另一位浙江大学教授杨灿军也要去乘坐'阿尔文'号,便立刻过去找他,向他提了很多问题。不过,事出意外,杨教授虽然登上了'阿尔文'号的母船,却因为不慎受伤而没有下潜。但他仍然带回来很多照片,回国后跟我们团队整整交流了两天,使得大家对载人深潜这件事有了具体而实在的了解。"

2002年10月,徐芑南和叶聪根据各方意见,确定了载人潜水器的外形设计方案,并制作了比例为1:3的载人潜水器模型,在七〇二所的大型拖曳水池内进行了前进、横移、上浮和下潜方向的阻力实验,为载人潜水器的动力外形设计及推进系统设计提供了初步的实验数据。

同月,七〇二所进行了载人潜水器的风洞流体动力模型实验,测定了载人潜水器前期设计方案的操纵性水动力参数,为载人潜水器的运动稳定性评估分析、操纵性设计、水动力布局、推进器设计和无动力上浮下潜设计提供了技术依据及必要的实验数据。叶聪参与了这些实验的全过程,也参与了载人潜水器和风洞流体动力模型的图纸设计及模型制作。这为下一步的整体设计做好了准备。

2002年11月5日至20日,刘峰、徐秉汉、徐芑南、崔维成、张艾群、贾培发和吴崇健7人组成的7 000米载人潜水器技术代表团赴俄罗斯进行考察,现场参观和深入了解了俄罗斯深海载人潜水器的设计和建造能力，看到了"领事馆"号和"俄罗斯"号这两台6 000米载人潜水器的钛合金球舱，但没有看到整体造型，对方也没有提供图纸。这可以理解，载人潜水器是高科技产品，不会轻易示人。

收获还是有的。七〇二所同俄罗斯克雷洛夫造船研究院签订了合作纪要，俄方将对潜水器耐压球壳及其他承压结构件提供制造支持和帮助。球壳是深海潜水器的盔甲，没有坚硬的外壳，一切都是空谈。

团队做足准备后，就全身心地投入了7 000米载人潜水器本体系统的详细设计中。由于长期用眼过度，徐芑南右眼的视网膜脱落。纸上的资料，他只能用高倍放大镜逐字去看。实验室里的那些仪器数据和电脑数据，他几乎看不见。这个时候，方之芬成了徐芑南的"眼睛"，把数学公式、海里数据、精密推算过程念给他听。徐芑南则仔细地用耳朵听，用脑子记，夫妻俩这样一念一听就是整整10年。

叶聪身上黄陂人特有的工匠精神发挥出来了。他潜心钻研，闷头设计，每一个细节都要反复琢磨、修改，每一个部件都要进行成百上千次的计算分析。叶聪明白，这些高科技零部件不能有丝毫的误差，失之毫厘则谬以千里。

在没有参考图纸和母型船借鉴的情况下，叶聪按照徐芑南的总思路，调动所有的知识和技术积累，和几个年轻科技人员废寝忘食地完成了7 000米载人潜水器各阶段的设计图纸，把整个团队的构思变成了设计图，甚至效果图，如外形设计效果图等。叶聪每天都既冷静又亢奋地沉浸在设计的思考中。他经常"走神"，吃饭、走路会"走神"，回到家里休息时也会"走神"，有时躺在床上，还会

"走神"。想到某张图纸还不够完美，或者有新的设想，他会立即跃身而起，到书房彻夜画草图。深夜，只有他家的窗户还闪耀着灯光。第二天上班，他马上按照新的思路修订图纸。这样的情况一直持续下去，成为叶聪的工作常态。

在徐总师和崔副所长的领导下，这个团队仅仅花了一年时间，就拿出了7 000米载人潜水器本体系统，包括总体优化集成、耐压结构及密封、作业系统和生命支持系统的设计图纸。专家组和总师组为他们的高效率而惊叹。

与此同时，按照确定的"自主设计、集成创新"的技术路线，项目总体组对当时的国际载人深潜技术状况和发展趋势进行了全面而系统的分析研究，与俄罗斯、美国、英国、法国等有关国家的科研院所和公司进行了广泛接触，综合考虑了国际地缘政治等各种因素，进一步细化了各系统、各部件的技术路线，逐个部件落实自主研发或国外引进的具体技术的实现途径，确定了钛合金耐压球壳、浮力材料、高压海水泵、水声通信设备等部件的引进方案。

声学所就潜水器本体声学系统的总体设计和研制取得了预期的可喜成果。沈阳自动化所对潜水器的信息监测、处理和综合显控系统，导航定位系统，航行控制系统的研制都在稳健地进行。七〇一所对潜水器试验母船的改装设计和水面支持系统的研制也进展顺利。这一年，在引进、消化、吸收国际先进深海技术的基础上，国内组织了大规模的技术攻关，潜水器从无到有地成形了，过程好比一个生命的孕育。

先后有超过100家国内科研院所、大学、公司直接或间接参与了技术攻关，加工了载人潜水器1:1的布置钢质模型，完成了载人潜水器的总体布局、结构、动力源、电气、液压、作业、控制、声学等分系统的方案设计和初步设计。

经过论证，7 000米载人潜水器水面支持系统下设母船总体性能分系统、布放回收分系统、辅助装置分系统和潜水器存放分系统，这些分系统都在推进之中。原科考船"大洋一号"作为母船的改装设计进度也加快了。为了带动深海相关技术的发展，7 000米载人潜水器专项内还设立了"可加工深海浮力材料研制""深海水密接插件研制""载人潜水器钻结壳取芯器研制""水下目标自动识别与视觉定位技术研究""深海圆柱水声换能器研制"等专题，在国内进行揭榜式的动员，开展关键技术攻关。

除此之外，海试基地的选址、潜航员的选拔培训等也在有条不紊地推进中。

2003年6月，7 000米载人潜水器本体研制组完成了压力补偿量测试实验，确定了压力补偿在7 000米深度环境下所需要的补偿油量，为载人潜水器压力补偿设备的设计奠定了技术基础。

同年7月，7 000米载人潜水器本体研制组完成了机械手和水密电缆切割装置样机的研制，并通过了陆上功能考核及试验。七〇二所完成了钛合金耐压样的研制，并通过了压力筒1.2倍工作压力的考核及试验。通过应变测量表明，耐压罐的计算分析和设计是正确的，耐压结构系统在工程上是可以实现的。耐压件技术的突破意义非凡，意味着外壳经得起大深度海水的巨大压力。七〇二所同时完成了压载水箱系统样机的研制和试验。通过水池试验，解决了注排水系统的压力设定、过程控制、减压系统设计、时间控件等关键性技术难题。

同年8月，7 000米载人潜水器本体研制组完成了爆炸螺栓样机研制，通过工作压力试验表明，爆炸螺栓耐压能力和解脱性能均满足要求，蓄电池抛载关键技术获得突破。七〇二所完成了载人潜水器1:1总布置模型的研制，解决了潜水器总体布局、线路布设、管线布设、安装工艺流程等技术难点，并列出了一批详细的设备清单。这些关键设备中有一部分当时国内还不具备制造能力，只能从国外进口。大洋协会与西方国家有一些来往和合作，有畅通的采购渠道。潜水器不算军事装备，所需求的零部件基本上都能买到。7 000米载人潜水器所必须使用的、当时暂时还不能制造的浮力材料、推进器、高压海水泵、机械手、液压系统、水下定位系统、观察窗、照明设备和摄影摄像装置都不得不选择从国外进口。

2004年4月13日至14日，国家海洋局在七〇二所召开了7 000米载人潜水器本体研制详细设计评审会。国家海洋局局长助理王飞、科技部高新技术司副司长李武强、大洋协会秘书长毛彬、中国船舶重工集团公司总工程师方书甲及近30名专家组成的专家组对详细设计进行了评审，经认真审阅设计图纸和技术文件，进行质疑与讨论，专家组认为载人潜水器本体的详细设计阶段任务和目标已经达成，在详细设计经过补充和修改后，可以转入下一阶段，即全面研制零部件和试验阶段。

同年9月，大洋协会决定设立7 000米载人潜水器本体研制专职质量师一职，以加强7 000米载人潜水器本体的研制质量和可靠性管理，统一协调各协作单位的质量控制。七〇二所研究员杨有宁担任了专职质量师。

2004年5月至9月底，7 000米载人潜水器本体研制系统全面开始了加工建造。依据中方提供的图纸，有关国家代为制造的部件也陆续开始生产。玻璃钢外壳、机械手、水下灯、云台、水下照相机、水下摄像机等很快陆续到货。由美国制造、英国切削加工和粘接的浮力材料因非技术原因，被扣押在英国希斯罗机场海关。其他引进部件完成加工制造后运抵上海，但由于免税政策迟迟未能落实，不少关键部件滞留在上海海关外高桥保税区。

载人潜水器最重要的部件无疑是载人球舱。对于载人潜水器来说，球舱是它的心脏。心脏如果出大问题，潜水器就报废了。载人球舱应该是非常牢固、坚不可摧的，发生细微的问题都是大事，发生泄漏则是无可挽回的事故，后果是不堪设想的。在7 000米载人潜水器的研制过程中，科技部、国家海洋局、大洋协会、七〇二所、七〇一所等单位的领导人，特别是总设计师徐芑南时刻挂在心上的，就是球舱的安全性，也就是球舱的耐压性能。徐芑南有这么一句口头禅："悠悠万事，唯此为大。"

在7 000米深海，每平方米要承受的压强达到了700个大气压。舱体一旦出现裂纹，几秒钟里舱内就会被灌满海水。高压之下的海水像利刃一样，会给舱内设施和人员造成毁灭性破坏，点滴的渗漏都是极其危险的。

中方没有让俄方包揽整体制造，只让俄方协助制造球壳。当时中国没有能力生产球壳所需厚度的钛合金板材，焊接技术也不能满足需要。事实上，俄罗斯生产方波罗的海造船厂也没有能力将钛合金直接做成两个半球。俄方只能把板材做成西瓜瓣的形状，然后用手工焊接的方式将14片西瓜瓣焊接成一个圆形球壳。

作为载人球舱的设计者，七〇二所全程参与了球壳的制造和焊接过程，并对产品进行仔细检查和验收。球壳质量要得到绝对保证，必须严丝合缝，承受得住深海的高度压力。

应俄罗斯克雷洛夫造船研究院的邀请，2005年7月1日至10日，由大洋协会办公室主任张利民，办公室副主任、7 000米载人潜水器总体组组长刘峰，科技部高新技术司自动化处处长王春恒，国家发改委高新科技司综合处谭遂，"863"机器人主题专家戴先中组成的5人代表团访问俄罗斯克雷洛夫造船研究院，见证载人球壳打压试验的过程。7月12日，打压验收完成，证明载人球壳符合中方设计要求。9月9日，在中方技术人员的现场检验和监督下，钛合金耐压球壳和框架结构件经过最后的验收，装箱启运回国。

最终制成的载人球舱在海水中的重量并不大，但如果加上3个人和一些设备，就需要添加浮力材料来平衡了。载人球舱正好位于潜水器的头部下方，所以"蛟龙"号的前端有个"帽檐"。

2006年，七〇二所完成了蓄电池箱抛载机件在多个角度下的抛弃功能试验。这项功能在应急情况下，能保障载人潜水器的安全。同年，载人球壳观察窗耐压试验在俄罗斯克雷洛夫造船研究院完成，这标志着载人球壳观察窗的设计达到了总体要求。观察窗是潜水器的眼睛，潜航员和科学家直接通过它，在潜水器照明设备的灯光下，看到深海的景象。

经过国家海洋局、科技部、财政部、税务总局、海关总署等多部门的协调，7 000米载人潜水器重大专项引进的部件获得免税批准。2006年9月，国外引进的部件全部运抵总装现场——七〇二所，国内有关单位研制的部件也先后运来，以徐芑南为首的设计团队的设计方案和设计图纸变成了看得见、摸得着的实物。

七〇二所设计团队的设计方案此前通过了专家评审，专家组认为方案设计准则选择恰当，关键技术分解清楚，技术路线合理可行。但是，要把图纸变成实体，变成现实，必须一个一个攻克难题和难关。

这是一个系统工程,是由多个单位分工包干的合作体,七〇二所承担了最后的总装联调任务。所谓总装联调,是将分散的、各单位制造的零部件整合成一台潜水器。每个部件都要试验、每个环节都要磨合,达到尽可能地圆满,七〇二所的担子不可谓不重。就像造房子一样,建筑材料的选择、线路管道的安装、厨具卫浴具家具的选择、装修装饰等,除了要满足居住需求,还要体现审美情趣。

七〇二所所长翁震平说:"技术空白很多,每个部件、每个环节都要进行无数次的试验,1年完成总体方案设计和潜水器设计,5年完成设计组装,这本身就是一个奇迹。"

不错,这条小路慢慢地变宽了,从设计到研发,从制造到总装,每一步都是从0到1的突破和跨越,浸透了无数人的汗水、辛劳和求索之苦,耗尽了每一个人的智力和精力。年轻的团队也成熟起来,涌现出了一批佼佼者。

后来被誉为"载人深潜英雄"的叶聪就是其中之一。近20年以后,2022年5月8日,叶聪在参加中央电视台《面对面》节目时说:"我觉得这是一件很有意思的事情,我跟同行去交流我做的事情的时候,他们会问你说的这个是什么。我们年轻时候讲,这是很酷的感觉,你在做一件大家并不熟悉的事情,而且它有挑战的是,在深度上能够超过以往。这是一件很令人激动和向往的事情,那时候我们就全身心扎进去了。"

叶聪从空间布局、作业流程设计、总装联调到水池设计,以及后来的海试,正如他自己所说的,深度"扎进去了"。可以说,他是与7 000米载人潜水器共同成长的，这让他成为最为熟悉中国首台深海载人潜水器的人之一。

值得一提的是，进口部件抵达后，因为是按中方的设计定制的，七〇二所的团队顺利将其纳入总装的步骤中。科技部立刻安排相关部门推进国产化进程，并在这个过程中对部分机件加以改进。这是很明智而且很有远见的举措，因为深海探索刚刚起步，今后要继续进行下去，不可能一直依靠进口来建造新的潜水器，实现国产化是必然的趋势。

试验后发现有些进口产品并不尽善尽美。比如7 000米潜水器的推进器是由美国制造的，但噪声很大，影响了水声通信的效果。于是中方对它进行了优化，最终的噪声比美国先前制造的少20分贝。中方通过改进，掌握了推进器的制造技术。

这样做，除了减少对国外器件的依赖，还将关键技术掌控在自己的手里，避免了被"卡脖子"。这样做也是考虑到后期海试需要准备很多备件，如果完全依靠进口，则成本太高。

据徐芑南透露，2012年7 000米载人潜水器交付时，中方已能自主生产推进器备件，大大节约了使用成本。钛合金的球壳中国后来自己也能制造了，而且工艺比俄罗斯的还要先进。这体现出了卓越的创新能力。

"蛟龙"号有十几万个零部件，组装精密度要求达到了"丝"级。1丝，只有0.01毫米，相当于一根头发丝的1/10。"蛟龙"号载人潜水器首席装配钳工技师顾秋亮却能实现这个精密度。在颠簸的大海上，他纯手工打磨的潜水器密封面平面度也能控制在两丝以内。因此，他被大家敬称为"顾两丝"。长时间的打磨工作中，除了使用精密仪器，他更多地是依靠自己的勤奋和坚守，练就了"顾两丝"的钳工功力。他的两只手上已经没有了纹路。"一定要精细，要专注才行。这不仅仅是一份工作，更重要的是，我们手中关系着潜水器的存亡啊。"顾秋亮说。安装经验丰富、技术水平过硬的他成为"全国五一劳动奖章"获得者。

20世纪90年代初，我国科技部"863"计划访问团去法国考察，声学所研究员朱维庆随同前往。一次洽谈会上，他向法方提出想了解一下水声通信技术，原本热情有加的法国人突然变了脸色，生硬地拒绝了："对不起，其他什么都可以谈，就是水声通信不能谈！"这句冰冷冷的话，包含着对中国人的警觉和轻视，严重伤害了中方科学家的自尊心。

20多年过去了，朱维庆对此仍难以忘怀。从那时起，他就暗下决心，不管怎样，一定要把中国的水声通信技术搞上去！

水声通信是7 000米载人潜水器首先需要解决的难题之一。受条件所限，7 000米载人潜水器采取了自主设计、自主集成的研制方式，一些设备和技术是从国外引进的，水声通信技术却买不到。

从"七五"时期开始，在国家"863"计划的支持下，声学所一直在持续不断地进行着水声通信核心技术的研发，并取得了一系列进展。在"八五"和"九五"期间，他们与沈阳自动化所、七〇二所合作研发，针对6 000米无人潜水器等设备，开展了相关水声通信关键技术研究，为深海潜水器建立了导航通信声呐系统。

2002年6月，7 000米载人潜水器正式成为"863"计划重大专项。搞了大半辈子水声通信技术的朱维庆，深知水声通信技术对载人潜水器的重要性。经过层层申请和筛选，朱维庆和他的弟子朱敏带领声学团队，承担起了水声通信系统的研制重任。

这个项目应该走怎样的技术路线？朱维庆在第一时间就想到了"高速数字水声通信技术"。这是大深度水声通信的前沿技术，当时世界上只有美国、法国、日本等少数国家掌握。在语音通信的基础上，这项技术还可于大洋深处实现对数据、文字、图像的高速即时传输。但美国、法国、日本都绝不可能与中国分享这项技术。

载人潜水器到达海底开始作业之前，会利用各种声呐先"侦察"一番：潜水器两侧的测深侧扫声呐，通过感知反射声波来获取海底的地形地貌。潜水器前部的前视成像声呐则负责探测前方的目标，最远探测距离为200余米。测深侧扫声呐和前视成像声呐共同为潜航员绘制了一幅半径为200余米的海底地图，潜航员根据地图可以规划潜水器的行进路线。

载人潜水器腹部的多普勒测速声呐利用多普勒效应测量潜水器的行进速度和下方的海流速度。

载人潜水器在海底行进时，潜水器四周各个方向上的避碰声呐会实时监测潜水器到各个方向障碍物的距离，时刻为潜航员提供"路况"信息，避免发生碰撞。

海面的母船上安装有定位声呐基阵，水下的潜水器安装有应答器，上下借助声波实现通话。定位声呐基阵装有很多接收器，母船收到潜水器的信息后，通过计算每个接收器与潜水器之间的距离，能够精确地了解潜水器的实时位置，并把定位结果传递给潜水器，由此实现导航。

潜水器在作业时，如果有所发现，在拍摄的瞬间，该如何实时分享呢？水声通信系统的水声电话功能和水声通信模式能支持语音、图片的实时传输。

深海一片漆黑，地形环境高度复杂，载人潜水器必须实现高精度航行控制，否则就有"触礁"风险。为此，技术研究人员试图解决深渊复杂环境下大惯量载体多自由度航行操控、系统安全可靠运行等技术难题，研制智能化控制系统和电动观测云台，实现在线智能故障诊断、容错控制和海底自主避碰等功能。

在朱维庆教授的指导下，他的学生朱敏带领杨波、张东升、刘烨瑶等一批年轻人逐个攻关，寻找突破点。朱敏说："我相信，我们团队的每个人都可以成为时代的一束微光，星星点点，照亮我们前进的路。"

2007年，大学毕业生刘烨瑶进入声学所工作。此时所里正在研发7 000米载人潜水器水声通信系统，刚刚参加工作的他也被安排参加这项技术研究。后来成为"奋斗者"号副总建造师的刘烨瑶对记者回忆说："其实当时我不知道我要参与的是这么重要、这么有挑战性的项目。后来慢慢深入到这个项目里面去了，了解得越来越多，我觉得既然有这样一个机会，就要把事情做好。'蛟龙'号实现了我们国家载人潜水器从0到1、从无到有的突破，可以说没有先例可以借鉴。整支队伍是一支非常年轻的队伍，经验都是一点点摸索出来的。"

经过几年的不懈努力，声学团队设计制造出了完全自主知识产权的水声通信机，能够在不同的水声环境下实现图像、文字、指令等数据的传输。在7 000米载人潜水器"蛟龙"号上完成安装后，水声通信机经过了陆地水池的试验，证明完全可以胜任水上水下联系。

其间经历的一件小事让刘烨瑶等人更加清晰地认识到自主研发的重要性。

刘烨瑶回忆说:"当时在海上做试验时出了一点小问题,一个部件是从国外采购的,我们找到采购的代理去和老外沟通。老外说,他在度假,等他度完假要等一两个星期。这一两个星期我们在现场什么都干不了。他度完假来到现场大约用了半天时间把这个问题处理了。抛开他身上的花费不谈,更主要的是耗费了我们太多的时间,我们整个试验都因为等他而向后推迟了,所以我们当时就想,这个东西我们一定要自己做,关键技术掌握在自己手里,才能避免受制于人。"

水声通信系统维系着母船和潜水器之间的联系,指导潜水器在水下的航行。如果这套系统出了毛病,潜水器在水下就像"瞎子摸象,夜间走路",这会让潜航员不知所措,不辨方向,如同陷于泥潭之中。通过陆上试验不代表海上仍然能够运行良好。海上情况复杂多变,各种噪声,如海浪噪声、潜水器噪声、母船噪声等,影响很大。这套水声通信系统,虽然在装配之前,进行了各种环境下的试验,但还是不能确保万无一失。它也曾在海试中一度失灵。

2009年,"蛟龙"号第一次海试。73岁的徐芑南毅然登上了"向阳红09"工作母船,为海试护航。有人担心他的身体扛不住,好心劝他不要出海了。他表示,这么重要的海试,他这个总设计师怎么能不到场。上船时,他所携带的花花绿绿的药品和氧气机、血压计等医疗设备装满了一个拉杆箱,"吃药和吃饭一样",让人看了心疼。

除了因病不得不上岸休息了10天,剩下的时间他都和年轻人一样,在船上坚守了两个多月。

船从江阴出发,到长江口就遇上了超强台风"莫拉克"。16位年轻人中的11位晕船了,叶聪也吐了。徐芑南顶住了,领着大家克服晕船带来的身体不适，在海浪的颠簸中，及时改进、完善潜水器的各项性能指标。徐芑南说，一切全靠团队精神，团队中每一个人的工作都很重要；人人都是主角，人人又都是其他人的配角；大家都要互相补台，互不拆台。这是他坚持的原则。

　　海试现场，处处活跃着徐芑南忙碌的身影：检查设备、研究和交流技术问题、推敲下潜步骤等，不放过任何可能出现的隐患。每次潜水器下水，他总是一连几小时值守在水面控制室里，倾听水声通信系统传回来的每一个语音。

　　后续的5 000米级和7 000米级海试，由于试验海区在马里亚纳海沟海域，而徐芑南的身体状况已不适合远渡重洋，故他无法亲临现场。但他一直坚守在海试陆基保障中心的直播大屏幕前，第一时间了解海试情况，遥控指挥，提供指导。由于时差，海试常常在半夜或凌晨进行，但无论什么时间段，徐芑南从未缺席。他全神贯注地注视着现场的一举一动，接收船上同事的电子邮件，以自己特有的方式参与"蛟龙"号的海试。

　　有几个老朋友担心他的身体，对他说："老徐，你这是拿命在拼啊！"徐芑南淡定地说："等'蛟龙'号完成7 000米任务后，我就真的退休了，到时候休息时间多的是。"其实，他已经忘记了"退休"二字，也忘记了在旧金山赋闲的日子，那五六年的时间已经在他的人生中抹去。他满脑子想的，都是7 000米载人潜水器，甚至万米潜水器，还有那个"挑战者深渊"。

　　此后，"蛟龙"号的海试一年一个新深度，1 000米、3 000米、5 000米、7 000米，逐步深入，每一步都是新的台阶，都为"蛟龙"号带来新的技术改进。

　　南国的骄阳下，甲板发烫，稍稍一动便汗流浃背。从光合作用带、暮色带到没有一丝光亮的深海，海试人员目睹了形形色色的海洋生物，还有冷泉和冒着黑烟的热液喷口。几百摄氏度高温的、沸腾的海水中竟然有生命在跃动。

第一次海试，叶聪是主驾驶。潜水器初次布放入水，首先进行的是水面检查。一同下潜的声学工程师杨波启动了声学系统调试，但很长时间与母船联系不上。潜水器通信机里一片嘈杂声，根本什么也听不清楚。舱内3人没法和母船联系，心急如焚，又不知道原因何在，无从下手。参与海试的母船上的声学负责人连忙进行调试，忙得满头大汗，却始终不奏效，后来信号干脆中断了。

按照海试规范，水面与水下通信建立不起来，潜水器是不能下潜的。总指挥不得不下令回收潜水器。当晚，指挥部深入分析后认为，水声通信不畅是主要问题，必须立即解决，否则海试将无法进行下去。潜水器入海如果没有建立通信联系，是非常危险的，可能会引发一场灾难，这场灾难可能会引发连锁性的后果。水面与水下的通信问题，成了制约海试的最大障碍。如果不彻底攻克这个难关，潜水器试验势必会半途而废。

指挥部召开各部门负责人例会时，声学设计师朱敏被大家的提问所包围："这套系统到底行不行啊？""在家里试验不是好好的吗？怎么一到海上就不行了呢？""赶快解决这个问题，否则海试就卡住了。"

1971年出生的朱敏是浙江青田人，平常话不多，沉静稳重，一开口干脆利落，绝不拖泥带水。面对质问，他没有多加解释，只是轻声回答："你们放心，我们会找到原因并加以解决的。"他说得柔和而坚定。他和他的声学团队承受着沉重的压力。研制这套系统时，他们没有什么参考资料，一切都靠自己摸索。初次参加海试，

一条没有路标的坎坷之路

团队年轻人居多，缺乏实践经验。试验时正值台风多发季节，风雨交加、风号浪吼，海况很差。试验母船又是一艘 30 多年船龄的老船，船体噪声很大。母船与潜水器的通信问题成了一大难题。

好在指挥部不但没有批评他们，反而为他们鼓气。徐芑南镇定自若地笑着说："别急，别急，能搞到这样不容易了，一百步，已走了八九十步了，剩下的继续往下走，走点弯路是难免的，只要方向对，往前走就可以了，要有耐心。我是有耐心的。"

叶聪也站出来说，海试嘛，就是要试出存在的不足和缺陷，否则海试就没有意义了。朱敏团队受到了鼓舞，沉下心仔细检查整个系统，随时与朱维庆教授、声学所领导联系并商量。一连十几天，朱敏带领团队不停地进行调试。

台风过了，咆哮的海面平静了下来。高温来了，炽烈的阳光下，海水蒸发形成水蒸气，溽热、咸涩的热空气弥漫在母船的每个角落，尤其是甲板，简直就是一大块被火熏烤过的铁板。室内有空调，但每个人仍汗流浃背，浑身湿透。夜晚，他们在海涛声中挑灯夜战，查问题、改软件、编程序，几乎没有在凌晨 1 点前休息的。远处有灯塔闪烁着光芒。终于，这个问题彻底解决了，海试顺利地进行了下去。

正在这时，朱敏的妻子在北京生下了一个健康的女孩。而朱敏正随着母船在海上攻关，直到返回三亚凤凰港才得知这个好消息。科考母船政委在大喇叭里广播了这一喜讯，大家纷纷向朱敏表示祝贺。炊事员煮了一锅红鸡蛋，朱敏给大家每人分发了两个喜蛋。这时，朱敏悬着的心才放了下来，久久地憨笑着。

此后几年，"蛟龙"号一路过关斩将，水声通信技术越来越成熟，取得了巨大的飞跃，通信愈加清晰、顺畅。载人潜水器始终能和母船保持联系，甚至可以和太空中的飞船对话，同时具备准确的方位感和方向感，即便潜航员在水下熄灯看不见任何东西时依然如此。

负责水下调试的张东升、杨波一直随同下潜，直到突破7062米大关，两人与叶聪等人一起被国家授予"载人深潜英雄"称号。

后来，朱维庆教授因为年迈体弱退了下来，朱敏和团队里的年轻人挑起了重担，进一步补充和完善研发方案。4500米的"深海勇士"号完全配置了中国人自己设计制造的声学系统。刘烨瑶则担负起主任设计师的职责，负责声学系统硬件设计及母船声学系统的改造，并兼任海试潜航员。

后来的"奋斗者"号载人潜水器的总体设计、集成与海试中的声学系统项目，继续由声学所牵头和承担，由朱敏研究员带领海洋声学技术中心团队负责完成。他们继续自主研发和改进全海深水声通信机、测深侧扫声呐、前视成像声呐、多普勒测速声呐及避碰声呐，完成了定位声呐和惯性导航设备的系统集成。

"蛟龙"号海试时经常晕船的声学工程师杨波，在"奋斗者"号海试时成为领衔挂帅的声学总设计师，带领着几名更年轻的"声学人"前往深海大洋接受风浪的考验。水声通信系统是潜水器与母船之间沟通的唯一桥梁，它的重要性不言而喻。有了它，潜航员才能大胆地驾驶潜水器遨游深海。

10余年后，"奋斗者"号副总设计师、控制系统负责人赵洋，带领赵兵、孟兆旭等人执行了创纪录的万米海试任务。他感慨地说："我们设计的神经网络优化算法，能够让全海深潜水器在海底自动匹配地形巡航、定点航行和悬停定位。其中，水平面和垂直面航行控制性能指标，都达到了国际先进水平。"

一条没有路标的坎坷之路

坐镇声学所大本营的项目负责人朱敏，在挫折中变得更加稳重成熟。面对记者的采访，他自信而自豪地说："我可以告诉大家，相较于'蛟龙'号与'深海勇士'号载人潜水器，'奋斗者'号载人潜水器的声学系统实现了完全国产化，而且突破了全海深难关，技术指标更高，为全海深范围内的持续巡航作业提供了可靠的技术保障。这真的来之不易。"

深海载人潜水器经历了一个从仿造到创新的过程，研发团队不满足于引进，在消化吸收的基础上进行了自主研发制造。鲁迅先生说，世上本没有路，走的人多了，便也成了路。中国深海载人潜水器的研制，开始是一条没有路标的小路，后来硬是给开拓成了一条自己按上路标的大路。

叶聪回答记者提问时说："这里没有什么英雄，没有点石成金式的快速解决问题的办法。一切都要一步一步摸索，我们只是走出了漫漫长路的第一步。"

还是那几句歌词："敢问路在何方？路在脚下。"

6

母船和基地

7 000米载人潜水器虽然在2012年才正式交付使用，但实际上在2009年就已组装完毕，并通过了七〇二所的水池试验。如果不进行反复的海试，这台潜水器是不能真正投入应用的。而海试又是需要一系列的条件支撑的。

光有这台潜水器还不够，还需要有水面支持系统，通俗地说，包括母船、潜航员选拔培训、国家深海基地建设、海试区域的选址等。其中，母船的选择是最为重要的，母船不仅要载装、布放潜水器，而且兼具指挥和技术支持功能。潜水器进入深海后，不是孤单的，而是始终不脱离母船的支持和保障。

潜水器启动设计之际，大洋协会等有关部门几乎同时开启了水面支持系统的建设。2003年9月1日，7 000米载人潜水器专家组在七〇二所召开第6次总体组会议。考虑到水面支持系统的复杂性，总体组在本次会议上建议，将水面支持系统列为与潜水器本体研制平行展开的系统，设立水面支持系统总师组，负责母船的选择和改造，同时建议尽快成立专门的部门，组织和策划潜水器驾驶员的选拔及培训。

2003年9月29日,国家海洋局党组书记、局长王曙光主持会议,会议听取了大洋协会秘书长毛彬就7 000米载人潜水器的进展情况所做的汇报。王曙光传达了局党组经过研究以后的意见:立即启动专用工作母船、陆地支撑保障基地的布置和建设;针对目前我国海洋科学装备的现状和需求,制造一台载人潜水器是不够的,要建造系列深海潜水器。

不久,"大洋一号"科考船进入视线。经过论证,"大洋一号"的舷侧折臂吊方案和艉部A形吊方案能够满足7 000米载人潜水器独立作业的需要,还能同时搭载自主潜水器、遥控潜水器等联合作业设备。论证专家组经权衡利弊,认为采用艉部A形吊方案比较合适。此后,大洋协会两次召集国家海洋局北海分局、七〇一所、国家海洋局第二海洋研究所、声学所和上海交通大学的技术专家进行接口协调,就"大洋一号"船载自主潜水器、遥控潜水器、光拖、声拖、集装箱等设备的重新安装问题,以及艉部新A形架的结构和止荡等问题分别进行了技术研究。

2003年,大洋协会在武汉召开了基于"大洋一号"的水面支持系统设计方案评审会,国内10多位专家听取了方案设计报告,审阅了图纸和技术文件,经讨论,一致同意方案设计内容。但专家们也提出,上船视察后,根据实船状况,需要关注艏部和艉部重量陡增时是否会影响作业,影响的大小要进行估算,以便船只在改装时适当采取工艺措施;另外,要细化载人潜水器本体和水面支持系统的对接。

大洋协会先后又对科考船"吉利"号(曾用舷号"极地"号)及特种作业船"海洋石油709"进行了现场考察和前期论证。经过讨论，专家认为"吉利"号不可取，原因是船龄过长，设施设备已很陈旧，改装成本过高。

同年年底，大洋协会和七○一所、七○二所又对"海洋石油709"进行了实船考察。随后，七○一所对这艘船作为7 000米载人潜水器海试母船的可行性形成了初步的论证报告。接着，七○一所按照大洋协会办公室的要求，又派专家对"中国海监83"进行了实船考察和可行性初步论证。几乎同时，"向阳红09"和"向阳红14"也进入了专家论证的视野。

既然已初定"大洋一号"作为母船，为何又要铺开来物色其他船只呢？原因如下：经评估，"大洋一号"的艉部和艏部会因重量增加而影响作业，改装工作量和成本则相应提高。因此，专家团队又撒网式地对其他科考船进行了筛选。

经过充分论证，终于有了定论，国家海洋局批准"向阳红09"作为7 000米载人潜水器水面支持系统的试验母船，并完成了改装详细设计。该船于2006年驶进了立丰船厂船坞进行改造。

2004年8月24日至9月4日，七○一所委托北京矿冶总公司就引进水面支持系统中的布放回收系统多功能A形架与英国凯丽海洋公司进行谈判。布放回收系统多功能A形架是吊送载人潜水器入海和回收的主要设施。经过多轮商洽，同年10月31日，中英双方正式签约。

按照合同约定的日期，英国凯丽海洋公司完成了布放回收系统多功能A形架的加工制造。七○一所派专家赴英国对产品进行了出厂检验，结果符合预期的技术标准和质量标准。

深海基地是不可缺少的一个陆上设施，主要用于停泊母船和存放潜水器。深海基地的选址需要满足以下要求：自然条件优良，运用起来比较方便，用户群比较密集，具有较强的海洋科研和人才优势，保证7 000米载人潜水器在研制完成后能够有效被利用。

大洋协会召集有关部门就建设国家深海基地进行了多次研究和讨论，并紧锣密鼓地展开了国家深海基地的选址工作。经过论证认为，上海和青岛两处比较合适。上海和青岛均具备建设深海基地的条件，各具优势。上海是大都市，是全国最大的工业城市，制造业发达，经济实力雄厚，对7 000米载人潜水器的研制帮助甚大，未来的资源优势也是毋庸置疑的。青岛是全国海洋科研和教育单位最为集中的地方，具有较强的海洋科研和人才优势，建设基地的自然条件优良，用户比较密集。2004年4月2日，国家海洋局正式向上海市和青岛市人民政府发函，将专家论证通过的深海基地的功能与规模函告两市，期待上海市和青岛市给予配合及支持。2004年5月，上海市和青岛市致函国家海洋局，对建设深海基地均表示支持。

2004年7月8日，国家海洋局在北京召开了深海基地选址专家讨论会。专家们考虑了各种因素后，认为基地建在青岛比较合适。此后，大洋协会办公室组织专家编写完成了《中国大洋深海基地建设方案（初稿）》。

同年11月27日，大洋协会在北京组织召开了关于深海基地建设的研讨会。国内知名院士和专家参加了研讨，听取了大洋协会办公室副主任刘峰汇报的基地建设总体方案。专家们一致认为，基地建设要加快步伐，起点要高，除了为深海潜水器及其他深海技术装备的管理和使用提供配套服务外，还要逐步发展为国际先进水平的深海科技应用研究、开发和服务的全方位基地。会议建议成立中国

七〇二所大门内，3台完全按原样复制的载人潜水器模型

徐芑南和"蛟龙"号

"蛟龙"号 7 000 米级海试，团队成员给潜水器安装压载铁

母船"向阳红 09"布放"蛟龙"号

叶聪在"蛟龙"号舱内进行下潜前检查

"蛟龙"号7 000米级海试,"蛙人"准备为"蛟龙"号解缆

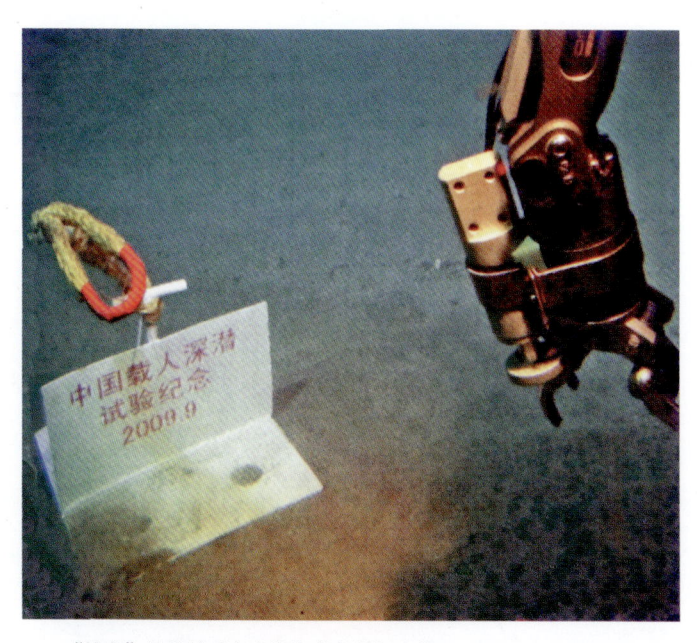

"蛟龙"号机械手在南海海底布放标志物

"深海勇士"号布放

"深海勇士"号下潜

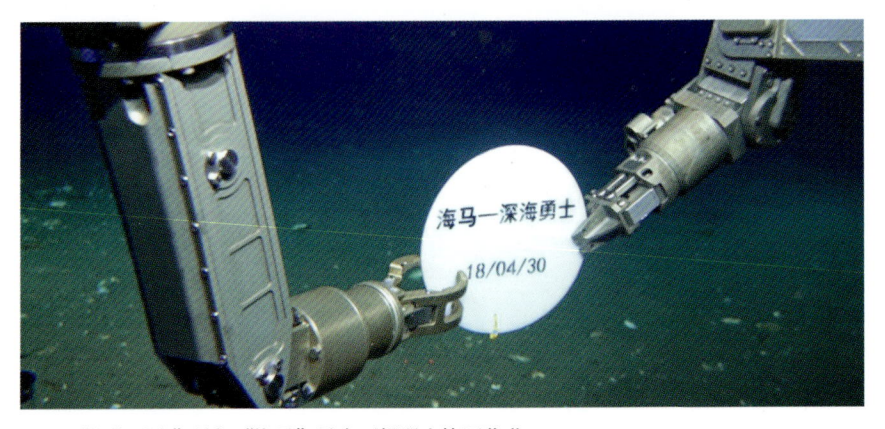

"深海勇士"号与"海马"号水下机器人协同作业

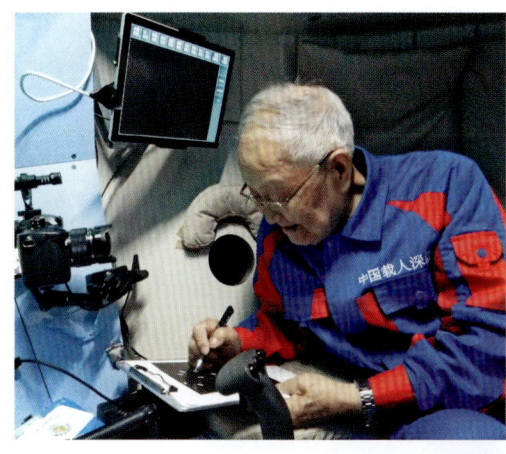

海洋科学家汪品先在"深海勇士"号舱内工作

汪品先迈出"深海勇士"号载人舱

汪品先与丁抗在"深海勇士"号前

"奋斗者"号
完成总装联调

叶聪在海试出发前
与"奋斗者"号合影

"奋斗者"号海试党员先锋队

海试团队向祖国问好

"透心凉"的浇水仪式

吴有生院士在国际会议上演讲

美国"阿尔文"号载人潜水器在深海作业

日本"深海6500"号载人潜水器回收

俄罗斯"和平二号"载人潜水器布放

深海基地建设专门领导机构，统一规划和具体组织实施深海基地建设，并上报国务院审批。

会后，大洋协会选定青岛市即墨鳌山卫作为建设地点。那里有个天然良港。大海一望无边，烟波浩渺，苍茫辽阔。浩荡的水域有一种盈盈欲泼的恢宏气象。这里曾是向阳庄村渔民出海捕鱼的起点，停泊过密集的渔船。

2005年9月19日，国家海洋局就基地建设事宜，征求中央机构编制委员会办公室、外交部、发改委、科技部和国土资源部的意见。经过一系列程序，国家海洋局将建立国家深海基地的请示通过国土资源部于2006年12月正式上报国务院。

2007年1月29日，国务院正式批准同意建立国家深海基地，国家深海基地建设翻开了新的历史性的一页。基地建设开始后，7 000米载人潜水器的第一艘母船"向阳红09"停泊在这里。2019年，新建的4 500吨级的"深海一号"也停泊在这里。此时服役多年、屡建功劳的"向阳红09"已光荣退役。

与此同时，科技部高新技术司将载人潜水器命名为"和谐"号。载人潜水器的命名一事曾征求过许多部门的意见。大家提了不少名字，报到了科技部。定为"和谐"号，大家都表示没有异议。和谐，蕴含和睦、融洽、尊重、团结的意思。中华和合文化源远流长，"和谐"最早出现于"和合故能谐"一句，此句出自《管子·兵法》。原文如下："畜之以道，则民和。养之以德，则民合。和合故能谐，谐故能辑。谐辑以悉，莫之能伤。"

载人潜水器1 000米级海试凯旋之后，2009年10月至2010年5月中旬，各试验单位对7 000米载人潜水器做了8项技术改进。同时，科技部决定将"和谐"号更名为"蛟龙"号。从此，在深潜

3 000 米、5 000 米，乃至 7 000 米以后，"蛟龙"号名扬天下，而原来的名字"和谐"号则很少有人知道了。

作为潜水器的名字，"蛟龙"确实更为合适。中国古代有"蛟龙潜海"的传说。《韵会》记载："蛟，龙属。无角曰蛟。"《九思·守志》说："乘六蛟兮蜿蝉。"神话传说中，小者名蛟，大者为龙，春分登天，秋分潜渊，呼风唤雨，无所不能。蛟龙是海底世界的主宰（龙王），在民间是祥瑞的象征。

叶聪说，七〇二所也提过几个名字，科技部定为"和谐"号，大家也觉得不错；叫什么并不重要，这只是一个符号；后来改为"蛟龙"号，大家都觉得太好了，太贴切了。

在母船和基地论证及投建的过程中，选拔和培养潜航员的事项也提上了议事日程。

潜航员的选拔标准没有航天员的选拔标准高，但对潜航员的体质、心理抗压能力、反应灵敏度和对潜水器知识的了解及掌握程度，也有一系列的要求。

开始，大洋协会曾和海军司令部商议，从海军技师中挑选潜航员，双方沟通了多次。由于军地组织管理机制的差异，招收现役军人担任潜航员存在政策上的问题，原定选拔方案不得不进行相应的调整。

叶聪作为"蛟龙"号总布置主任设计师，对这台 7 000 米载潜水器了如指掌。他明白，潜水器的海试是检验潜水器必不可少的环节，目的是发现问题、解决问题，使潜水器得到完善。所以，他毅然主动要求参加潜航员的选拔，以便在下潜试验中捕捉到存在的问题和不足。

当时，七〇二所是选拔潜航员的牵头单位。所领导认为叶聪说得有理，总设计师徐芑南也举双手赞同叶聪担任首席试航员。叶聪心理素质好，年富力强，头脑清醒，处事冷静，确实是理想人选。尽管大家赞成，但对于从未下过海的叶聪来说，从设计师到潜航员，并不是一件容易的事情，需要训练，需要冒一定的风险，需要去适应，这毕竟是从未有人做过的事情。尽管存在生理上和心理上的挑战，叶聪却下定决心自己去摸索潜入深海到底是怎样的感觉。一名潜水器设计师，不亲身潜水，不和自己设计的潜水器在一起经历考验，就不是一名称职的设计师。

叶聪在接受《40人对话40年》栏目专访时说："试航员的工作是比较有挑战性的。在参加'蛟龙'号项目的前5年，我都是做潜水器的总布置工作。这是一项设计工作，都是画图、写报告，然后在纸面上'演练'。而试航员的工作，就像我们造一辆汽车，它是一个新的车型，然后我要把它的各项性能都测试出来：它能跑多快？它拐弯需要多久？拐弯需要多大的距离？试航是试验性的，挑战比较多一些。"

这段话通俗易懂地阐释了试航员的工作性质。他也坦率地承认了试航员的工作确实存在风险。

叶聪说："试航员面临的突发状况或新状况可能会多一些。比如有一次我们下潜到7 000米的时候，有大量沉积物覆盖了潜水器的头部，于是我们用推进器先把潜水器'打'上来，让它离开海底，离开这些沉积物，然后花一点时间在原地旋转，通过水流把这些附着在潜水器采样篮上的沉积物冲掉。"

记者问："这一系列动作有预案吗？"

叶聪回答："有预案，但是在实际操作时会觉得操作比预案要详细得多。"

这是叶聪几十次深潜以后的经验之谈。主动提出要当试航员时，他对在海底会遇到的不测还缺乏足够的认知。他知道有风险，危险系数很大，但他还是义无反顾地提出要当试航员，去海底进行海试。

记者再问："在不断下潜的过程中有没有那么一个时刻让你觉得手足无措？"

叶聪回答："我们没有手足无措的时候。对于我们来讲，如果真的遇上危险，最后一招就是上浮，因为潜水器里有人，人的安全是第一位的。我始终有这样一个信心，我有办法上浮到水面上去。"

2004年12月，7 000米载人潜水器总体组组长刘峰利用参加美国载人深潜年会的机会，与伍兹霍尔海洋研究所"阿尔文"号项目首席科学家米勒纳博士就利用"阿尔文"号载人潜水器开展中美联合深潜方案达成共识，基本确定了中方参与下潜的次数和下潜人员。

"阿尔文"号载人潜水器建于1964年，是世界上第一台作业型载人潜水器。它长6.6米，宽2.4米，载人钢制球舱直径2.1米，自重17吨，可供3人同时下潜。为了便于科学家在深海观察，它的球舱上开了5个观察窗。潜航员操纵灵活的机械手可以很方便地从海底取样。

这台载人潜水器曾经的最大缺点是下潜深度仅为2 000米左右，这是因为钢制载人球壳不可能做得太厚，否则会增加潜水器本体的重量，浮力材料就会用得特别多，进而影响到潜水器的功能，也会增加科考的成本。比如"的里雅斯特"号自重150吨，美国海军动用了一艘军舰作为它的母船，这样一来水面支持系统的配置成本就太高了。在什么都要付钱的美国，科学家们是负担不起的。

"阿尔文"号的弊端很快就显示出来，2 000米毕竟太浅了，不能很好地满足科考的需求。负责管理它的美国伍兹霍尔海洋研究所于1973年出资制造了一个钛合金载人球舱，替代原来的钢制球舱。钛合金不仅抗腐蚀性能远胜钢材，而且在同等抗压强度下自重还不到钢制球舱的一半。5年后，伍兹霍尔海洋研究所又筹钱把整个潜水器的框架和机械手全部置换成了钛合金的。新一代的"阿尔文"号将下潜深度提高到了4 500米，足以覆盖全球2/3的海域。它的下潜次数已超过5 000次，列居世界潜水器第一，直到今天还没有一台潜水器超过它。

"阿尔文"号出过好几次事故，差一点器毁人亡。1968年，它准备进行一次例行的下潜作业，3位潜航员已进入舱内，各就各位，马上就要关闭舱门。就在此时，"阿尔文"号的母船"露露"号上的两根钢缆突然断裂，失去了牵引力的"阿尔文"号滑进了大海。幸亏3位潜航员反应敏捷，立刻从载人球舱里爬了出来，得以逃生。1分钟后，舱门洞开的"阿尔文"号被大海吞没，消失得无影无踪，沉入了1 515米深的大西洋海底。

美国海军直到第二年9月才把"阿尔文"号打捞上来。劫后余生的"阿尔文"号载人球舱及其内部的一切，包括为潜航员准备的午餐，都在海水里浸泡了将近一年的时间。令人感到意外的是，餐盒里的几个苹果和3份红肠三明治看起来还颇为新鲜。化验结果表明，尽管食物中含有一定数量的细菌，但食物并没有变质。这说明深海海底的低温和缺氧环境很可能让微生物处在一种近似睡眠的状态中。经过整修，"阿尔文"号继续下潜。为获取更多的海底信息，

"阿尔文"号向全世界同行开放，以有偿的方式进行科考合作，这给深海探索刚刚起步的中国带来了机会。

2005年3月，美方正式函告中方联合深潜的时间、地点和航次的组织情况，中方获得了8人次的下潜机会。这无疑是一个绝好的学习、锻炼、观察的机会，毕竟美国是海洋强国，拥有世界上数量最多、技术最先进的航母、军舰和深海潜水器，制造和运行的时间也较长。利用这次机会，既能详细观察美国制造的潜水器的内部结构、总布置，又能在美国潜航员的指导下驾驶大名鼎鼎的"阿尔文"号潜入深海。

有关方面对这次中美合作颇为重视，大洋协会办公室在广州组织专家对中美联合深潜做了充分的应对和准备。随后，大洋协会办公室委派周怀阳教授专程赴美国就具体事宜和美方洽谈。为合理利用有限的资源，美国早在1971年就建立了"大学—国家海洋学实验室系统"，实现了载人潜水器下海的统一安排和协调。任何国家的科学家都可以提出申请，实验室系统根据情况安排适当的航次，但申请方必须支付一定的费用。

2005年4月11日，大洋协会正式向有关单位下发了《关于推荐参加中美首次联合深潜航次人员的通知》。5月初，大洋协会办公室收到推荐材料12份。

2005年6月9日至7月17日，中美联合深潜下潜人员培训班开学典礼在七〇二所举行。为了区别于普通的潜艇驾驶员，载人潜水器的驾驶员统称为潜航员。

2005年8月11日，中方参加"阿尔文"号深潜航次人员即将赴美的前两天，美方提出，中国政府需要照会美国政府，中方人员方可参加"阿尔文"号下潜。由于时间匆促，大洋协会请求中国驻美大使馆于8月12日将合作计划及中方参加下潜人员的名单照会美方。合作计划获得了美国政府的批准。

中方按照每个座位下潜1次1万美元的价格购买了潜次,并承担了两天母船航渡的费用。这就是中美合作深潜的代价。中方派了4名后备潜航员(叶聪、黄建城、张佳帆、郭威)和一位专家黄晓彤赴美乘坐"阿尔文"号载人潜水器在东太平洋热液区完成了8人次的下潜,亲身体验了"阿尔文"号的下潜和深海作业过程。

这次经历对中国深潜事业的发展是很有帮助的。潜航员们获得了许多切实的体验和启示。双方非常务实,不以创纪录为目的。美方潜航员技术娴熟,有良好的服务意识,中方的潜航员不仅观看了海底的景观,还有机会体验潜水器驾驶。

叶聪随"阿尔文"号下潜的那一天正是大热天,蓝天白云,水阔天长。海面是青碧色的,碧波荡漾,辽阔无垠。叶聪站在母船上,大口呼吸着散发出大海咸涩气息的空气。这种气息是他所熟悉的,是大海特有的。他第一次领略到了美国太平洋沿岸的风光——岛屿、浪花、海鸥、流霞。这没有什么新鲜的,也用不着过于流连,他已不再像大学时期见到大海时那样,为大海的浩瀚而震撼和激动了。

他是深海潜水器的潜航员,已无数次见过大海。他知道海水温度随深度而变化。美国的海底和中国的海底没有多大的差别,海水也是一样的,都是咸涩的。蔚蓝色只是海面的颜色。到了海洋的深处,海水就没有颜色了。海洋和陆地真正的界限是在海底,一道阻隔,使海底世界成为区别于陆上世界的另一个世界。

潜水器下沉了,穿越光合作用带、暮色带,再到深层带。舱内温度降了下来。海是分层次的，每一层都不一样，各有各的精彩和魅力。进入深层带，仿佛是走在广袤、静寂、伸手不见五指的旷野。温度下降了，叶聪打了个寒战，连忙加衣。

黑暗中叶聪打开了灯，灯光闪耀处，可以看到各种海洋生物，二三千米深的海底并不是平坦的，地势高低起伏，有热液喷口，有冷泉，有山丘，有沟壑。海底沉寂无比，但并不是想象中的洪荒。叶聪不眨眼地观察着窗外的一切。

美方主驾驶示范了驾驶方法后站了起来，让叶聪坐到驾驶座上操纵。叶聪看了下仪表，似曾相识。他毕竟画过7 000米载人潜水器的每一张图纸，并且参与了组装。他觉得驾驶起来并不生疏，刚开始有些紧张，很快就觉得顺手了。

在海底，他们取得了热液硫化物样品。这是叶聪第一次见到沸腾的热液喷口，那里有很多深海生物，色彩无比炫目。这是生物发光，是活着的有机体通过化学作用产生光能。从细菌到鲨鱼，80%到90%的海洋生命，都在使用某种形式的生物发光。

关了灯，叶聪看到热泉周围的海域有信号灯一样的光点在闪动，很少看到形体和动物游过，只有闪耀的光点，或是一簇一簇的光亮，就像萤火虫聚集在一起。美方主驾驶重新打开照明灯，面前黑暗的海水立即变成了深灰色。海底升腾着一串串气泡，飘落着无边无际的海雪。光点消失了，面前的场景似乎更奇异了。

他们面前游过去一群鱼，但不是挤在一起，像浅海鱼类那样平行游动，而是向着水面竖直游动，看起来像一群银色的、扭动的感叹号。

这里已是3 000米深的深海。这里永远是黑夜，永远不会有白天，没有春夏秋冬的四季变迁，温度也是恒定不变的。在浅海层，大批动物在太阳出来后向透光层直至海面游动，在明亮的水域里，在海藻间飞快地游动。到了夜间，它们重新下潜到幽暗的水域，隐蔽起来。这种巡游是地球生命中规模最大的迁徙，每天都在发生，有点日出而作、日落而息的意味。然而在3 000米以下的深海，大多数动物，特别是热泉附近海域的动物，永远不会迁徙。

回忆这段经历，叶聪至今还深有感触。他说："记得我第一次乘坐'阿尔文'号下潜时，看到观察窗上有积水。主驾驶让我用舌头尝一尝，看看是不是咸的，如果是就证明载人球舱漏水了。我知道他其实是在开玩笑，那是载人球舱的内部冷凝水。如果真的漏水，我们肯定活不成了。"

经过这次下潜，叶聪凭借熟练的操作技能、对潜水器的了解，以及过硬的身体素质成为完成深潜任务的最佳人选。

"探索海底世界并非易事。"叶聪坦言，"海洋深渊无处不在的深水压力，是阻碍人们探索的重要障碍。"叶聪用指甲上压着一辆坦克车来形容在深海所承受的压力。正因为如此，当"阿尔文"号载人潜水器上的美方主驾驶让叶聪用舌头尝一尝观察窗玻璃上的水珠时，叶聪虽然明知道那是开玩笑，但看着那细小的、晶莹的水滴，还是忍不住心头一阵紧张。

有人问过叶聪这样一个问题：潜航员和航天员比较，到底谁危险？叶聪认为，两者没有可比性，应该说都有风险。潜水器下潜历史上，不管深浅，全世界还从未发生过一起器毁人亡的事故。航天员的危险系数则高得多。根据记载，全世界范围内为航天事业而牺牲的航天员已高达22人。飞船是靠火箭发射的，这是一个非常复杂的过程，航天员要承受火箭发射过程中和在空中飞行时的各种考验。

1971年6月30日，苏联联盟11号返回时，平衡阀意外打开，座舱失压，3名苏联航天员全部殉职。1986年1月28日，美国挑战者号航天飞机在低温条件下发射，由于推进器密封圈失效，升空不久就发生了爆炸，7名航天员全部牺牲。1981年，当有人问美国航天员约翰·杨格在航天飞机中升空是何种感受时，他如此回答："任何人，如果他坐在世界上最大的氢氧燃料推进系统上面的舱室里，知道底下马上就要点火，大火喷发，发出巨大无比的轰鸣声，还一点不紧张，那他必定是没有完全搞清楚状况。"

1967年1月，阿波罗一号飞船在发射前的模拟演习中突遭火灾，格里索姆等3人不幸遇难。格里索姆生前曾说过："如果我们死了，请大家不必大惊小怪，就把它当成一件普通的事情。因为我们从事的是一项冒险事业，我们希望不要影响整个计划和进程。探索太空是值得冒生命危险的。"他的这句遗言一直激励着无数后人继续他未竟的事业。

载人深潜的技术难点主要集中在潜水器的研发上，一旦研制成功，执行下潜任务的技术难度要比载人航天低得多，任何身体健康的人经过简单的培训就可以跟着下潜。但在潜水器的海试过程中，由于设备未经真正的使用，有些问题叠加起来可能会引发各种危险，初次下潜的试航员必须承受生理和心理极限的考验。

中国载人航天工程航天员系统总设计师黄伟芬说，航天员若没有异于常人的坚忍，很难熬过来。这句话同样适用于潜航员，当然熬的过程不尽相同。

上天入海的人，要有强烈的职业责任感和使命感。航天员和潜航员在执行任务时，有些时候必须要穷尽自己。杨利伟的太空游让中国人第一次与遥远的太空亲密接触。而静静的海底，是一个怎样的世界？在数千米之下的黑暗而压力巨大的深海中，置身于潜水器载人球舱内的人将如何生存？

很少有人知道，潜航员在海下的生活和工作。叶聪说，初入载人球舱，温度高达40摄氏度，湿度也很大，长时间处于窄小的空间里感觉不太舒服。随着不断潜向深海，舱内温度降到10摄氏度以下，一次下潜即可感受到春夏秋冬四季的气候。为了御寒，潜航员会不断添加衣服。衣服是纯棉防静电材质的；并且无硬物装饰，连体和分体的款式都有。舱内只有一个人可以站起来，还要在另外两个人配合的情况下。潜航员长时间坐着会觉得关节不适，此时其中两人可以稍微往舱壁靠一下，这样第三个人可以站起来，松一松筋骨。

舱体很小，但是里面什么都有，包括作业、生命支持和环境调节设备。潜航过程中的饮食非常简单，也很普通，和野餐的餐食一样。这与太空舱中不同。3人12小时内的食物是炒饭、炒面、馒头等。下潜人员可自带巧克力、压缩饼干等高热量的食品，因为到了四五千米深度的时候，舱内就会非常寒冷，下潜人员需要补充大量的热量来御寒。此外舱内还设有一个小小的厨房，与其说是厨房，不如说是一个固定的、用来加热的微波炉。潜航员也能在舱内吃到热乎乎的饭菜。如果不合口味，可以提前告诉母船的厨师，给开个小灶，得到同意后可以带进舱内。吃饭和喝水是不成问题的。

但也有让人窘迫的事，那就是排泄。潜航员开始时使用了尿不湿，但几次小便后，尿不湿变得又重又冷，那滋味肯定不怎么好受。后来潜航员改用夜壶和尿袋，拉了一道帘子隔开。至于大便，对不起，这是无法解决的事，只能在下潜前，自己调节饮食，及时排空。

就这一点而言，空间站比载人潜水器球舱显然要好得多，因为空间相对大，而且因为要待几个月，甚至一两年，所以有专门的厕所和淋浴室，还有各自的卧室、健身设备等。

下潜的准备工作一般从早晨8时左右开始，工作人员先要在甲板上对潜水器的各项性能进行测试，在将一份长长的表格都打满钩后，用吊臂将潜水器小心地放到海面上，随即进行水面测试，然后又是一份长长的检测表格。与此同时，舱内的潜航员要忍受舱内的高温和海面的颠簸。

潜航员张伟介绍说："每次下潜的过程大约为一个半小时，在海底工作约四五个小时。就像乘电梯一样，只有深度显示表上跳动的数字告诉我们，正在下潜。"张伟说，通过观察窗往外看，舱外漆黑一片，唯有水声电话的信号声，一直在"嘟嘟"作响。每隔20分钟，潜航员和水面支持母船进行一次通话，而潜水器上的仪器会不时向母船发送相应数据。刚开始时，略带新鲜感的乘员（科学家和试航员）会拿出数码相机互相拍照，或是再次阅读水下作业资料。除此之外，就是默默等待。或许是特殊环境使然，也有可能是不想干扰主驾驶的注意力，交谈并不多，舱内大多数时间都很安静。潜水器是大海深处的孤舟。它像窗外的生物一样，静默地在漫无边际的海水里潜游。

"蛟龙"号以及后来的"深海勇士"号和"奋斗者"号在深潜过程中，或多或少遭遇过一些风险。比如某次"蛟龙"号结束海底作业准备上浮时，一侧的压载铁没有抛下去，导致器体倾斜，浮力不足，潜航员不得不动用推进器助推才让潜水器重新浮了上来。

一次较为严重的事故源于母船A形架的故障，导致"蛟龙"号吊不上来，3位潜航员被迫在舱内待了27个小时。潜航员幽闭在海里，开始还有说有笑，到后来动弹不得，伸展不了身子，浑身难受酸痛，再后来粮尽水绝，饥渴难熬，只能闭目养神。

一次叶聪和同伴在下潜至 7 000 米的时候，大量的沉积物覆盖了潜水器的头部，这种情况并不少见。他们用推进器先把潜水器"打"上来，让它离开海底，离开这些沉积物，然后花一点时间在原地旋转，利用水流把这些覆盖的沉积物冲洗掉。潜水器在海底被什么东西缠绕的情况确实有可能发生，海底可能有缆绳，还有一些人类的垃圾。如果遇到这种缠绕，该怎么办呢？叶聪回答说，一般采取的办法是断手，就是用切割刀从机械手的根部把它直接切掉，然后可以把机械手抛掉，也可以用另外一只"手"把这只断手再捡回来，带到水面上维修，修好后再重新装上去。整个潜水器的安全设计是非常周到的。

叶聪和同伴在一次驾驶"蛟龙"号深潜时，曾和母船"失联"两小时，母船迟迟找不到他们，他们也找不到母船，这是一个很危险的意外情况。叶聪当然会感到紧张，这个时候，冷静非常重要。绝不能像无头苍蝇那样在海底乱动，只能静静在原地等待，直到两小时后被母船找到。还有一次下潜至 5 000 米后遇到了暴风雨，风急浪高，母船摇摆得很厉害。在这种情况下，潜航员没有慌神，而是谨慎操作，和母船密切配合，避免了事故的发生。

有一次情况更危险，5 000 米的深海中，正在作业的机械手触碰到了坚硬的海底岩石，突然发生断裂，泄漏的油污让潜水器成了"睁眼瞎"。漏出来的油使清澈的海水像倒进了一大瓶浓稠的墨汁一般，迅速变成了灰黑色。所有的灯全都打开了，但能见度几乎为 0，混沌一片，什么都看不清楚，像在公路上行车时突然涌来一大团浓雾。一瞬间，叶聪略有点恐慌，因为这种情况是罕见的，他从未碰到过。

"镇静，镇静，不慌，不慌……"叶聪对自己说。他静下心来观察了一番，略加思索，看了两个同伴一眼，眼神是冷峻的、镇定的，3个人不约而同地点了点头，互相打气。叶聪驾驶潜水器慢慢后退，脱离黑色海水的包裹。随着潜水器的倒退，X形尾翼上4个推进器的转动带来了海底水流的流动，浸染了"浓墨"的海水在水流的冲刷下，慢慢变淡变清，污渍被带着旋涡的水流冲散了，溶入了无限量的海水中。雾散云开，能见度恢复了。叶聪用另一只机械手找到了断手，然后迅速上浮，脱离了危险。两个同伴几乎同时拍了一下叶聪的肩膀，竖起了大拇指。他们庆祝的不仅是摆脱了危险，而且是那么快地找回了那只断裂的机械手，减少了损失。

"还有一次，试航员一进舱就吐了，失去了调试能力。我得马上接过他的活。盛夏母船在海上颠簸，潜水器暴露在露天甲板上，甲板温度高达68至70摄氏度。我们像坐在蒸笼里，浑身是汗。有一次遭遇6级风险的海况，浪有几米高，浪底和浪尖差一层楼。那次我也晕船了，但我得忍着，因为主驾驶的状态会影响其他两位同伴，我要对整个潜水器的设备安全负责。"叶聪回忆的时候，谈笑风生，像在说一件有趣的事。

叶聪口中的载人深潜，像游戏一样有趣。聊起自己第一次乘坐"阿尔文"号下潜时，他笑着说："那天是上午8时开始的，我的下潜兴趣不仅在海底世界和风光，而且在'偷师学艺'：观察美国驾驶员是怎么操作的，要注意哪些事项。其实我还是有些私心的，我心里盼望着能出现一些故障，这样我就能看到他们在危急关头是怎么处理问题的。"

意想不到的是，他的期待成真了。在第二次下潜中，美国的潜水器真的出问题了。有着几百次下潜经验的美国驾驶员一边轻轻说着"Don't worry!（不要担心！）"，一边极其冷静地处理着问题。在上浮过程中，叶聪发现经验丰富的美国主驾驶也做"小抄"，纸上写着作业重点和科学家的需求。叶聪将这些操作牢记于心。

面对未知而多变的大海，再充分的准备都难以避免突如其来的紧急状况。凭借过硬的技能和冷静的心理，叶聪成功地排除了一次次险情，为潜航事业积累了珍贵的一手驾驶体验。

2019年2月14日，卡塔尔半岛电视台推出了一部重磅纪录片，这是外媒首次跟踪拍摄中国"蛟龙"号载人潜水器的深海探索。纪录片第一次对外播出时，外国网友直呼"惊险"。

在赤道以南宽广无垠的印度洋上，潜航员付文韬和同伴驾驶着"蛟龙"号潜入海平面下3 000米的热液区。海床上矗立着一座座不断喷发的"黑烟囱"和"白烟囱"，"蛟龙"号此次的任务就是去热液喷口抓取岩石样本。看起来就像一个个微型火山口的"黑烟囱"，蕴含着非常珍贵的矿物和生物信息。采集样本对于认识热液喷口的地质构造、分析周围的生态环境十分重要。然而，仅仅接近"黑烟囱"就十分危险，因为喷出的灼烫的热流温度高达400摄氏度。

尽管"蛟龙"号舱体能承受高温高压，但观察窗却是软肋，如果观察窗被灼伤可能导致舱体爆裂。操纵机械手取样时，潜航员付文韬突然发现，潜水器随海底洋流漂移时，右侧的观察窗已经非常接近热液喷口，他立即转向离开。

几个小时后，当"蛟龙"号返回海面，回到母船上时，大家才看清，潜水器上留下了大块灼伤痕迹。

"天哪，发生了什么？"看到"蛟龙"号的伤口，随船拍摄的半岛电视台女记者不禁惊呼道。

付文韬答道："是被高温灼伤了，并且离窗户越近越危险。太危险了。"

半岛电视台的纪录片还讲述了付文韬的学员之一、"蛟龙"号首位女潜航员张奕的故事。

当外媒记者问张奕她第一次下潜是否害怕时，张奕说她不害怕，从选择当潜航员开始，她就做好了会发生各种事故的准备。下潜到深海非常刺激，令她激动又忐忑。她说，她一直告诉自己，要变得更坚强才行。她希望有一天能够在水下发现一些动植物的新品种，甚至可以用自己的名字给它们命名，这些简直让人感到太酷炫了。

由于海底温度较低，张奕第一次下潜时在身上贴了7片"暖宝宝"来取暖。当她看到海底裸露的岩石、发光的小鱼还有大片的海葵时，更加坚定了当好一名"海洋人"的决心。她说，如果碰到什么意外，她会沉着应对，绝不会害怕。这部纪录片在半岛电视台网站播出后不久，就获得了大批外国网友点赞。

有人说："很难在西方媒体上看到这样客观的中国故事。"

热液喷口是中外潜航员和科学家都很感兴趣的地方，这不是感情上的偏爱，也不仅是由于热泉的特异性，而且是因为它背后所反映出的一切。在叶聪眼里，在张伟眼里，在付文韬眼里，在丁抗眼里，在汪品先眼里，在贺丽生眼里，它都是一种神奇的场景，一种绝妙的生命光谱。在深海海底的寂寥和黑暗里，有那么一些喷出热液的泉眼，地球上的万种灿烂极有可能均出自此处。它们可能是所有生命的源头。

《深海：探索寂静的未知》一书中，对热液喷口有这样的描述：

> 在科利斯来到海沟上方的第一天早晨，工作人员将遥控潜水器"安格斯"号降入水中，准备进行第一次下潜。缠绕的钢缆从甲板上不断延伸下去，潜水器越潜越深，这时科利斯走到观测甲板上。他注视着监测屏幕，看到"安格斯"号渐渐沉下，1 000英尺、2 000英尺、3 000英尺。到了大约8 000英尺左右的深度，温度计读数急遽上升——这是一个好兆头。在水下那么深的地方出现了热水，意味着附近很可能存在一个热液喷口。
>
> 船上遥控"安格斯"号的工程师激活了安装在潜水器上的照相机，拍摄了一组照片。然后他们将"安格斯"号拖回到甲板上，从水下相机中取出胶片，在简易的暗房中冲洗出来。模糊不清的黑白照片不仅仅揭示了活跃的海底热液喷口的存在，同时还展现出那里的螃蟹、蚌类和龙虾。在热度足以熔化铅块（750华氏度）的海水中不仅存在着生命，而且数量众多，繁荣昌盛。因为在这一深度存在着巨大的压力，所以高温的海水不会像在陆地上的沸点温度下变成蒸汽。他们发现了一个存在着生命的深海高压锅。不久之后，伍兹霍尔海洋研究所的深海潜艇"阿尔文"号来到了现场。两个驾驶员钻进狭小的潜艇中，沉入深海，追寻着"安格斯"号的坐标来到了热液喷口。恰好就在他们到达8 000英尺的时候，温度计的度数升高了。他们透过舷窗看出去，小心翼翼地驶向一片涌出地表的蒸汽和白花

花的灼热的石头。

"按理说，深海不应该是一片荒漠吗？"一位驾驶员对着连接到上方补给船上的麦克风问道。

"没错。"一位工作人员答道。

"好吧。"驾驶员说，"但这儿全部是动物。"

在"阿尔文"号前方有长得像虾一样的生物，白化的螃蟹、龙虾、鱼、海葵，还有双壳类。有一种未知品种的蠕虫，1英尺长，长着糖果棒一样的条纹。

……不仅仅只有超深渊带孕育了独特的动物和微生物，热液喷口也是如此。海洋仿佛是数以百计，或者是数以千计的微型生物的家园，它们与世隔绝，蕴含着我们不曾听闻的生命。……在若干年后人们才发现，在幽深的水下王国，从13 000英尺到35 000英尺的水域中，蕴含了最大的动物群落、数量最多的生物个体，以及最为广博的生物多样性。这不仅仅是和海中其他水域相比，也是和地球上任何一个地方相比。

……在20世纪80年代，当金特·沃兹特肖瑟最初在学术期刊上提出，生命起源于海洋时，没有人留心过这个观点。毕竟，沃兹特肖瑟不是学者，也并不是一位职业科学家。他是一位律师，在德国慕尼黑从事国际专利法事务。而且无法否认的是，他的论点听起来有些疯狂。沃兹特肖瑟认为，地球上所有的生命都起源于两种元素的化学反应：铁和硫。这种反应促发了新陈代谢的作用，从而创造出一个单独的分子。一旦这种过程被启动，它就可以提供能量，创造更多更复杂的化合物，逐渐演化出生命，最终进化成我们。根据沃兹特肖瑟的理论，你、我、鸟儿、蜜蜂、灌木和乔木——我们全部起源于岩石。而且这些岩石来自海底热液喷口,来自漆黑一片的沸腾的海水。

……数年之后,关于铁硫假说的深入实验带来了更加令人震惊的结果。《英国皇家学会哲学学报》2003年1月发表了一篇文章,研究员迈克尔·罗素和威廉·马丁提出,热液喷口的某种结构使之成为有机分子的理想孵化所。

"就是这一点点石头,提示着我们,大家都来自何方。"罗素说道。热液喷口的合成过程如此可靠,持续不断,很有可能生命在同一时间,同时出现在成百上千的热液喷口附近——地球深处,横亘洋底,数万亿不同的细胞在沸腾的海水中复制再生。一个物种在全世界的大洋底部诞生了……

7

"幸福感与战胜自我有关"

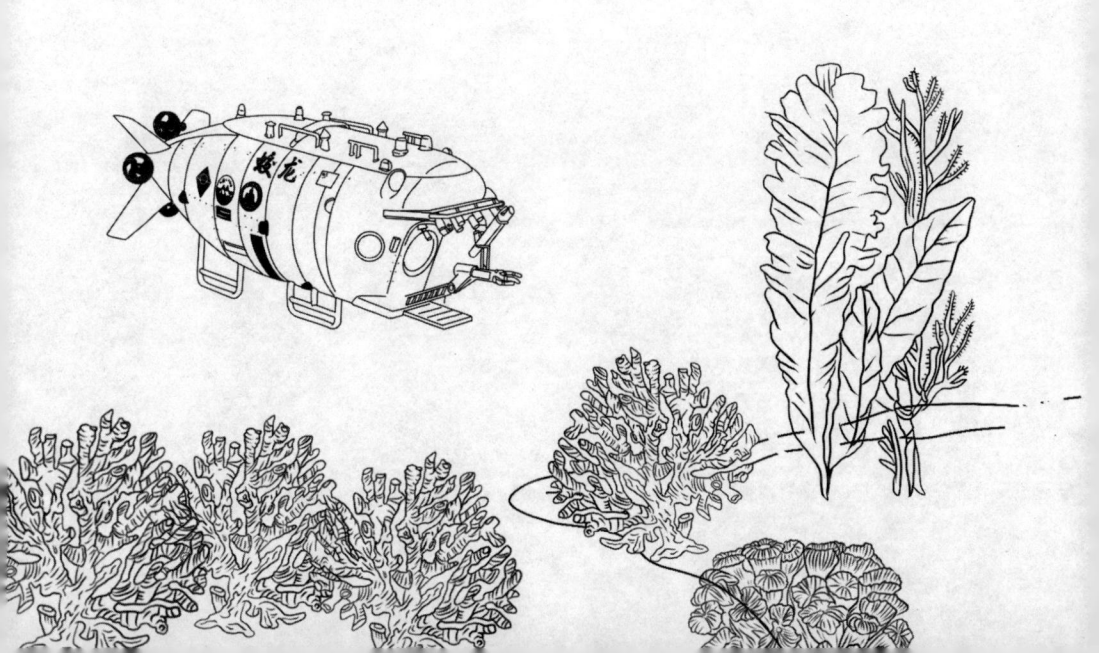

当叶聪穿着胸口印有国旗的蓝色潜航服站在潜航员学员面前时，大家面对这个憨厚壮硕的教头有点好奇，有点佩服。他可是乘坐潜水器下过深海的，这让大家对他刮目相看。他们从他身上感受到一种异样的神采，一种笃定，一种稳健，一种大海的感觉，一种广阔而深沉的气息。

随着"蛟龙"号通过池试，海试这个环节即将展开。潜航员除了叶聪等4人外，还需要继续选拔一批新的潜航员学员，形成一支随时拉得出来的潜航员队伍。美国"阿尔文"号的潜航员多达几十人，足以应付频繁的国内和国际、独立和合作的自然勘探与考察。

2007年3月23日，大洋协会办公室在昆明组织潜航员学员选拔培训专家组会议，对七〇二所等单位编写的潜航员学员培训教材和教学大纲进行审查。叶聪参与了教材和教学大纲的编写。他在中美深潜合作中观察到了美国对潜航员学员的培养方式。

根据亲身体验，他提出要成为一位潜航员需要满足3个条件。第一，要有一定的专业技术背景，即使是理工科的硕士毕业生，也要进行两年左右的培训，以便了解潜水器相关的学科知识、原理和技术状态，还要能够操作一些工程性装备和设施，懂得维护和维修。第二，要有良好的心理素质，有幽闭恐惧症的人肯定不能成为潜航员，因为潜水器空间狭小，严密封闭，有幽闭恐惧症倾向的人或心理脆弱的人坐在里面会出现严重的恐慌和不安情绪；3个人的团队，一位潜航员，两位科学家，在舱内工作，气氛要非常融洽、默契；主驾驶是舱内的灵魂人物，他的精神状态是关键性的，要遇事不慌，沉得住气，压得住阵脚。第三，要有很好的身体素质，毕竟要在这么狭小的空间里，连续12小时地紧张工作，一出海基本上连续一个月；对潜航员身体素质的要求虽然不一定像对潜艇兵、飞行员、航天员的要求那样高，但也需要潜航员有一个健康的体魄。

徐芑南对下海跃跃欲试，几次提出乘潜水器下潜。他太想下去了，研制了一辈子潜水器，多么希望下去一睹深海的景象啊。这个愿望完全可以理解，但方之芬和叶聪坚决劝止住了他。身为徐芑南的妻子，方之芬最了解丈夫的身体。作为徐芑南的学生，叶聪不忍心让老师去冒这个险，他的身体可能会受到损害。所领导和海试指挥部领导也不赞成徐老下海深潜，劝他在潜水器下潜前，在舱内坐一会儿，体验一下就可以了。

叶聪不仅参与了教材的编写，还兼任潜航员学员的教头。他现身说法，谆谆教诲，没有半点架子，毫无保留地畅谈自己的体会和经验。2006年11月26日至12月1日，受大洋协会办公室的委托，国家海洋局北海分局在青岛对潜航员学员报名人员进行了选拔和测试，包括抗晕船能力测试与筛选、密闭环境下的生理机能测试、身体素质的全面检查等，在几十个人中选拔出了付文韬、唐嘉陵两人。为什么只选出了两人？这主要是因为当时的指导思想是宁缺毋滥，宁愿少而精也不能降低标准，一味凑数。

2007年6月11日起，付文韬、唐嘉陵这两位受训学员和相关技术人员一同接受理论培训，并结合研制进度参加七〇二所载人潜水器本体的总装联调和水池试验。七〇二所的培训告一段落后，受训潜航员学员在中国船舶重工集团公司七五〇试验场接受了抚仙湖湖中为期半个月的下潜培训。在七〇二所培训时，叶聪给他们上了几节课。

叶聪上课时，不仅仅是两个人听课，有些可能要下潜的技术人员和一些地质学家、生物学家、海洋学家都来听课。此后又选拔了一些潜航员，叶聪都会去给他们上课。他会讲载人潜水器的本体结构、水面支持系统等技术知识，以及担任潜航员的基本要求，重点讲述参加美国载人潜水器"阿尔文"号下潜时的体验。

在接受《40人对话40年》栏目专访时，叶聪被问道："你觉得咱们中国会成长出更多的'叶聪'吗？"叶聪回答说："现在已经有很多了。除了我，'蛟龙'号已经有8位有资质、可以单独驾驶潜水器的潜航员。2017年交付投入使用的'深海勇士'号，也有8位可以操作和驾驶潜水器的潜航员。我想，随着海洋强国建设的不断推进，这个队伍会越来越强大，人会越来越多。"

2013年7月2日起，我国第二批潜航员学员选拔正式开始报名。10月26日选拔在青岛展开，考核内容包括体质体能测试、心理测试、医学检查、晕船测试等。国家深海基地管理中心主任刘峰称，潜航员学员选拔标准细致、严格，身高、体重都有规定，学历、年龄也有一定的要求，专业需要对口。经过报名、初选、复选、定选、政审考察等一共18个环节，我国第二批深海载人潜水器潜航员学员选拔录用人选名单于12月10日正式确定并对外公布。

6位潜航员学员榜上有名。6人中，年龄最大的1985年出生，最小的1990年出生。其中有两名女性，一名为哈尔滨工程大学硕士毕业生，一名为大连海事大学硕士毕业生。4名男性都是20世纪80年代中后期出生的，6人中5人拥有硕士学历，1人为本科学历。国家深海基地管理中心相关负责人表示，第二批深海载人潜水器潜航员学员选拔是我国首次面向全国公开选拔潜航员学员，同时本次选拔产生了首批女潜航员学员。与我国第一批深海载人潜水器潜航员的培训相比，第二批的培训更为成熟、周全。

"第一批潜航员可以说是和'蛟龙'号载人潜水器一起摸着石头过河，同时成长起来的。现在'蛟龙'号已经完成海试，进入试验性应用阶段，我们对潜航员的培训也更加系统全面。"刘峰说，"除了在潜水器专业技能方面打造'全才'，学员还将接受一系列文化课程的培训。我们希望他们能成为我国海洋界的缩影，把海洋意识传递给全国公众。"

入选的潜航员学员于2014年开始进行为期两年左右的培训。按照培养计划，潜航员学员将接受潜航员素质培训、专业基本理论培训、潜水器技术理论培训、潜水器维修技术培训、水面支持系统培训等，预计2016年通过考核后成为正式的潜航员。选拔女潜航员是因为她们拥有男潜航员不具备的素质，还是更多出于象征意义上的考虑？针对这一问题，刘峰解释说："潜航员需要长时间在海底工作。从心理角度看，在低温、黑暗、幽闭的环境中工作，势必对潜航员的心理造成影响。女潜航员感觉敏锐，心细，考虑问题周全，语言表达和沟通能力也较强。此外，研究表明女潜航员在耐力、心理稳定性等方面并不比男潜航员差。潜水器在水下作业主要依靠机械手,而女潜航员一般心灵手巧,适合做一些细致的科学实验和操作。世界上早已有女潜航员驾驶潜水器下潜的先例。潜水器载人球舱环境不涉及失重或大气压改变,没有发现对女性身体有什么影响。"

女学员张奕说:"我找到了一份地球上最理想的工作。参与选拔的人要在一间黑屋子里静坐一个小时,灯关上的那一刹那,我觉得自己还挺平静的。"另一名女学员赵晟娅说:"我从小对大海就格外向往。"考入大连海事大学后,她经常去海边烧烤、露营,晚上听着大海的声音入睡。

潜航员培训班教头的职位是叶聪兼任的。他的主要职责是研究和设计深海载人潜水器,担任首席潜航员。他的潜航员经历是从当试航员开始的。除了专职的潜航员,研制深海载人潜水器的工程技术人员兼任主驾驶的也有不少。七〇二所高级工程师张伟长期从事深海装备电气和控制技术研究与系统研制工作,并担任"奋斗者"号载人潜水器电气系统副主任设计师。他同时也兼任了主驾驶。他多次深潜,3次到达马里亚纳海沟。研制者兼任主驾驶是很有好处的。一次次下潜,一次次改进。只有亲自驾驶,亲自下潜,才能检验出潜水器设备的功能和需要改进之处。从叶聪开始,这一传统在七〇二所传承下来。某种意义上说,这是设计研发的一种延续。

张伟说:"马里亚纳海沟测出 10 909 米那次,我是主驾驶,比'深潜限制因子号'测量出的深度 10 928 米少了 19 米,这很可能是因为测量方式的不同而导致的误差。实际上,两台潜水器选择地点之前都用多波束声呐反复测量过,大家选择的应该是同一个地点。"

2007年11月28日，经过船厂改装的母船"向阳红09"安装了英国制造的布放回收系统多功能A形架及其他辅助设施后，返回青岛深海基地。同年年底，"向阳红09"试验母船完成了锚地、码头及特定海域的海上试验后，准备进行1:1的钢制潜水器模型适配试验及轨道承载能力试验。

紧接着，载人潜水器海试活动正式启动。载人潜水器海试活动本身是一项复杂的系统工程，不仅涉及载人潜水器本体、水面支持系统的技术状况，而且涉及试验海区准备、试验人员组织、协同船只准备、海试应急预案准备等。这毕竟是中国大深度载人潜水器首次下海，国家海洋局非常审慎，确定了由浅到深、逐步递增的原则，明确了从50米、300米、1 000米、3 000米、5 000米，最后直至7 000米水深的分阶段实施路线。

海试并不是一件易事：远离泊地，海洋气候变化多端，环境常常十分严酷。大风、巨浪、狂乱的风暴是家常便饭。灼热、高温、暴晒、晕船无法避免。几个月的时间里，居室狭窄、压抑，活动空间闭塞，新鲜蔬菜缺乏，淡水供应受限，和家人长时间分离，这些困难也是参与者必须经受的。有人以为海上生活有趣、浪漫、神奇，令人羡慕。但如果在船上体验几天，就会发现，海上生活离诗意、浪漫、趣味十分遥远，一点都不沾边。

电影所展示的"泰坦尼克"号海难前的生活，被锦衣玉食、舞蹈音乐、海鸥海鸟、优美海景所环绕。但若真上了母船，要不了多时，向往的大海就会失去新鲜感，变得枯燥单调，十分乏味。船上环境的艰苦会让人叫苦不迭，可能吐得死去活来，东倒西歪，痛苦得气都喘不过来。夜晚躺在床上会整夜晃来晃去，浑身不适，涛声喋喋，被折磨得毫无睡意。

这不是危言耸听，而是事实。

这一次海试，以1000米为目标，先在江阴码头的长江里试验了3次，1次无人，两次载人，下潜深度只有2米，主要试验母船布放回收潜水器。此后母船"向阳红09"将驶往万顷碧波的南海试验海区。国家海洋局、科技部、交通部、中国科学院和中国船舶重工集团公司的有关领导云集江阴苏南国际码头，为即将奔赴南海的海试团队壮行。国家海洋局副局长王飞任海试领导小组组长，大洋协会办公室副主任兼青岛深海基地主任刘峰担任现场总指挥。

2009年8月6日上午，"向阳红09"母船驶出长江口，向南海驶去，其间，迎面遇到了"莫拉克"台风的袭扰，被迫在绿华山锚地抛锚避风。8月10日，母船在台风余威尚未完全消退之际穿越台湾海峡，于14日抵达50米试验海区。15至24日，载人潜水器在这里进行了5次海面调试和3次下潜试验。

8月18日，海水碧澄，晴空万里，阳光灼人。母船将潜水器放下，在进入潜水器载人球舱前，叶聪习惯性地看了一眼辽阔的海面。海天一色，波澜不惊，海鸥围绕着母船，振翅在空中飞翔、盘旋，忽高忽低，发出短促的尖叫声，仿佛在为他壮行。这是喧哗的海面。很快，随着潜水器的下沉，这一切就会远离他而去。他会往下坠落，慢慢地坠落，像秋天从大树上掉下的一片轻薄的黄叶，被风托着，打着旋儿地往下飘落。是的，在这无垠的大海深处，他乘坐的潜水器就好像是一片树叶。

但是这一次，叶聪驾驶"蛟龙"号不会到达黑色的深海。按照计划，他只下潜50米。这个层面是光合作用带，光线能照射到这里，海洋生物很多，潜水员也能到达这里。这次下潜的深度并不大，因为这次海试的步骤是由浅到深，逐步深入。

虽然他乘坐"阿尔文"号深潜过，可今天不一样，这是他参与设计、构图、制造的中国自己的载人潜水器，是在祖国的领海下潜。深入大海内部，水中的世界充满着未知。面对这个巨大的未知，他会感到好奇，也会有些紧张，但这种紧张更多的是源于对这台"十年磨一剑"的载人潜水器的考验。这一考验使叶聪和海洋间没有距离，完全融合在一起。他和海里的一切都将面对面，仅仅隔着一层观察窗的玻璃。

"蛙人"解开缆绳，潜水器开始下潜了。叶聪驾驶着"蛟龙"号在摇晃中悄然无声地滑入海中。在母船上，他一直很放松。坐在驾驶座上，握上操纵杆，他忽然感到紧张起来，动作也不是那么麻利了，甚至可以说有点手忙脚乱。

在新华社记者的报道中叶聪追忆说："挑战的仅仅是50米，但这是'蛟龙'号团队'最害怕'的时刻。实际上，第一次真正下潜的深度只有38米。一个多小时的时间全身是汗，感觉非常疲惫，后来10小时的下潜也没有这么紧张过。"

之后，叶聪又驾驶"蛟龙"号下潜两次，深度分别是41米和44米。后面的这一次，给了叶聪"当头一棒"。同在潜水器内的两位同伴是潜航员唐嘉陵和科学家丁抗。通信信号突然不稳，对讲机瞬间"失声"。叶聪心里咯噔了一下，随即静下心来，一丝不苟地完成相关检测项目。唐嘉陵、丁抗一起协助他，给他打气。两小时后，通信恢复，"蛟龙"号顺利返航。针对水声通信试验不顺畅的不利局面，指挥部在现场进行了应急浮标释放试验，专门安排了300米、1 000米海深船舶噪声的测量，为下一步的试验排除障碍。

"驾驶潜水器就好比走钢丝。"叶聪走出舱室时说。

2009年8月27日，大洋协会办公室和指挥部在海南三亚对50米深度的3次试验进行了总结，认为各项试验数据良好，50米海试取得了成功。这是一个突破，中国设计、研制的7 000米载人潜水器在海里的运行状态总的来说是良好的。7个推进器，尾部4个，两侧各一个，另外一个横装在潜水器中部，可以使潜水器向任意方向行进。在叶聪等3人的操作下，潜水器可以自如、灵活地行动。潜水器载人球舱内装有的监视器、操纵台、空气清洁系统、与地面联系的水声电话、机械手操纵杆等，除水声电话一度中断外，基本运作正常。舱内温度也非常稳定、舒适。

300米海试计划于2009年8月28日开始，但受热带低压、"彩虹"和"巨爵"热带风暴的影响，"向阳红09"母船的海试时间推迟了。自9月21日开始，差不多20多天的时间里，海试团队四赴试验海域，进行了7次水面调试和5次下潜试验，下潜深度分别为213米、113米、335米、268米和292米。5次下潜叶聪都参加了，他觉得一次比一次熟练。向观察窗外看去，潜航员看到了一个无比繁盛的世界。

在海下，深度200米是一条分界线，从表层的光合作用带进入中层的暮色带。这里的阳光极其微弱，就像天即将暗下来，暮色四合，一切都变得苍茫黯淡。这个层面已无法进行光合作用，海草、藻类等海洋植物已难以生存，从这里开始便成了海洋动物的天下。

动物们依靠从表层落下的海雪为食，生长速度极其缓慢。浮游动物死亡后，残骸会变成一场永不终结的暴雪，飘飘洒洒地沉入深海，成为深海动物的食物，或者成为海泥。这是令人敬畏的景象，太不可思议了，但这就是深海的食物链。

下潜过程中没有开照明灯，看不太清海洋生物的轮廓，但可以见到一颗颗闪光的"流星"从窗前飘逸而过，那是各种发光生物发出的荧光，它们给舱内的叶聪、杨波和丁抗带来了惊喜。红色的鱼很多，只是人的肉眼看不到红色了，有经验的人可以在射出的光芒中看出红色的鱼。在深海中，红色是最好的伪装色。红鲷鱼这样的鱼类，在水面上是红色的，但是下潜到足够深时，身上的红色逐渐消隐。到了一二百米，在猎物和天敌的眼中，红鲷鱼近乎隐形。这也是为什么红鲷鱼大多数时间都生活在二三百米的深度，有时候还会出现在一二千米的深海。

叶聪驾驶着潜水器，情不自禁地说："很少有人能看到这样的景象，我们太幸运，太幸福了。"

"是的，我也感到很幸运。地球上那么多人，能下海观赏这一幕的没有几个人，难怪外国许多人像登山一样，要下海潜水，甚至在海底行走。当然只是100多米，而且不超过10分钟，这已经非常了不起了。"丁抗经历过下潜，但看到眼前的情景，也忍不住说道。

叶聪心里一动，说："潜水员是10米、10米地加深，搞不好会昏厥、出血，甚至丧命。成功了，他们会非常兴奋。生命中的幸福感与战胜自我有关。我们也是这样，从50米到300米，以后还要突破500米、7 000米，甚至万米。表面上看，是潜水器创纪录，实际上是我们潜航员在超越和战胜自我。我们不辱使命，也从中找到了乐趣，这就是幸福。"

杨波和丁抗点头赞同，叶聪说得太好了。日本著名作家山本文绪说："极致的幸福，存在于孤独的深海。"叶聪真的在孤独的深海中感受到了一种特别的幸福。

这次他们下潜了335米，要不是母船呼唤他们返航，他们可能还会潜得更深一些。

2009年9月23日，载人潜水器1 000米海试领导小组在三亚召开了第三次会议，国家海洋局副局长、海试领导小组组长王飞，科技部副部长刘燕华临会听取了载人潜水器50米和300米海试的完成情况汇报，领导小组成员、技术咨询专家高度肯定了试验结果，并提出向1 000米深海冲刺的目标。

1 000米海区的试验从9月24日开始。受台风"凯萨娜""芭玛"和南下冷空气的影响，2009年9月24日至10月19日期间，海试团队抓住了仅有的一天试验机会。10月2日中午，"向阳红09"母船起航，晚上抵达试验海区，连夜对1 000米试验海区进行海洋基本参数测量。

2009年10月3日，在全国人民欢庆建国60周年和中秋佳节之际，叶聪和声学工程师杨波、科学家丁抗一起驾驶潜水器下潜至1 109米，创下了新的纪录，这是这次海试的收官之作，非常圆满。经过13次的下潜，潜航员从生理到心理都完全适应了。他们在空旷辽阔的海水中时而改变方向、角度前行或倒退，时而悬停观察，时而坐底。真正是蛟龙潜水，直入海宫。

不速之客的到来，并没有惊扰1 000多米之下的生物，它们仍然在幽暗、冰冷的海洋里欢快地漫游，安之若素，我行我素。它们是没有视力的，在潜水器的灯光下没有任何感觉，在从未有过的光亮中围绕这个庞然大物潜行曳尾。而载人球舱内的叶聪、杨波、丁抗则屏息敛气，安静地打量着窗外另一个世界曼妙的生机，感受着叶聪所说的超越自我的幸福感。

"幸福感与战胜自我有关"

但"蛟龙"号第一次海试时，仅下潜区区几十米，叶聪就浑身冒汗，疲惫不堪。在"阿尔文"号上，叶聪的精神状态还是舒缓、松弛的，坐在驾驶座上也比较自在，这是因为主驾驶就坐在他旁边，并且他知道"阿尔文"号已下潜5 000余次了，几乎跑遍了四大洋的海底。按照美国人的说法，"阿尔文"号是深海的常客，它下潜深海就像回家一样。这些都大大减轻了叶聪的精神压力。13次的海试下来后，叶聪觉得自己变了一个人。就像小时候学骑自行车，后来学开汽车一样，都有这么一个从紧张拘谨、笨手笨脚到驾轻就熟、应付自如的过程。达到一定的境界，驾驶潜水器就会变成一种驾驭的本能，人与潜水器融为一体，高度契合。

这是叶聪最大的收获。

2007年4月，叶聪走进了婚姻的殿堂，新娘是山东人，他有了幸福的小家庭。可是蜜月还没有度完，叶聪就要出海，他对刚披上嫁衣的妻子感到歉意，妻子却不介意。她知道丈夫重任在肩，她是有准备的，决不会拖他的后腿。因为在海上工作的时间较多，叶聪常和新婚妻子小别。在海上打海事卫星电话比较贵，1分钟4美元，用不起，只能发送电子邮件。叶聪无论多忙，每天都会发一封电子邮件给妻子，报告平安，寄托相思。

有几次海试结束返回家中，妻子用鼻子使劲地嗅着，叶聪感到奇怪，问："你嗅什么？"

妻子回答："你身上有一股大海的味道，有点咸咸的。"

叶聪笑了："你当我是咸黄鱼了，我身上确实有大海的气息。十几次下海了，身上有大海的气息不奇怪。"

由于不能常在妻子身边，家中的事都要靠妻子处理。家人也理解这项工作是科研而不是探险。叶聪自己平时表现出的对工作的严谨态度能让家人少些担心。叶聪也经常跟父母谈起下潜后的见闻，让父母了解他工作的意义。他会给家人讲解海洋知识。例如，他会解释深海为什么还有鱼类：深海中也有溶解氧，深海鱼也能呼吸；在一些高纬度地区，海水的温度会下降，从而导致密度增加，表层的海水就会沉降到深海中，氧气含量增加，鱼类就能够呼吸了。他还会谈到他驾驶潜水器的体会。叶聪说："我驾驶潜水器下海，就像小时候学骑自行车，摔了几次，就上街了。那时候我觉得自己很了不起，我现在也是这种感觉。准确地说，是幸福感、成就感，因为我超越了自己。"

叶聪说幸福感与超越自己有关时，联想到了自己的成长过程。小时候学骑自行车，开始晃来晃去，骑了一小段路就倒地了，后来骑着骑着，忽然就会了，越骑越顺畅，越骑越得意。为何会得意？因为超越了自己。小时候不懂，现在懂了。每一次下潜，就是一次自我超越，其中有一两次是关键性的转折点。

载人潜水器1 000米海试取得成功之际，恰逢建国60周年大庆，母船"向阳红09"上一片喜庆。潜航员、工程技术人员和专家站立在潜水器上，挂起了一条红色横幅，上面写着："载人深潜海试全体队员向祖国问好！"

现场指挥部和临时党委组织大家一起在母船会议室里观看了威武雄壮的国庆阅兵。会议室里充满了自豪感和幸福感。整个国家在飞速进步，不断超越自我。

在这次载人潜水器1 000米海试期间，中国海监总队、国家海洋局南海分局先后派出"中国海监72""中国海监74""中国海监76""中国海监77""南海渔政46012""南海渔政46013"执行海试警戒。中国海监船重点对过往船只进行引导和规避驱离，中国渔政船则重点对渔船进行拦阻和驱散。海试前国家海洋局南海分局对试验海区进行了清扫，维持了海试的秩序和安全。交通部南海救助局救助船"南海 111"时刻待命，随时听从调遣。

　　这次海试的待检内容有 14 项。有效负载、压载水箱注排水、纵倾调节、推进系统、通过计算机推力分配的手操航行控制、不通过计算机推力分配的手操航行控制、自动定向、自我定深、航速 2 至 5 节时制动滑距测定、成像声呐、避碰声呐、多普勒测速声呐、悬停就位控制这 13 项内容达到了试验技术指标。自动定高项目由于测高传感器的数据分辨率和更新率不能满足控制要求，未达到海试的技术指标。

　　海试中也暴露出了不少问题，既有技术方面的问题，也有操作方面的问题，但没有致命性的大问题，否则海试不可能获得成功。暴露出来的部分问题经过技术人员的现场整改，成功获得了解决，如银锌电池失效问题、高速水声通信问题、水上甚高频无线电通信问题、液压源故障问题以及接电故障问题。部分现场无法解决的问题，则留待后续研究和技术改进。

　　50 米级海试期间，水声通信系统出现了"失联"，原因是母船的噪声淹没了水声通信信号，母船和潜水器的水声通信功能只能在很短的距离内实现。在总体设计时，声学团队已经认识到"向阳红 09"噪声较大，所以对母船水声通信机采用了吊放方式，通过远离母船来降低噪声影响。但通过测试，发现母船的噪声比预计的要大得多，即使采用吊放方式也无法确保 1 000 米海区的数字水声通信功能。因此，现有的水声通信系统只能进行更换和改造。基于良好的模块化设计和扎实的技术基础，声学团队在短短 3 天时间里就完成了改造方案设计和软件改写，拿出了一套可以在高噪声背景条件下使用的水声通信系统，使得1 000米级海试能够顺利展开。

1 000米载人潜水器试验结束后，声学团队对水声通信系统再度进行了改进，提高了对母船噪声的抑制能力，优化了高速图像传输、中速数据传输、低速指令传输和语音4种功能。1 000米的深度距离7 000米还很遥远，但向7 000米行进的步伐从未停止。

中国人终究推开了深海大门的一条缝，跨出了第一步。这一步是一座里程碑，标志着中国迈向深海的一大步。中国继美国、俄罗斯、日本和法国之后，成为世界上第5个具备1 000米深度载人深潜能力的国家。

不久，一个新的考验即将降临：7 000米载人潜水器计划进行3 000米级下潜海试。这是叶聪意料和期待中的。此前半年多的时间里，各参试单位全面完成了7 000米载人潜水器的8项技术改进。2010年4月16日，载人潜水器运抵无锡七〇二所水池，开始3 000米级海试前的水池调试。

同年4月21日，大洋协会办公室副主任、总体组组长刘峰，科技部国家"863"计划海洋技术领域办公室处长孙清、海试咨询专家组组长丁抗等到七〇二所检查出海前的准备工作，并参加了全流程试验。

叶聪这段时间很忙碌，他参与了前期的池试和准备，一边搜集有关资料，一边征询各方面专家的意见，忙得像陀螺，经常几天几夜不回家，住在招待所里。其实他的家离得并不远，但他怕分心、走神。他说过，自己的长处是能不厌其烦地做一件事情。他做过很多次池试，还会继续做下去。他并不感到厌倦、烦躁，反而乐此不疲。一旦进入状态，他会全身心地投入，什么都顾不上，什么都扔在一边。

有时候，静下心来，他会感到对不起家人，会有种愧疚感。因为在海上的时间比较多，相对来说他陪妻子的时间就少了些，他们最长有两个半月没见过一面。但在妻子眼里，他不失为一个好丈夫。参加海试时他每天给妻子发一封邮件，平常有时间会陪她逛逛街。有时回家，他会抢着拖地、洗碗。妻子把他支开，说："这些事你别干了，你忙你的。"

他于是顺势推舟，一头钻进书房，对着"蛟龙"号的模型又琢磨起了一些细节。对潜水器的设计和 1 000 米深度下潜的操作过程，他可以说是了如指掌，但他还是不放心，像回放电影那样，在脑子里过了一遍又一遍。

事业心很强的他打算在 2012 年顺利完成 7 000 米深潜后，再要孩子。成功的背后，除了汗水和艰辛，还有家庭的支持。后来，"蛟龙"号下潜 7 000 米成功后，这个小家庭有了孩子。女儿的出生，给叶聪带来了很多乐趣，他是父亲了，但他不能经常陪伴女儿。他越来越忙，出海是经常的，而且在海上的时间越来越长。他惦记着女儿，手机里收藏着女儿的照片，想念女儿时，经常拿出来看看，心里有种温馨的感觉。

叶聪坦言，女儿经常会问："爸爸又要出海了吗？"

叶聪不愧是条荆楚汉子，他讲情义，重感情，对父母孝顺体贴。每次下潜前，他都会给父亲发邮件，父亲也会回复他，让他好好干，别惦念父母。但有一次叶大群没有及时回复，叶聪担心家中有事。父亲曾经中过风，虽然恢复得不错，叶聪还是常常惦记父亲的身体。身在海疆的他，马上给妻子发去邮件询问。

妻子接到邮件后，立即给婆婆打电话，电话中婆婆的声音有些沙哑。次日，她匆匆从无锡赶到武汉，看望二老。直到确定二老没事，她给叶聪通报了消息才离开武汉。"他对奶奶也很有感情。"叶大群回忆说。叶聪读高一的时候，奶奶中风。那时大人都要上班，没有时间照顾奶奶。正好叶聪放暑假，他一个人在家伺候老人，给奶奶服药、喂饭、倒便盆，一句怨言都没有。

善良和情义是一种美，更是一种力量，只有精神强大、胸怀宽广的人，才具有坚强和柔软兼具的品性。许多和叶聪接触过的人，公认叶聪有这样的品性。叶聪每次深潜归来，徐芑南都会紧握他的手，墨镜背后的眼睛里闪烁着泪水，这个得意弟子令他骄傲。

2010年5月23日下午，"向阳红09"行至江阴苏南国际码头。5月28日，"蛟龙"号载人潜水器被运至同一码头并装船，全体参试人员上船。第二天，"蛟龙"号载人潜水器在码头进行布放回收全系统演练。5月30日，载人潜水器关键技术改进与3 000米级海试研究项目领导小组在母船上召开试航前的会议。国家海洋局、科技部、中国船舶重工集团公司、总参作战部、中国科学院、交通部的有关领导和专家听取了试验现场总指挥刘峰、海试领导小组副组长金建才对试验准备、技术改进、人员安排等情况的汇报。会议认为，载人潜水器3 000米级海试的起航条件基本具备，定于第二天即5月31日起航。

第二天上午10时，江岸已是一派绿色，湿地芦苇密密森森。5月暖黄色的阳光，洒在恢宏宽阔、一览无余的江面上。有点凌厉的春风刮来，渔船的风帆被吹得鼓鼓的。机船和载着小山般集装箱的货轮络绎不绝，长江是一条繁忙的河道。载着"蛟龙"号潜水器的母船拉响了低沉的汽笛声，缓缓地离开码头。水势恣肆浩大。

一周后，"蛟龙"号载人潜水器到达南海试验海区，南国的热带植物茂盛浓郁，南海的热带高温气候酷热异常，烈日整天悬挂在毫无片云遮掩的空中。一望无际的大海升腾起丝丝袅袅的水蒸气，像是浴室里弥漫的那种热气。在船上操作的技术人员热不可耐，大汗淋漓，深蓝色的工作服不多久就湿透了。浑身被厚装包裹的"蛙人"更是热得感到窒息。在母船马达的轰鸣声中布放潜水器，没有人叫苦、后退，所有人全都守在自己的岗位上忙碌着。

在海上，叶聪每天给父母和妻子打电话或发邮件报平安。载人深潜风险不小，3700多米的水下，每一平方米要承受3700吨的压力。出于孝心，叶聪平时几乎不和父母说工作上的细节。叶大群说，这次的海试，媒体对载人深潜进行了公开报道，他和老伴在电视上收看，听到该领域的专家说"下潜后，发现智商下降了一半"，这才知道儿子的工作充满风险。

担心是难免的，但是儿子一贯的认真、沉稳、果断，让两老"信得过"。这么多年，只要在海上航行，叶聪每天都会给家里发封电子邮件，向父母亲报平安，两老也能阅后安寝。

"可能你真的拥有某一样东西时，会失去其他东西。"叶聪说，在他看来，得与失之间必然存在一个平衡点。

事实上，叶聪一直在给自己的内心寻找一种平衡。他说："我有时候有点拧巴，可能需要找到一个平衡点。"他说的平衡点，就是超越自我的幸福感和对家人的愧疚感之间的平衡点。每次下潜，家庭氛围都处于不安之中。家中的4位长辈、妻子和孩子吃不香睡不着，一直等待他报平安的邮件或电话。

有时候为放松，他和老师徐芑南或朋友、同事去海钓。钓上的鱼会放归大海，他冒出来的念头是："这就是大自然的平衡。"通往梦想的路很艰苦，工作挤占了他太多的时间。他对家庭尽不上自己的责任，作为儿子和丈夫的责任。他心里很清楚，常年忙碌的状态肯定会让他的生活留下一些遗憾。但他觉得自己已经得到了许多，家人都理解他，那些遗憾不能称之为遗憾，而是本该付出的代价，为实现自己的追求而付出的代价。作为一个有理想的科学探索者，他顾不上那么多了，就像尼采诗中写的："永远追求，像青烟追求高寒的天空。"

说起对儿子的期待，母亲最希望儿子永远平平安安，电话里总是那句话："伢子，你要当心啊，妈只要你平平安安，一帆风顺。"父亲一样慈爱关怀，虽然总是惦念着儿子的安全，但对儿子要严格一些。他会叮嘱说："伢子，你一定要做好工作，多做贡献。载人深潜，要么就不做，要做就要做得最好。"

潜水器摇晃着，随着一阵颠簸，在海面上悬浮片刻后，开始下沉，直直地进入深海的巨口之中。海平面上金灿灿的阳光和海平面下银光闪耀的海水有点刺眼。阳光的能量可以轻松地穿透海水，在太阳的直射下，舱内的温度还是很高。随着缓缓下沉，水中的光线开始消隐，动物、植物渐渐稀疏。到200多米，就进入了暮色带，再往下沉，就陷入一片黑暗之中了。人们在水面上看到的蔚蓝的海水（还有天空）和水或空气本身的颜色无关，这两者是无色的。热带海洋显现出深蓝色，是因为能见度纵深几十米、上百米，人的目光可以到达只有蓝光和紫光才能到达的深度。在海面游动的鱼都是银色的或白色的。在浅海中，蓝色的鱼极其少见，因为它们在水中触目可见，除非到达没有光线的暮色带海域中。这些，叶聪已经感觉到了。他从海洋生物学家那里和资料中获取了这些知识。后来，他在七八千米深的海底，看见流萤般的鱼类和透明的鱼类，并未感到奇怪，而是充满了惊喜。

叶聪两次下潜到达3 757米，他在南海海底用机械手插下了一面鲜红的、金属制成的五星红旗。中国此前在月球、火星上先后留下了五星红旗，在海底插下五星红旗，是有史以来的第一次。叶聪还驾驶潜水器在深海长距离巡游，专心一意地观察着，恍然像是来到了另一个阒无声息的神秘世界。在这里，半丝光线也透不进来，感觉不到热带骄阳的灼烤。从观察窗看出去，一片黑暗中，漫游着密匝匝的各种海洋生物。

深海还有巨大的鲸鱼、海豚，但很少见。这次，叶聪终于见到了一条大鲸鱼，它游到潜水器边，亲昵温顺地靠近潜水器，发出有节奏的嗒嗒声，叶聪忍不住欢快地惊呼起来。他听说鲸鱼会唱歌，有它们的语言表达。

深海被永远的黑暗所笼罩，即使是靠近水面的地方，夜里也是漆黑一片。为适应这种没有光线的环境，有些动物进化出超级敏锐的眼睛，有些动物通过生物光给自己照明。鲸鱼和鲨鱼具有电磁感应能力。鲸类进化的结果，就是拥有了不同凡响的回声定位能力。

研究者发现，海豚是海洋中的群居动物，它们总是一群群地出现。在群体中，海豚会用特征哨音来表明自己的身份，同时，它们使用本群体特有的语调来表明它们从何而来、和谁一起结伴而行。海豚和鲸鱼是否把回声定位的嗒嗒声当作某种精妙的语言来使用，这依旧是一个谜。

海洋生物学家小阿尔代马罗·罗梅罗讲过一件令人吃惊的事

情。他曾带着学生们到巴哈马对海豚做实地研究。一天，几只海豚游到一个女学生面前，不停地冲她上下摆头。它们不看其他学生，只看这个女学生。下课后，老师把女学生拉到一边，问她是不是怀孕了。女学生说是。这就解释了为什么它们要上下打量这个女学生。"它们通过声呐看到了胎儿。"这位海洋生物学家说。

海豚接收到的回声，让它们的大脑里呈现出类似超声波的图像。海豚的精密声呐（类似蝙蝠的雷达系统）使它们与其他海洋哺乳动物大不相同。美国和俄罗斯海军60多年前就开始为军事行动而训练海豚。美国在两次海湾战争期间派遣过海豚执行军事任务。而近期于克里米亚塞瓦斯托波尔海军基地拍摄的卫星照片显示，受过军事训练的海豚被部署在此处，以保护这一海军基地。

美国海军认为，海豚的声呐系统是已知的最复杂的系统，它们在深而浑浊的水域也能够探测水雷和跟踪目标。它们不会患上人类潜水员可能遭遇的潜水病。目前的水下无人设备还无法与海豚的能力相匹敌。

研究者相信，鲸类动物在自己特有的听觉交流之外，还有特有的视觉语言。这种不依靠言语形式的全息通信方式，使鲸类动物可以彼此毫无保留地共享全面的三维图像，就如同我们用手机拍摄照片，随时转发一样。研究者认为，鲸类动物可以共享它们的所想所见，甚至不需要开启它们的耳朵，或者睁开它们的眼睛。既然鲸类动物已经可以通过声音来构建超声波图像，那么它们也有可能会复制这些图像，并将图像发送出去。

早在1974年，苏联科学家扎克就提出，抹香鲸可能具有一种影音系统，可以将回声定位信息转化成图像。但这只是科学家做出的一种假设或猜测，从来没有验证过。叶聪也好，张伟也好，丁抗也好，他们不是海洋生物专家，也没有专门研究过海洋生物，但至少他们发现深海不是萧瑟荒芜的。他们在深潜中对海洋生物产生了兴趣。大海是生命的摇篮，海洋学家莫里曾说："海洋是个巨大的哺乳室。"这一点，叶聪看到了，张伟看到了，丁抗看到了，生物学家更看到了。后来当叶聪在7 000米深的海底，看到一条透明的鱼和他相视时，他会感到害怕；当他看到一条鲸鱼在潜水器观察窗前掠过，听到它发出嗒嗒声时，他会感到兴奋。

在叶聪看来，深潜深海的感觉真是妙不可言。

在《三联生活周刊》2021年登载的《深海诱惑》一文中，作者袁越写道："在这些潜次的下潜人员名单中经常能看到叶聪的名字。作为中国载人潜水器的研发骨干，他从来都是身先士卒，率先下潜的。名单中还能看到不少科学家的名字，这可以算是中国海洋科学家的福利。不过，我在采访中也遇到过因为害怕而不敢下潜的科学家，甚至有好几个海洋科学家向我承认他们从未潜过水，让我着实吃惊不小。"

"这也不能全怪科学家，因为他们要抓紧时间写论文，出一次海耗费的时间太长了，远不如直接从国外拿样本回来做研究更合算。"叶聪说，"所以我有时会想，我们可能已经走到科学的前面去了。"

叶聪说得很坦率，他的性格就是这样直率坦诚。话虽这么说，可叶聪对那些渴望下海，但健康状况不允许的科学家，会竭力劝阻。徐芑南是"蛟龙"号的总设计师，几个级别的海试中他几乎每次都上母船，以亲眼观察潜水器的作业状态，亲手解决出现的问题。他几次提出要下潜。叶聪了解老师的身体状况：老师患有先天性心脏病，还有严重的高血压，一只眼睛的视网膜已经脱落，整天戴着墨镜。这么糟糕的身体怎么能下潜呢？

有一些科学家踊跃深潜，如海洋生物学家贺丽生博士、美国归来的科学家丁抗博士，后者几乎逢场必到。其中更令人瞩目的是年逾八旬的中国科学院院士、海洋学家汪品先教授，他在南海下潜了3次，创下了世界高龄潜水纪录，并有可喜的发现。汪院士得到了奋斗在深潜事业领域中的所有工程技术人员、科考人员的钦佩和敬重。叶聪认为汪院士为所有科学家树立了一个真正的典范。

这次"蛟龙"号的3 000米级海试，除了插国旗外，还抓取了深海海参、海绵等海洋生物的样品，灌装了3 000米海底的保压水样，在海底布放了"龙宫"标志物。

几十年之前，人类，包括那些在浅海里捕捞海洋动物的渔民，普遍坚信深海和海底空无一物，没有任何生命存在。海底就是极其荒芜的沙漠，地势起伏不平，沉淀了厚厚的、泥泞的尘埃，可能有海山和海沟。

但有了潜水器特别是载人潜水器后，这个结论被推翻了。人们发现在三四千米的深海，乃至地球海洋的最深处马里亚纳海沟，都有生物存在，而且数量很多，种类和光合作用带的生物截然不同。

2010年8月16日，科技部和国家海洋局在北京联合召开了新闻发布会，正式对外宣布我国"蛟龙"号3 000米级海试成功的消息。科技部副部长王伟中、国家海洋局副局长王飞、现场总指挥刘峰、"蛟龙"号总设计师徐芑南、潜航员叶聪出席了新闻发布会，参加新闻发布会的有几十家中外媒体的记者。新闻发布会上，徐芑南和叶聪成为重点采访对象。叶聪作为崭露头角的首席潜水器驾驶员，穿着深蓝色的潜航服坐在台上。

记者们纷纷围住他，请他介绍"蛟龙"号的性能和海底见闻。叶聪回答说："我们的潜水器是世界一流的，每次海试都会发现问题，解决问题。至于深海，那是一个妙不可言的世界，有许多生物，有许多未解之谜。我们的任务，就是要研究这个世界，揭开深海的秘密和谜底，这是很有挑战性的。""那是一个妙不可言的世界"已经成了叶聪的一句金句。

记者们追问总设计师徐芑南："蛟龙"号什么时候冲刺5 000米、7 000米？会不会探索马里亚纳海沟？下一步是否会设计更先进的深海载人探索设备？徐芑南含蓄地回答说："相比太空探索，深海探索我们刚刚跨出几步，以后的路还很长，载人潜水器要系列化。但我们在海试过程中弘扬和凝聚了深潜精神，那就是'严谨求实、团结协作、拼搏奉献、勇攀高峰'的精神。更可喜的是，年轻的深潜科技团队已扛起了大旗，中国深海科学大有希望。"

值得一提的是，中国科学院工作局、中国工程院工作局和《科学时报》联合主办了"2010年中国十大科技进展新闻"的评选，557名中国科学院院士和中国工程院院士参与投票。这些特殊的投票者是中国最卓越的科学家，他们的评判能力毋庸置疑。

"蛟龙"号深海载人潜水器海试首次突破3 700米水深纪录入选了"2010年中国十大科技进展新闻"。至此，"蛟龙"号闻名遐迩，叶聪这个带着大海气息的深海主驾驶和工程师进入了大众的视野。

全国的媒体开始追踪他，他成了新闻人物。

2011年，科技部在北京对"载人潜水器关键技术改进及3 000米级海试研究"重点项目课题进行了技术验收，专家组对3 000米级海试所取得的技术改进和所取得的成就给予了高度评价。海试完善和优化了载人潜水器布放回收与水下作业操作规程及操作口令，优化并部署了母船与载人潜水器协同操作模式，制定和完善了一整套应急处置预案。载人潜水器在实际应用方面积累了丰富的经验，深潜队伍逐步成熟，自主决策的能力、应对突发事件的能力、海上发现和解决技术问题的能力都大大增强，能够冷静且速度较快地解决一些问题，临场应变可圈可点。

潜航员需要具备顽强的意志和高度的责任感，能机智地和死神擦肩而过。在封闭、狭小的空间里，系统中最细微的故障都有可能引发连串的多米诺骨牌效应，导致球舱进水。叶聪等人在几十次的下潜过程中均表现不俗，专家们为此感到欣慰和赞赏。最后，专家组一致同意通过技术验收。

由七〇二所牵头和承担的潜航员培训项目也进行了课题验收审查。专家组听取了叶聪代表七〇二所所做的总结汇报，认为课题承担单位完成了合同规定的培训内容，一致同意通过课题验收。唐嘉陵、付文韬正式由受训潜航员成为潜航员。

2011年3月10日，大洋协会办公室在北京组织专家对中国人事科学研究院承担的"深海载人潜水器潜航员人事管理方案研究"课题进行了验收。专家组认为，承担单位完成了合同规定的研究内容，同意通过验收。这为后续潜航员的选拔、培训和日常管理明确了方向。

2011年2月24日，大洋协会办公室与外交部条法司就"蛟龙"号载人潜水器后续海试相关的外事事宜进行了沟通。外交部条法司将积极支持"蛟龙"号海试中相关的外事工作，为深海探索提供外事上的支撑。海洋深潜活动不可避免要和别的国家合作，而海洋无边无沿，很容易会碰到别的国家的"篱笆"，如海洋专属区等，这时就需要进行一些外交沟通和斡旋。

经过这些程序，2011年3月，国家海洋局正式下达"蛟龙"号5 000米级海试的通知，明确同年7月至8月在大洋协会多金属结核勘探合同区开展5 000米深度的潜水试验，同时开展海上环境调查等应用作业。海试现场指挥部和临时党委成立，青岛深海基地管理中心主任刘峰继"蛟龙"号1 000米级、3 000米级海试后再次担任总指挥，徐芑南为副总指挥。

但3 000米只是进入深海黑暗区的一道门槛，而不是"蛟龙"号的最终目标。3 000米这一关跨越了，接下来是5 000米深潜。技术验收后，大洋协会办公室随即启动了"蛟龙"号5 000米级海试的准备工作。"蛟龙"号5 000米级海试作业区域位于太平洋的多金属结核区，也是大洋协会重点计划中的勘探区。为了提高航次的作业效率，"蛟龙"号下潜作业的间隙计划开展常规海上调查，以履行大洋协会与国际海底管理局签订的《多金属结核勘探合同》中的相关环境基线调查任务。本航次同时纳入了中国大洋航次序列进行管理，编号为"中国大洋25航次"。

与前几次海试不同的是，中央电视台将全程跟踪"蛟龙"号海试，进行现场直播。所有的操作、场景、深海图像、潜航员的一举一动，都将高清地展示在亿万观众面前。和太空探索一样，深海探索也具有传奇性和神秘性，这使得人们对海洋探索的热情大为高涨。中央电视台还是第一次现场直播深海勘探活动，对技术、拍摄乃至主持人的现场解说，都提出了更高的要求。

准备工作非同寻常，对所有海试参与者来说也是一个挑战。在摄像机下，他们的情绪不免会有些紧张。他们明白，有亿万双眼睛盯着他们。他们告诉自己，不必在乎记者们的跟踪和直播，和以前一样，该干啥就干啥，一切按照计划做，服从母船的指令。

叶聪是主驾驶，他肯定要入镜，下潜前和出舱后，中央电视台主持人可能会采访他，他没有刻意去准备，他知道自己该说些什么。

他既不紧张也不兴奋，这些情绪都不利于在潜水器中完成操作项目。应对可能出现的一些情况，需要淡定和冷静。他略有些担心的是家人的忐忑不安。他们会比其他人更关注自己。

"蛟龙"号载人潜水器在5 000米试验海区共完成5次下潜，5次穿越4 000米深度，4次超过5 000米深度，创造了下潜5 188米的深度纪录。"蛟龙"号各种设备的耐压、密封性能经受了考验和验证，潜水器总体状态稳定，试验预定的内容全面完成。潜水器在没有任何亮光的、伸手不见五指的黑暗中进行了长时间的海底航行，灯光全开，光柱照亮了20米范围内的海底世界。这里是静默的，又是灵动的，是萧瑟的，又是繁荣的，像老式的默片，沉淀了太多，隐藏了太多。海底世界在人类眼中是神奇和神秘的。深海和海底是一个均衡的、稳定的生物世界。

中央电视台现场直播正在进行中，"蛙人"乘坐小艇监视着水下的潜水器，记者丛威娜戴着橙色的安全帽站在甲板上进行解说，她显然很激动。母船、潜水器、波涛滚滚的海洋、深邃混沌的海底，都出现在镜头中。

镜头跟随潜水器第一次把人们没有见到过的5 000米深海世界展示给观众，同时直播了球舱内潜航员全神贯注的操作情景。海底照相和摄像、沉积物和矿物取样、生物和微生物取样、标志物布放、海底地形地貌测量，显示了载人潜水器的作业能力和与母船熟练有序的配合。外面无声游动的生物，形态与常见的不一样，有些是白色的，有些是全透明的。

这次直播引起了观众，特别是年轻人的兴趣和热议。

微博上出现了无数的惊叹、赞赏、颂扬："'蛟龙'号好样的！为你自豪。""叶聪，好样的！""马里亚纳再见！""祝贺，深潜英雄！"

中央电视台为观众打开了一扇新鲜又陌生的窗户，透过这扇窗户，观众看到了与海面世界迥异的海底世界，看到了中国自己的潜水器，看到了伟岸的母船、雄浑的大海，更看到了深海探索者的家国情怀、豪迈气概、执着追求，当然也看到了他们的风险和艰辛。

"蛟龙"号的前端，有3个观察窗。潜航员在强光照明下观察海底环境。接近海底，叶聪启用潜水器悬停定功能，平稳地在海底着陆。他详细观察周边环境，选择作业地点，同时和海面的指挥部联系。机械手开始取样，潜航员也跟着忙碌起来。

蜗居在海底5个小时，叶聪和同伴在海底下开心地吃了顿午餐。返回水面的1小时40分钟里，他用耳机听了一会儿音乐，还和同伴聊了聊下潜的感受。对深潜的热爱已深深地刻在他的骨子里。他说起了笑话："我觉得自己成了海底动物中一个新的种类。"

为了省电，照耀海底的灯光熄灭了，整个球舱只有仪表盘亮着蓝莹莹的光。周围黑沉沉的，各种生物在畅游，影影绰绰的。也许海底的生物会认为，潜水器是条通体发光的、庞大的鲸鱼，它的肚子里吞噬着3个怪物，确实是有史以来从未见到的海底动物的新种类。可惜那些海底动物看不到，它们没有视力，但有敏锐的声呐系统。

叶聪是主驾驶，主要工作是保证载人潜水器的正常运行，操纵潜水器在指定海域巡航和作业，还负责导航、通信、摄影、生命保障、故障修理与维护、医疗急救等。

5 000米级海试中,"蛟龙"号载人潜水器首次获得了多金属结核勘探合同区的高清海底录像和照片。通过这些录像和照片,专家清晰地分辨出以前难以确定的生物种类,如鼠尾鱼,并且首次分辨出了深海巨型原生动物。载人潜水器还首次采集到一个极为罕见的、扁平状的巨型单细胞原生动物。

"蛟龙"号5 000米级海试是中国载人深潜第一次真正意义上挑战深海极限环境、挑战国际性深海技术领域的一次成功尝试,是我国海洋发展史上的一次重大历史事件,标志着我国深海载人技术已跨入了国际第一梯队,步入国际先进行列。

出舱后,叶聪平静地对中央电视台记者说:"这是整个深海探索团队共同奋斗所取得的胜利,我们超越了自我,这是一个幸福的时刻。但我们还要走得更远,7 000米在等着我们去冲刺,7 000米攻下来,意味着我们能征服全球99.8%的海洋。"

记者问他:"你现在最想干的是什么?"

叶聪回答:"给父母发封报平安的邮件。"

这次向5 000米深度大关挺进,地点是在东太平洋,那里有一块非常平整的海底。为了不让家人担心,在驾驶"蛟龙"号深潜5 000米海底之前,叶聪给父母发了封电子邮件,告诉他们"蛟龙"号将于北京时间7月26日凌晨1时30分进行第二次下潜试验。

凌晨2时30分,海上暮色深重,宇宙星空皆在眼前,万物皆静,只有海浪拍打母船的声响。

中央电视台传来消息:"蛟龙"号同步时钟出现故障,将推迟下潜时间。父亲叶大群劝说老伴一起休息了。载人深潜风险不小,

5 000多米的水下，每一平方米的潜水器表面要承担5 000吨的水压，险象重重。每次叶聪下潜，老人心里总是有些忐忑。有一次试潜突然发生故障，"蛟龙"号与母船失去联系，没有在预定时间出水。迟迟没有收到儿子报平安邮件的父母，紧张得一夜未眠，连发了3封电子邮件。

　　这一次冲击5 000米，叶聪在下潜之前告诉父母不要熬夜看直播。但要他们不看是不可能的，叶大群夫妇牵挂着远在海洋深处的儿子，从25日晚上就一直守候在电视机前。后来他们关了一会儿电视机，打了一个盹。

　　清晨6时12分，天色刚亮不久，电话铃突然响起，叶聪的舅舅打来电话说："叶聪下潜成功了！叶聪下潜成功了！"

　　叶大群赶紧打开电视机，中央电视台正在直播。他们清晰地看到了儿子驾驶"蛟龙"号下潜到5 057米的画面。儿子很放松，神色泰然，置身海底，仿佛坐在书房的书桌前，正如诗人海子所言："命中注定的一切，此刻，我们心满意足地接受。"

　　上午10时13分，阳光灿烂，蓝天碧海，水色澄明，海燕飞翔，叫喊着直上云霄。叶聪和另外两位潜航员身穿深蓝色潜航服，精神饱满地走出了球舱，3人展开了一面五星红旗，笑容满面，母船上一片欢腾。

　　叶聪他们在甲板上接受了"透心凉"的浇水仪式，庆祝凯旋。这是为深潜成功者庆功的一种特殊仪式，同伴们举起盛满清水的塑料水桶，对沉浸在喜悦中的3位潜航员从头浇下去。大家欢呼，蹦跳，惊得海鸥慌张地疾飞而去。不远处的海面上，帆樯云集，外国货船上有船员举起望远镜观看这艘欢乐而热闹的母船，他们当然看到了"蛟龙"号潜水器和飘扬的五星红旗。于是，深长高亢的汽笛声被拉响,此起彼伏,向海试团队表示祝贺。叶聪回到舱室,对着党旗宣誓入党,光荣地成为一名中共党员。

叶大群夫妇快活地笑了起来。此时,家中的电话铃不停地响起,是同事、亲戚、朋友打来祝贺的。街坊邻居、区领导们纷纷上门道贺,一夜未睡好的叶大群没有丝毫的倦意。

中央电视台连续播放中国载人潜水器下潜5 000米深海的画面,这个消息迅即传遍了全国。

"爸妈:下潜成功,顺利返回。叶聪于向阳红号。"7月26日中午12时22分,叶大群、常耀俊夫妇终于等到儿子发来的报平安邮件。此时为叶聪等3位潜航员完成5 057米深度下潜、返回母船"向阳红09"后的两个小时。

"蛟龙"号5 000米级海试期间,暴雨降临、飓风肆虐、大雾迷漫、波涛汹涌。恶劣的海况和深海环境使中国载人深潜团队在极大的考验中迅速成长。在参试人员总体规模缩减的情况下,载人潜水器的技术队伍能及时、熟练地提供试验技术保障,排除故障并提供现场技术指导。

"蛟龙"号5 000米级海试中,陆基保障中心克服时差困难,坚守值班岗位,圆满完成与海试现场的数次视频通话,随时为海试现场提供技术支持,及时将海试进展传达给有关部门,发挥了不可或缺的作用。

2011年11月5日,由国家发改委、商务部、工信部、科技部、教育部等单位共同主办的中国国际工业博览会在上海闭幕,"蛟龙"号荣获金奖。

中国花了10年的时间,开始了弯道超车的深潜征程。

8

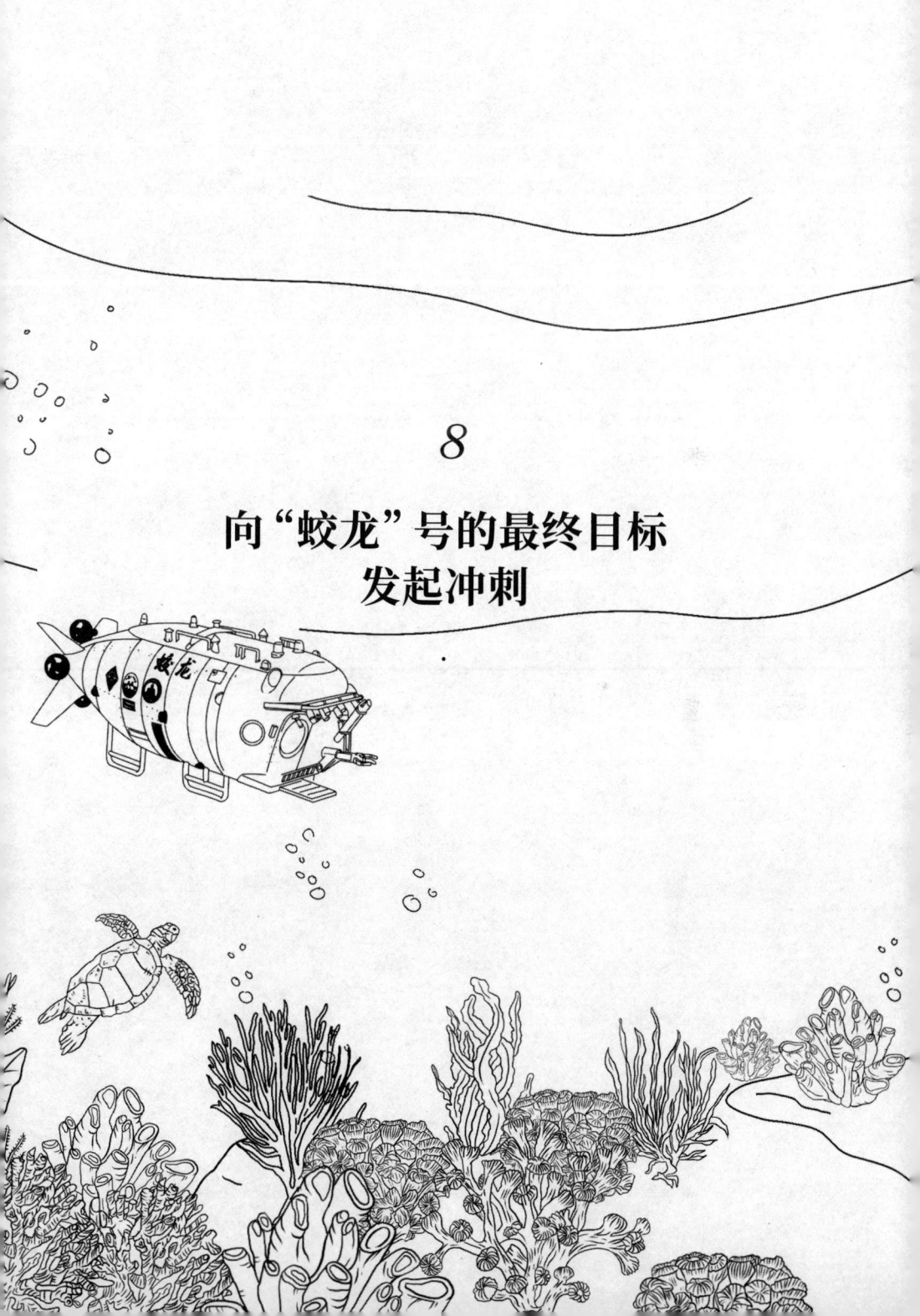

向"蛟龙"号的最终目标发起冲刺

"蛟龙"号的设计深度是7 000米,这是中国第一台潜水器的终极目标,它的设计方案、制造技术、设备配置和用材都是以7 000米深度的深潜为目标的。5 000米大关闯过了,7 000米深度的海试理所当然会紧接着进行。这是所有深潜探索参与者都期待的一仗,打胜了意味着"蛟龙"号的作业功能真正能够担当重任,标志着我国具备在全球99.8%的海洋区域开展科学研究、资源勘探的能力。

"上九天揽月"的"太空梦"正在一步一步地实现。2003年10月15日,中国自行研制的神舟五号载人飞船在酒泉卫星发射中心成功发射,中国航天员杨利伟乘坐载人飞船进入了茫茫太空。杨利伟完成了一系列指令动作,在轨飞行14圈,历时21个小时。透过飞船玻璃窗,他终于见到了梦寐以求的地球景色。这是一颗蓝色的星球,陆地、山脉、河流、大海看得一清二楚。尤其是大海,覆盖了这颗星球表面的大部分区域。四大洋澎湃而柔美,在太空看不到波涛,但能看到浓稠的蓝色。地球距离飞船只有三四百千米,高铁一小时的车程。地球就在身边,仿佛伸手就可以摸到。他可以看到祖国的沙漠、山脉、大河、湖泊。正是依傍这个人类共同的家园,他才不会感到孤独。如果飞船飞得远一些，地球变成一只苹果那么大，惶惑的孤独感可能会加剧。

2005年10月12日神舟六号被送入太空，搭载聂海胜、费俊龙两人。2008年9月25日神舟七号升空，搭载翟志刚、景海鹏、刘伯明3人。中国航天人一步一个脚印，行稳致远，多次实施了神舟飞船的飞行任务，多次载人发射，多次非载人发射。

2012年6月24日，叶聪驾驶"蛟龙"号载人潜水器在西太平洋马里亚纳海沟下潜至7 020米，创造了我国载人深潜的新纪录。此前8天，2012年6月16日，神舟九号发射升空，飞行乘组由景海鹏、刘旺、刘洋组成，这次飞船与天宫一号自动对接形成组合体。同一月中国人上天入海，这个巧合，使世界震撼。

神舟九号的成功升空和胜利对接，对深潜团队冲刺7 000米海深是一个激励。中国已是世界航天大国，"蛟龙"号若实现7 000米下潜冲刺，中国无疑就能成为世界深潜强国。上天和入海是相连的，是人类雄心的两个目标。深海潜水器同样是国之重器。探索海洋更具有现实性，地球是我们的家园，各种资源也都集中在地球上。在月球、火星和其他星球上开发和索取的资源，以我们目前的技术水平还很难大批量地带回地球。地球上人满为患，欲移居到其他星球，现在也很难做到。这些都是非常遥远的事情。但一步一步来，总有一天能实现。就当下来说，人类对宇宙的认知仅仅还是一些皮毛，我们的足迹只留在最近的一颗小星球——月球上。

夜晚，我们仰望灿烂的星空，其中任何一颗发亮的星体都距离我们几十万光年，甚至更远。它们的光刚刚射向地球时，人类还未出现。对那些星云和星团，我们几乎一无所知，它们也许是大爆炸后的尘埃和各种元素聚集而成的。而大爆炸只是一种判断。据说，宇宙的一切都是要消亡的，最后剩下一颗红矮星发着光，15亿年后，这颗红矮星的能量消耗完了，宇宙最后一点光就熄灭了，宇宙会变成黑暗的巨大虚无，当然那时地球和人类也都不存在了。这些说法是真的吗？如何来证实？没有人能肯定地回答。不过，有一点是肯定的，人类并非宇宙的主宰者，人类太渺小了。地球是浩瀚无垠的宇宙的一粒尘埃。我们人类算什么？当然，我们的科学、宗教、哲学、诗歌、童话与宇宙紧密相连，宇宙激发了我们的灵感、想象和思想，但宇宙又超出了我们的灵感、想象和思想。

1957年10月4日，第一颗人造卫星在苏联发射升空。美国人在太空竞赛中败给了自己的冷战对手。于是，美国政府决定挑战马里亚纳海沟，花费25万美元购买了皮卡德的"的里雅斯特"号载人潜水器，想要在深海竞赛中扳回一局。

1960年1月23日早晨，雅克·皮卡德和美国潜艇指挥官康纳德·沃尔什乘坐改造过的"的里雅斯特"号在关岛附近海域下潜，潜入马里亚纳海沟底部，共花了4个小时。他们在海沟底部只待了20分钟就上浮了，但已经创造了深潜纪录。美国人觉得挽回了一点面子。可见在美国人看来，深潜和升空同等重要。

1969年7月16日，美国人登上了月球，进行了两个小时的月球行走。月球一片冷寂，所有的浪漫、想象、描绘和吟诵都被颠覆了。一切美好事物都没有，有的只是坑坑洼洼的表面，那是被宇宙间飞驰的小行星和巨大的石块撞击出来的。这张布满一个个大小圆点的麻脸实在不堪入目，让地球人难掩深深的失望。

人类探索太空的脚步声铿锵有力，下潜却没有那么频繁。

海底世界的大门已经敞开，里面是一片全新的、闪亮的天地，已经有一些人踏进了这扇门，人类的未来就在这扇门内。深海探索作为一个现实课题摆在我们面前，不仅仅是海洋动物、海洋植物和海底矿物，我们还可能触摸到生命的本源。这就是载人潜水器深潜的意义。

"蛟龙"号准备闯 7 000 米大关时，总设计师徐芑南与他的学生叶聪有过一次谈话。徐芑南说："7 000 米下潜估计问题不大，但'蛟龙'号已经达到底线了。深潜的深度不会到此为止，马里亚纳海沟是地球海洋的最深处，我们要去征服它，对这个目标你想过没有？"

叶聪说："暂时还没有想过。'蛟龙'号肯定下不去了，需要有更先进的潜水器，可我们还没有。"

徐芑南说："是的，我们现在还没有，但我们可以研发。既然我们在没有样板的情况下，能设计、制造出'蛟龙'号，下一步我们可以创造条件，根据'蛟龙'号的技术积累，研发出新的、能潜入万米以下的潜水器。7 000 米之后，你要考虑这个问题。"

叶聪回答说："好啊，有你主持这个设计，我继续跟你干！"

徐芑南笑了起来："小叶，你这些年干得不错，技术精通了，又当上了首席潜航员，我准备给你压担子，新的潜水器由你来设计。我的身体不好，年纪又大了，你挑大梁，我当你的参谋。"

叶聪大吃一惊，说："这怎么行？徐总师挑大梁，我给你打下手。"

徐芑南说："这是我个人的想法，会向组织建议。你不许推，你是有理想的人，想得远走得更远。"

叶聪说："好吧，我听老师的。7 000 米拿下来再说。"

这个时候，叶聪心里装着的完全是 7 000 米这个深度。7 000 米的一座山已经很高了,世界最高峰珠穆朗玛峰是8 800多米,但山峰之高和海水之深是两回事,全球超过6 096米的超深渊区总数约为40多个,总面积仅占海洋面积的0.25%。这是"蛟龙"号最后的冲刺,只能成功不能失败。叶聪充满信心,但也有些紧张,他知道,全中国都在期盼着这样一个时刻:"蛟龙"号胜利抵达7 000米深度的海底。他来不及想7 000米以后的事,当徐芑南和他谈到下一步时,他竟然感到突然。

但老师的话像一颗种子埋在他心里了。

从上到下都很关注7 000米深潜。

2012年2月28日,"蛟龙"号载人潜水器海试领导小组在北京召开了工作会议,国家海洋局副局长、海试领导小组传达了党中央、国务院就"蛟龙"号载人潜水器7 000米级海试作出的指示精神,大洋协会办公室汇报了"蛟龙"号载人潜水器7 000米级海试方案的总体情况,七〇二所汇报了"蛟龙"号载人潜水器本体的技术准备。国家海洋局北海分局汇报了母船"向阳红09"的技术准备及相关应急预案编制,广州海洋地质调查局汇报了"海洋六号"科考船的海试准备,国家海洋环境预报中心汇报了7 000米试验区历史气象资料统计情况和保障方案,外交部条法司报告了密克罗尼西亚联邦政府许可中国在其专属经济区内海试的相关情况。5月初,母船"向阳红09"在南海完成了超短基线、长基线验收试验和船载相关设备的海试。

经过充分的准备,包括对"蛟龙"号在装备及技术上存在缺陷的改进、水面支持系统及母船"向阳红09"的状况检查,海试团队的精神状态良好,海试领导小组及专家组认为万事俱备,"蛟龙"

号载人潜水器可以向7 000米深海进军。

2012年5月16日，大洋协会在青岛深海基地邀请汪品先院士、李廷栋院士、陈毓川院士、袁业立院士、胡敦欣院士等全国深海各相关领域的40余名专家、学者，就"蛟龙"号冲击7 000米深海进行研讨，围绕"蛟龙"号载人潜水器的技术特点、应用方向、运行机制及近期工作安排等问题进行了探究。专家们发言非常热烈，讲的都是行话、实话。

他们说，应该发挥"蛟龙"号海底现场观察、海底高清摄像、海底微地形地貌测量、精确定位取样等方面的作业优势，航次任务以深海资源和深海科学（包括深海地质、深海环境和深海生物）为主，特别要关注南海、西南印度洋热液区、中国多金属结核勘探合同区、东太平洋海隆热液区等深海区域，而不是满足于创纪录；创纪录的背后是应用为先，不图虚名，讲究实效。

2012年6月2日，国家海洋局局长刘赐贵，科技部副部长王伟中，江苏省副省长徐鸣，中国船舶重工集团公司副总经理钱建平，国家海洋局副局长、海试领导小组组长王飞等领导与"蛟龙"号7 000米级海试团队举行座谈，勉励大家发扬深潜精神，向英勇的航天员学习，天海呼应，探索深海的奥秘，在黑暗而冰冷的深海无所畏惧，勇敢地砥砺深耕，攻坚克难，务实笃行，为国争光。

叶聪说了一番话："神舟九号能上天揽月，我们保证'蛟龙'号能下海捉鳖。7 000米在等着我们，应做的我们会尽力做好。神舟九号的航天员是了不起的，我们甘拜下风，向他们学习。他们是失重，我们是加重，他们离地球400千米，我们在地球海下7 000米，仅凭距离，说实话，是没有可比性的，但我们都是出于信仰，出于理想。请祖国放心，我们将不辱使命！"

180

2012年6月3日上午，天气晴朗温暖，长江浩大无际，江水奔腾，浩浩荡荡，气势澎湃。江阴水段十分宽阔，望不到对岸。长江曾孕育了古老的中华文明，见证了中华文明的源远流长、丰厚博大，今天它又见证了一段时代华章：即将去拥抱大海的"蛟龙"号的出征。

　　码头上洋溢着庄重和热烈的气氛，"蛟龙"号载人潜水器和"向阳红09"母船，在江阴苏南国际码头举行了简短的起航仪式。叶聪等潜航员及参试人员身着印有国旗的深蓝色工作服，站成一列。像设立中国邮政太空邮局一样，中国邮政集团特别设立了"'蛟龙'号深海邮局"，邮编266066，以办理国际国内函件寄递和集邮业务。"蛟龙"号载人潜水器潜航员叶聪担任"'蛟龙'号深海邮局"名誉局长，深海邮局的地面邮局设在青岛市金家岭邮政支局。小学生代表将他们的祝愿送到"向阳红09"母船船长陈存本手中。

　　6月3日，受台风"玛娃"的影响，"向阳红09"出长江口后被迫在绿华山锚地抛锚避风。巨风掀起如山的波涛，挟带着瓢泼大雨，海上飞沫弥天，水势激荡，惊魂夺魄。许多人晕船了，叶聪虽早已适应海上恶劣多变的气候，但也吐了。好在潜水器固定得好好的，不会受到损害。叶聪迅速调整过来，他在船舱里听音乐，阅读海明威的小说《老人与海》。小说主人公是一位名叫圣地亚哥的老渔夫。风烛残年的老渔夫一连84天没有钓到一条鱼，但他仍不肯认输，而是充满着奋斗精神，终于在第85天钓到一条身长18英尺、重达1 500多磅的大马林鱼。大鱼拽着船往海里走，老人依然死拉着不放，即使没有水喝，没有食物充饥，没有人帮忙，左手抽着筋，他也坚决不松懈、不灰心。经过两天两夜，他终于杀死大

向"蛟龙"号的最终目标发起冲刺　　*181*

鱼，把它拴在船边。但许多条鲨鱼上来争食他的战利品。他和鲨鱼搏斗，到最后只剩下一支折断的舵柄。最终，老人筋疲力尽地拖回一副鱼骨架的残骸。这部小说带给了人们无穷的想象和一种绝不放弃、勇敢无畏的精神。

叶聪早已读过这部篇幅不长的文学作品，但他又一次反复读它。窗外骤雨拍窗，海风呼啸，海浪无比狂暴，他从老渔夫身上汲取了力量。虽然老渔夫一无所获，但他的伟大在于他不屈不挠的顽强人格。

许多人都很着急。这么拖着，能不急吗？但叶聪不急，他已练就了从容、忍耐的性格，等待着时机成熟。天时地利需要等待。时机到来，长鲸入海，攻城拔寨。

6月6日清晨，风暴减弱，"向阳红09"起锚奔赴马里亚纳海沟7 000米试验海区。当地时间6月11日，母船抵达试验海区，与先期到达并已开展海底地形与海洋环境测量的"海洋六号"会师。12日至14日，受强台风"古超"的影响，母船被迫驶离试验海区漂航避风。其间，海试团队细化完善了母船和"蛟龙"号7 000米级海试的操作规程，开展了潜航员的培训，进行了潜水器系统通电检查和水面系统A形架摆动操作检查等。母船虽然已离开了台风中心，但还在台风边缘，不时有风雨侵袭。在这种恶劣天气里，海试人员坚守岗位，进行适应性练兵。

台风终于过去，一切完好无损。6月15日，"向阳红09"返抵7 000米试验海区，"蛟龙"号进行第46次下潜试验，最大下潜深度达6 671米，展现了整体技术和状态的完美。

6月19日，天气转晴，"蛟龙"号在7 000米试验海区进行了第47次下潜，最大下潜深度达到6 965米，距7 000米仅一步之遥。潜水器在深海近底处进行了巡航、定深航行、海底摄像、海底微地形地貌测量和触底作业，取得了沉积物样品和水样，布放了标志物。

6月22日，"蛟龙"号进行了第48次下潜试验，最大下潜深度6 963米，完成了6次触底，采集了矿物和生物样品，布放了标志物并拍摄了大量生物和海底的高清照片。这片海底有着生物多样性和矿物多样性。在明亮的灯光下，叶聪看到这片黑暗的海底并不寂寞。他看到了几十厘米长的海参、红色的虾、形状奇怪的端足类动物、透明的鱼和成片的矿物颗粒。热泉冒着一缕缕热气和一串串气泡，温度估计有几百摄氏度。冷泉在毫无声息地翻腾着，形成了烟雾般的瀑布。不远处有山脉耸立，有的地方很平坦，有的地方沟沟坎坎。没有任何声响，仿佛史前死寂一般的混沌。

叶聪瞪大了眼睛，从观察窗凝视着这个与浅海和陆地截然不同的世界。

"真是妙不可言。"叶聪说，他又一次用了这个词。

科学家丁抗点着头说："《海底两万里》是科幻，我们看到的是一个活生生的世界，难以想象，这么深的海底还有这么多生物，真是精彩绝伦！"

"这里面涉及地质学、生物学、海洋环境学等多门学科。我们以前对深海了解得太少了，深海值得科学家好好研究。丁教授，你是专家，你已经下潜很多次了，收获很丰盛啊！"叶聪操纵着潜水器说。

"你们开发的'蛟龙'号给了我一次次机会。这是我一生中难得的机遇，所以每次海试我都尽可能争取多下潜几次。"丁抗说。

他是美国明尼苏达大学的高级研究员，现场总指挥顾问。

2012年6月24日，按照预定试验计划，"蛟龙"号开展了首次7 000米深度的下潜——第49次下潜。叶聪担任主驾驶，一同下潜的有声学所副研究员杨波和沈阳自动化所副研究员刘开周。

这次下潜到达了7 020米的深度。叶聪在海底与国家海洋局局长刘赐贵通了话，接受了中央电视台的现场连线采访。

与此同时，总设计师徐芑南和大洋协会办公室主任金建才做客中央电视台。

海底"蛟龙"号潜航员和太空神舟九号航天员的图像出现在中央电视台的现场直播中，观众无不雀跃。正在观看直播的叶聪的父母和妻子感动得泪眼迷离。

在直播室当嘉宾的徐芑南热泪盈眶，他竭力控制自己的情绪，但还是一次次抹掉眼角的泪水，继续进行解说。

叶聪出舱时，在挥手之际，深深地呼吸了几口带有大海咸涩水汽的空气，望了一眼湛蓝的天空，他又沐浴在阳光之下。叶聪和同伴再次展开了一面五星红旗。鲜花、掌声、呼唤、彩旗，所有的参试人员都沉浸在胜利的喜悦之中。按惯例，叶聪向父母和妻子发了电子邮件，报了一声平安。虽只有电报式的几句话，但在家人看来，真的是"烽火连三月，家书抵万金"了！其实，他们早已收到了7 000米下潜成功的消息，也观看了中央电视台的直播节目。

6月27日，"蛟龙"号再接再厉，进行了第50次下潜，这次下潜，"蛟龙"号创造了世界同类载人潜水器的最大深度纪录——7 062米，同时进行了海底定高航行，取得了两个沉积物样品和一个生物样品，整个海试历时695分钟，完成了预定的试验任务。6

月30日,"蛟龙"号又进行了第51次下潜,下潜深度达到7 035米。

7月16日上午,"蛟龙"号载人潜水器海试团队凯旋,乘坐"向阳红09"返抵青岛市,青岛市人民政府和大洋协会在奥林匹克帆船中心码头举行了欢迎仪式。中共中央政治局常委、国务院副总理李克强专门发来贺信,代表党中央、国务院表示祝贺和慰问。现场人山人海,掌声如雷。

"蛟龙"号创下的奇迹,记录了中国深潜事业从追赶、超越到领跑的历程,国家和人民不会忘记这些勇于冒险、豪迈进取、敢想敢干的深潜者。在几乎一片空白的情况下,他们获得了丰硕的成果,好比在一片荆棘丛生、杂草疯长的荒地,硬是开垦出一片沃土。他们为之付出了艰辛的劳动,完成了神秘的成长,获得了大好的丰收。

他们付出了很多很多。海试时,一出海就是几个月,远离父母妻儿,经历大海的自然法则。火烧般的阳光和强劲的海风,使他们一个个都变得面色黧黑。但叶聪说:"不下潜的时候,我吃得好,睡得好,我胖了几斤。"叶聪在进载人球舱时,说自己心如止水。下至海底,狭小空间里的闭塞感很强,能做到"心如止水",沉稳而又冷静,真的很不容易。

2013年5月17日上午,中共中央总书记、国家主席、中央军委主席习近平在人民大会堂会见了载人深潜先进单位和先进个人,代表党中央、国务院,向胜利完成"蛟龙"号载人深潜海试任务的广大科技工作者、干部职工表示热烈祝贺和诚挚问候,勉励大家团结拼搏,开拓奋进,推动我国海洋事业不断取得新突破,为建设海洋强国做出更大成绩。

随后举行了表彰大会,宣布叶聪、付文韬、唐嘉陵、崔维成、杨波、刘开周、张东升获党中央、国务院授予的"载人深潜英雄"称号,"蛟龙"号载人潜水器7 000米级海试团队获党中央、国务院授予的"载人深潜英雄集体"称号。

七〇一所潜艇研究部、七〇二所水下工程研究开发部等22个集体获人力资源和社会保障部、国家海洋局授予的"'蛟龙'号载人潜水器7 000米级海试先进集体"称号,刘峰等19人获先进个人称号。2014年1月,"蛟龙"号载人潜水器获2013年度中国海洋工程咨询协会海洋工程科学技术奖一等奖。

2014年4月,中国全国总工会授予七〇二所"蛟龙"号总设计师徐芑南、副总设计师胡震、声学所实验室主任朱敏等人"全国五一劳动奖章",共青团中央、全国青联授予叶聪、付文韬、唐嘉陵等人"中国青年五四奖章"。全国总工会授予声学所"蛟龙"号声学团队"全国工人先锋号"称号。

从2002年立项,到2012年突破7 000米下潜深度,再到2017年完成试验性应用航次,以徐芑南、叶聪为代表的载人深潜团队献身国家深海事业,为铸造大国重器贡献了智慧、汗水和心血。每一次下潜深度的突破,都展现着中国综合国力的提升,显示了中国尖端科技发展的稳健和活力。中国的老中青三代科学家完全能肩负国家重任,不断进取。

令徐芑南深感欣慰的是,从事深海事业的年轻一代已经成长起来。他非常期待未来有更多热爱海洋、热爱深海的年轻人加入进来,在新时代建功立业。

叶聪在改革开放40周年之际,获得"改革先锋"称号,并于

2018年12月18日参加了在人民大会堂举行的"庆祝改革开放40周年大会",100名"改革先锋"称号获得者在大会上受到表彰。叶聪说:"改革开放给我们创造了机会,能让我们去探索更深更广的海洋。载人深潜尚属我国新的科研领域,有很多未知等待去探索。"

叶聪在会议期间接受记者采访时说"有压力,也有动力"。他表示,"改革先锋"称号是荣誉,也是鞭策。他将把习近平总书记的讲话精神和这份集体荣誉带回去,全心全意投身国家载人深潜事业,带着祖国的嘱托和人民"下五洋捉鳖"的心愿,探索海洋更深的地方。

徐芑南喜悦的泪花中有着新的憧憬,万米潜水器在等待着他。他眼看着自己早已走过了生命的春天,进入了收获的秋景,冬天的寒气偶尔也会掠过他的心头。也许,过一段时间,他会走进人生的隆冬季节,这似乎是不可阻挡的。但他意犹未尽。哲人西塞罗曾说过:"懂得生命真谛的人,可以使短促的生命延长。"所以他要和时间赛跑,争取早日挺进马里亚纳深渊。他早已忘记了自己说过的"'蛟龙'号研发成功后,我就真正退休"这句话。前景可期,他怎么会甘心离开这个阵地?从美国回来,他不知不觉又干了10年,充实奋斗的10年。他还要继续干上10年。他觉得自己停不下来了,有一股力量推着他走下去。海明威雕琢了老人的面庞和表情:"他浑身显得很老,但双眼除外。它们有着海水的颜色,透露出乐观和永不言败的神色。"徐芑南充满沧桑的脸庞上流露出来的也是这种乐观和永不言败的神色。

叶聪捧回了一堆奖项,他并没有沉湎于光环之中。他知道,这是跨出的第一步,深潜事业的路还很漫长,他已由"蛟龙"号设计之初的助理工程师成为高级工程师，他是和"蛟龙"号一起成长的。他记着徐芑南和他说的话，中国并不会满足于一台潜水器，还要设计制造新的、更先进的潜水器。他还需要继续超越自我，走向更广阔的空间。在他看来，每一次深潜都是"智商、情商的双重考验"。

"中国深海装备事业正经历飞跃式的发展，我有幸成为参与者、见证者。"叶聪说，"对于茫茫大海，人类的探索还远远不够。我的下一个目标是驾驶中国自己的万米级全海深载人潜水器到达海洋最深处，让更多人能够了解海洋、认识海洋。"

9

"跳跃之前，做个深蹲"

"感悟之旅，梅个不停"

2011年，中国科学院、海南省人民政府和三亚市人民政府三方商定：在我国临近深海的前沿地区建立一个深海科学与技术研发机构；利用优越的地理位置，建立一个完备的国家深海研发基地，使之成为国家深海研发试验的共享开放平台，填补我国深海战略上的地域空白。中国科学院委派高技术研究与发展局副局长王越超担任筹建组组长，在海南省三亚市鹿回头半岛上开始建设中国科学院深海科学与工程研究所（以下简称"深海所"）。

深海所所长丁抗教授是一位造诣深厚、严谨务实的海洋科学家，在这一领域默默地进行先驱性的研究。他在东西方之间构建起一座桥梁，把自己在美国的研究成果应用到中国。

丁抗祖籍江苏泰兴，生在上海，却像北方人一样身材高大。他的父母都是药物学领域成就卓著的专家学者。丁抗大学毕业后又考入中国科学院地球化学研究所，继续攻读硕士、博士学位，后来常年在国外做访问学者和客座教授。

他是国际知名的科学家，在西方生活也有几十年，但仍然坚定地持有中国护照。尽管生活和工作有些不便，可对送上门来的定居国外的机会，他一概婉拒。他说："总有人问我，遭遇这么多麻烦，为何还要拿着这本中国护照呢？我也讲不清，我只知道，我是以这样的身份来到这个世上的，我又揣着它离开我的父母，离开我的老师。在我眼里，中国是我的家。"

在 7 000 米载人潜水器的研发中，他以满腔热情参与项目的研究，尽其所能，出谋策划，毫无保留地将自己的知识和经验倾注到中国第一台潜水器的研制中。

几乎每次下潜都有他的身影。下潜是要冒一定风险的，舱室拥挤，远谈不上舒适。一位资深的科学家完全可以坐在母船上，或者象征性地下潜一两次就可以了。可他却频繁下潜，将自己蜷伏在狭小的座位上，随时在一旁发现问题、解决问题。可贵的专业精神令人感动。他说："这一段经历是梦一般的存在，美好时光值得永久记住。"

在中国科学院院长白春礼等人的邀请下，丁抗教授出任深海所所长。短短几年，深海所建成深海科学和深海工程两个研究部门，分设 13 个基本研究和技术支撑单元，依靠深海工程技术与装备、实验平台和基础设施，结合所处的区位优势，在深海观测方法与仪器设备、深海潜水器技术、海洋资源开发及利用等科学问题研究方面取得了许多成果。2016 年 6 月至 8 月，深海所"探索一号"科考船搭载的无人潜水器"海斗"号首次成功潜入马里亚纳海沟，对神秘的万米深海进行了探索。

深海所有一位顾问叫刘心成，他曾先后担任海军某保障基地的司令员、国家海洋局北海分局副局长，在"蛟龙"号海试时担任指挥部的临时党委书记。虽说生于不临海的河南农村，他却是一位

"老海洋"了。他曾在人民海军服役39年，从当舰艇轮机兵开始，历任班长、机电长、科长、装备部长、某保障基地司令员等职，参与执行了海军舰艇编队首次环球航行等多次重大任务，并且通过了海军工程大学和国防大学培训，获得了研究生学历。

退役之年到了，他热爱海洋事业，离不开海洋，要求转业到国家海洋局北海分局工作，并得到了批准。

刚刚报到，恰逢"蛟龙"号海试，国家海洋局任命刘心成为现场指挥部临时党委书记。这位在惊涛骇浪中度过了半辈子的老战士，继续在大海的胸怀中征战，不过他的战场从军舰变成了载人潜水器的母船。

深海所靠近可以和夏威夷媲美的三亚帆船港。

夏威夷之胜，自然是阳光、沙滩、海水、椰林。五光十色的冲浪板在小山似的海浪间颠簸起伏。帆船在海面上嬉水搏浪，鼓风驰骋。几十千米长的白色沙滩人头攒动，洋溢着热情、奔放和浪漫的情调。

鹿回头半岛的帆船港与夏威夷稍有不同，平原上翠绿植被层层交叠，外围是坡度缓升的山丘，一路延伸到海岸，与布满白珊瑚沙的沙滩相连，面对着平静而碧蓝的大海。大型的多彩帆船和游艇在大海上漫游，绚丽而富有活力，构成了一道恬静、优美的风景。深海所就建在这里，被浓密的绿色植物遮掩。一批深海人在灿烂阳光和海涛声中研究黑暗如夜的深海。

2012年海试圆满结束后，"蛟龙"号正式移交。青岛深海基地和三亚深海所正在进一步完善这台潜水器，希望它可以像美国的"阿尔文"号那样广泛地投入运用。无论有多少光环，载人潜水器只是一个载体和工具，它不是用来做摆设的，造出来是要派上用场的。作为设计制造者的七〇二所、七〇一所等已圆满完成任务。正如徐芑南所说的，下面要设计、制造冲刺万米的载人潜水器了。徐芑南在期待着，崔维成在期待着，叶聪也在期待着。

期待归期待，叶聪隐隐有种感觉，可能冲万米会先放一放，重点放在"蛟龙"号的应用上。海试证实，"蛟龙"号是一台相对完美的深海载人潜水器。

2018年12月11日，已是七〇二所副所长的叶聪接受了《40人对话40年》栏目的采访，当时记者问他："'蛟龙'号已经成为我们国家一张闪亮的名片，你能够给我们介绍一下'蛟龙'号它到底牛在哪儿吗？"

叶聪手里拿着一个"蛟龙"号的模型，如数家珍地说："我这里有一个小的'蛟龙'号。第一，它的形状，有人说侧面像一条鲸鱼，它能够在没有推进器和螺旋桨帮助的情况下，就像我们坐电梯一样，从水面一直下到水下7 000米。目前，全世界这种作业型的潜水器，我们是潜得最深的。第二，它是一台操控性非常好的潜水器。它的后面有一个X形尾翼，有4个推进器，可以完成爬坡、回转或螺旋形上升这样的一些运动。我们在海底工作，海底不是平的，它有海山、海沟，甚至在热液区还有那种像黑烟囱、树林的环境。第三，它具备强大的探测、通信、定位功能。这台潜水器上面有很多个点，这些点都是它的换能器，也可以说是'天线'。这些'天线'可以把电能转化为声能，然后通过它来实现通信和探测。现在我可以像使用即时通信工具一样传递语音文字和一些指令，还可以把图片从几千米的海底传到水面上，这种通信技术能力在世界上是领先的。第四，它是一台作业型潜水器。它的前部有两只机械手，这两只机械手比我们人的胳膊强壮，伸展开接近两米长，每个关节也可以活动。使用机械手，一次性可以从水下带回200多千克的样品，所以它是一台作业能力非常强的潜水器。这四点在同类型的潜水器里面都是比较突出的。曾经有一位科学家跟'蛟龙'号一起出海一个航次（会有多次下潜探索），大概一个月的时间，拿到的样品超过他之前做生物研究二三十年拿到的样品数量的总和。这说明，'蛟龙'号给了科学家更多的采样机会。"叶聪讲得比较谦虚，确切的数据证明"蛟龙"号已赶上早年遥遥领先中国的几个海洋强国的潜水器，并且超过了它们。它是一匹黑马，已经站在了世界潜水器的前列。它比其他国家的潜水器更先进，包括那台叶聪乘坐过的、屡经改造的"阿尔文"号载人潜水器。

"蛟龙"号采用特制钛合金球舱，能承受强大的深海压力。它经过了44天的海试期，多位科学家和潜水器工程师跟着下水，对潜水器的289项、水面支持系统的24项功能和性能指标进行了逐一验证，证实性能良好。"蛟龙"号下潜深度达到7 000米，能够抵达几乎全世界海域的底部。

另外，它有三大技术突破：

一是稳定悬停功能。在驾驶汽车时，驾驶员的脚始终放在油门上，难免产生疲劳感。而"蛟龙"号具备自动航行功能，潜航员设定好方向后，可以放心进行观察和科研。"蛟龙"号可以完成三种自动航行。第一种是自动定向航行，潜航员设定方向后，潜水器可以自动航行，不用担心跑偏。第二种是自动定高航行，潜航员可以让潜水器与海底保持一定的高度，尽管海底地形复杂多变，但自动定高功能能够让"蛟龙"号轻而易举地在复杂环境中随机应变，避免出现碰撞。第三种是自动定深功能，潜航员能让"蛟龙"号保持与海面固定的距离。

二是悬停定位功能。"蛟龙"号不像大部分国外潜水器那样坐底作业，潜航员可以行驶到相应位置和固定位置，让"蛟龙"号和目标保持稳定的距离，这样在操作时会十分便利。海底洋流往往导致潜水器摇摆不定，机械手的运动也会带动整个潜水器摇晃，但悬停定位功能够让潜水器做精确的悬停。除"蛟龙"号外，还没有其他国家的深海潜水器具备这样的功能。

三是深海通信声呐功能。地面通信主要靠电磁波，速度可达到光速。但电磁波在海水中只能传播几米，到了水中没有了用武之地。"蛟龙"号却能够在深海数千米之下，一直与母船保持畅通的联系，甚至可以和太空载人飞船联系。

中国科学家研发了具有世界先进水平的高速水声通信技术。这一技术的获得需要解决多项难题，比如水声传播速度开始只有每秒1 500米左右，如果是7 000米深度的话，一句话往来需要大约10秒，声音延迟明显。声音传输的带宽开始也非常有限，传输速率很低。声音在不均匀物体中的传播效果不一致，由于海水的密度和温度不一致，海底回波条件不同，加上母船和潜水器的噪声干扰，在复杂环境中有效提取信号难上加难。但"蛟龙"号基本解决了这些难题，这是非常了不起的。"蛟龙"号在技术性能方面超越了日本、俄罗斯、法国和美国的潜水器，成为最先进的多功能深海潜水器，成为"深海潜水器俱乐部"中的佼佼者，这一点得到了国际深海科学家的公认。美国的"阿尔文"号在升级改造时，也吸收了"蛟龙"号的某些技术。

"蛟龙"号已经成为中国的一张熠熠闪亮的名片。

然而,"蛟龙"号也有不足之处,那就是它的下潜深度。日本的"深海6500"号于1989年建成,曾下潜到6 527米深的海底,创造了当时载人潜水器的纪录。它已下潜了1 000多次,对6 500米深的海洋斜坡和大断层进行了探索,还对地震、海啸等进行了研究。1995年,日本"海沟"号无人潜水器在马里亚纳海沟底部进行了潜航,成为当时世界上下潜深度最深的无人潜水器。

1960年1月23日,经过改造的"的里雅斯特"号潜水器在马里亚纳海沟下潜至底部,成为当时世界上下潜深度最深的载人潜水器。

2012年,就在"蛟龙"号完成海试,正式交付使用时,传来了卡梅隆驾驶"深海挑战者"号载人潜水器抵达马里亚纳海沟的消息,"深海挑战者"号创下了10 898米的新纪录。

至于法国,1985年研制成功的"鹦鹉螺"号潜水器最大下潜深度可达6 000米,累计下潜了1 500多次,曾进行过多金属结核区域、深海海底生态的调查,承担过沉船、有害废料的搜索任务,应用比较广泛。

俄罗斯是目前世界上拥有载人潜水器最多的国家,这可能与它漫长的海岸线和广阔的领海有关。比较著名的是1987年建成的"和平一号"和"和平二号"这两台6 000米潜水器,它们带有12套检测深海环境参数和海底地貌的设备,最突出的长处是能源比较充足,可在水下待17至20个小时,电影《泰坦尼克号》里的很多镜头拍摄的就是这两台潜水器的探测工作。

徐芑南和叶聪对"蛟龙"号及这几台潜水器的优劣了解得清清楚楚。实践出真知,比较之下,"蛟龙"号优于这些外国潜水器,这是不容置疑的。后来者居上,"蛟龙"号配置和运用了多种新的技术手段,在许多方面具有优势,唯一的短板就是限制在7 000米左右,不能再深入下去了。因而,研发万米潜水器是必然的趋势。七〇二所副所长崔维成是"载人深潜英雄",早就为研发万米潜水器跃跃欲试,曾经多次和徐芑南、叶聪探讨过这个问题。他们已站在新的起跑线上,等待枪响,就跃身飞跑,冲击万米这个目标。那条终点线已遥遥在望。他们甚至连名字都想好了,叫"深海勇士"号。这名字很响亮。

可让他们感到意外的是,科技部做出了一个颇有争议的决定,将国产载人和无人潜水器的目标都退回到了4 500米。

有些人对科技部的决定有异议。他们认为,卡梅隆的那台潜水器是单人的,操作性也不好,不是用来作业的。但他们判断国外一定有人已经开始研发真正的作业型万米载人潜水器了,我们再不开始就来不及了。他们主张跳过4 500米,直接攻关11 000米载人潜水器。

他们相信万米载人潜水器所需要的各种部件都是可以买到的。芬兰一家公司以马氏体镍钢为材质制造载人球舱,当初俄罗斯的"和平一号"和"和平二号"载人球舱就是委托这家芬兰公司制造出来的。

他们认为,万米载人潜水器不是普通商品,没有批量生产的必要,造出一个来就够了;如果外国有人能做,我们买过来用就可以了,自主研发不划算。

他们举了维斯科沃制造"深潜限制因子"号的例子:"美国富豪维斯科沃制造'深潜限制因子'号时采用了来自30多个国家的150多家公司的产品,维斯科沃只不过将它们组装起来而已,但荣耀和名誉都被他抢走了。"

作为专家，他们坦率地表达了自己的想法和建议，也表现出了自己的底气和信心。

科技部断然拒绝了他们的建议，仍然坚持先做4 500米的"深海勇士"号，这并不让人觉得意外。"蛟龙"号立项之初，俄罗斯就希望这样一台潜水器交由他们来制造，但中方没有接受。

科技部21世纪议程管理中心海洋处项目主任向长生对《深海诱惑》一文的作者袁越说："我认为这是一个非常了不起的决定，也是一个特别值得反思的决定。虽然科技部的目标一直都是勇攀技术高峰，但我们不能总是依靠购买别人的技术来实现这个目标。这就相当于刚买完关键部件组装好了一辆'奥迪'，又走同样的路径去搞'迈巴赫'，照这样下去，国家深海自主创新能力始终是形不成的。但是，要做到自主研发，考虑到工业基础能力还不够强，目标不宜定得太高，这就好比一个人在跳跃之前，做个深蹲。"

"蛟龙"号虽然是自主设计、自主集成研制的潜水器，但许多重要部件都是外购的：钛合金耐压球舱和框架结构件是由俄罗斯引进的，浮力材料、推进器、高压海水泵、机械手、液压系统、水下定位系统、观察窗、照明设备、摄影摄像装置和母船布放回收的A形架是从美国、英国采购或由其代加工的。探索一条自主创新之路，真正依靠自己的力量来做一台目标适当的潜水器，4 500米的目标就是这样定下的。

叶聪完全理解科技部开发4 500米载人潜水器的决定。他明白中国用不着那么着急地去闯万米深渊，等上一段时间也无妨。4 500米载人潜水器是最实用的。更重要的一个原因是，中国发展深海载人潜水器要着眼于国产化。我们主要的核心部件要自己研发，否则就有可能被"卡脖子"。

"深海勇士"号是我国第二台深海载人潜水器，它的作业能力达到水下 4 500 米，研发始于"蛟龙"号开始海试之时。许多人可能有这样的疑惑，我们已经有了 7 000 米的"蛟龙"号，为何还要再建造一台 4 500 米的"深海勇士"号呢？

总设计师胡震解释说："'蛟龙'号是我国载人深潜的一座里程碑，尽管取得了很多的突破和辉煌的成就，但是有一些工艺和配件来自国外，要想在深海技术领域获得全面突破或自我超越，需要沉下心来踏踏实实地再进行深入研究。4 500 米就好比下蹲一下，后面会跳得更高。"

叶聪说："这是以退为进，而且可能会退一步进两步。"2022 年 5 月 8 日，叶聪在接受《面对面》节目的专访时，回忆说："在'蛟龙'号达到 7 000 米深度的时候，按理说，我们应该研发更大深度的潜水器，这其实挺难的。而我们的第二个项目'深海勇士'号的深度是 4 500 米，这并不是走回头路。我们需要更多的参与，更多的时间，更多的积累。我们不是走回头路，不是折腾，而是有一个积蓄力量的过程。"

10
"深海的哥"再出发

随着"蛟龙"号下潜深海的几次电视直播和媒体的全面报道，叶聪已身负盛名，行外的人亲切地称他为"深海的哥"。叶聪默认了这个接地气的、让他感到亲切的称呼，这个称呼就这样叫开了。

科技部下达的4 500米"深海勇士"号载人潜水器的设计研发任务由七〇二所毫不犹豫地接下来了。"蛟龙"号的副总设计师、七〇二所水下工程研究开发部主任胡震受命担任"深海勇士"号的总设计师，叶聪担任了副总设计师和总质量师。其他团队人员分别从事各项分系统的设计和研发工作。年逾八旬的"蛟龙"号总设计师、中国工程院院士徐芑南任顾问。这是一个老中青的组合，凝聚了我国载人深潜事业不同年龄、不同经历、不同经验的专家的智慧和才干。

在"蛟龙"号的光环下，胡震带领团队默默地开始了"深海勇士"号4 500米载人潜水器的研发。科研团队卧薪尝胆，攻克了许许多多的难关，终于成功建成了这台4 500米载人潜水器，国产化率达到了95%，极大地带动了我国相关科技水平的提升。

经过"蛟龙"号的攻关和引进技术的消化,"深海勇士"号的国产化能够获得解决,此时的技术也比研制"蛟龙"号时更加成熟。这是一条路标清晰的道路,已用不着再去苦苦摸索、探求。"深海勇士"号还有使用成本方面的优势,如果科学家的下潜深度在4 500米以内,那么"深海勇士"号因为制造成本大大低于"蛟龙"号,在使用成本方面自然有很大的优势。

潜水器的动力来自自身的能源,由于水下没有氧气,无法使用内燃机,只能靠电池供电。"蛟龙"号采用的是银锌电池,制造成本高达500万元,在"蛟龙"号的总造价1.8亿中占不小的份额,但使用寿命却只有一年,充放电的次数也不能超过50次。算下来每次下潜,仅电池的折旧费用就得10万元,所以"蛟龙"号的使用成本很高,据说有过百万元一次的报价。因此,用"蛟龙"号替代一台4 500米载人潜水器,太不合算了,可以说是杀鸡用牛刀。

此外,高度国产化可以使零配件储备充足,维修保养更为方便。

卡梅隆的"深海挑战者"号和维斯科沃的"深潜限制因子"号并非完全是应用型的潜水器,它们的主要目的是创纪录,造成轰动效应,以及拍摄电影进行水下考古和观光。卡梅隆和维斯科沃都不是科学家,真正的科学考察不是他们的事情。而中国发展深潜事业的主要目标,是进行具有战略性的科学探索。研发4 500米的"深海勇士"号就是用于科学研究的。

叶聪作为"深海勇士"号的副总设计师,深知自主开发这一要求,在设计时,把国产化摆在第一位。虽然设计做到了,但制造又是另一回事。作为"国家队"的七〇二所,拥有的资源是很多的,但又不是什么都能做的,它仅负责潜水器本体技术的总体协调,以及总体优化集成、耐压结构及密封、作业系统、生命支持系统的研制。

为了建造"深海勇士"号,科技部征集了全国上百家科研单位攻关,成功地将载人球舱、浮力材料、耐压锂电池、机械手、推进器、液压系统和照明摄像等部件国产化。所有关键技术中,载人球舱的技术尤为重要,它也标志着一个国家在材料科学领域的最高水平。美国在20世纪50年代研制出的Ti64钛合金(国内称为TC4)到今天为止仍然是全世界使用量最大的钛合金材料,约占全部钛合金使用量的一半以上。

俄方根据中方的委托,为"蛟龙"号建造的载人球舱的球壳使用的就是这一型号的钛合金,"深海勇士"号的球壳一开始用的也是这种钛合金。但中方没有采用西瓜瓣拼装的方式,而是直接将一块这种型号的钛合金板材冲压成整个半球壳,然后将两个半球壳通过手工方式焊接在一起,形成了完整的载人球舱。这个方式与俄罗斯的制造方式相比,减少了焊缝,因而潜在的故障率更低,安全性更高。

这种方式也有一定的冒险性,因为载人球壳必须做得非常圆才行。弧度上稍有偏差,两个半球就很难做到严丝合缝。叶聪在设计时,特别强调了这一点,而这就对钛合金板材的整体加工技术提出了更高的要求。"深海勇士"号研发团队又尝试使用了一种名为Ti80的钛合金材料,采用俄式西瓜瓣手工焊接的方式制作了第二个球壳。

Ti80是中国于20世纪80年代研制成功的一种新型钛合金材料,强度比Ti64稍弱,但韧性和抗冲击性更优,非常适合海洋环境,特别是深海高压环境。

为了探索新的加工技术,"深海勇士"号研发团队又尝试了当时国际上最先进的电子束焊接技术,将两个 Ti64 半球用这种焊接技术焊成了第三个球壳。测试结果表明,这第三个球壳的质量最好,而且重量最轻。最终"深海勇士"号选用了这个球壳。

"深海勇士"号使用了更大容量的电池,而且用的是更先进的锂电池,不但电量更足,单次使用成本也大幅下降,每次对外报价 25 万元(其中包括 20 万元一天的船费和 5 万元的下潜费用),相比"蛟龙"号,成本大为降低。

"深海勇士"号的国产化和体现出来的严谨科学的工匠精神,使得这台潜水器达到了科技部的要求,仅花了 3 个月,就成功通过了海试,它的使用率也远超"蛟龙"号。2017 年开始海试的"深海勇士"号迄今为止已经下潜了 490 余次,而 2009 年开始海试的"蛟龙"号迄今为止下潜了 220 余次(其中包括 51 次海试),两者相差近一倍。

当然,不能仅以次数的多少,来衡量两台不同潜水器的优劣。7 000 米的深度和 4 500 米的深度是不能相提并论的,"蛟龙"号在 7 000 米这个级别上是非常卓越的,这是国内外科技界一致公认的。

通过 4 500 米载人潜水器"深海勇士"号的设计和研发,叶聪体会到科技部没有直接研发万米潜水器的正确和明智。通过"蛟龙"号和"深海勇士"号这两台不同潜水器的研发经历,叶聪个人从理论和实践两方面都得到了很大的锻炼,这为他担任万米级"奋斗者"号的总设计师奠定了扎实的技术基础和丰厚的精神底蕴。

他坦率地说,对他来说,这是三级跳,少掉哪一级都不行;每一级都是跨越性的,最终就冲到前面去了,到达了深海科学的前沿。

尽管每一步都不容易，都很辛苦，不过对他个人，对七〇二所，对整个中国深潜事业来说，都是值得的。这世上所有伟大的事物，自有其内在的存在逻辑和高贵之处。中国人研发潜水器之所以步伐这么快，绝不是某一个人的努力，而是研发能量和资源配置优化组合的结果。

基于研发"蛟龙"号的经验积累，"深海勇士"号从设计方案到技术力量的调度都进行得很顺利，载人球舱的核心技术也被成功突破了。

七〇二所在2017年9月就将"深海勇士"号组装完毕，并在短期内结束海试。"蛟龙"号从设计、制造到海试经历了10多年，"深海勇士"号连海试在内，只花了4年多的时间，而且主要设备和零配件都是国产的。"深海勇士"号虽然体形小、自重轻，但麻雀虽小，五脏俱全。它的研发是中国潜水器制造一个质的飞跃，显示出了深海潜水器所应该具有的使用价值。

后来调任三亚深海技术实验室副主任、深海所科技处处长的向长生认为，这些年来，科学家一直在积极地践行深海战略，矢志不渝地推进作业型载人潜水器的谱系化。与研制10年的"蛟龙"号不同，我国第二代4500米载人潜水器"深海勇士"号，从立项到交付只用了短短8年，而实际的研制只用了4年多，且国产化率达到95%，实用性更强。

截至今日，"深海勇士"号已完成490余次下潜任务，作业频次、作业成本、作业能力均居世界先进水平。这是深蹲之作，是为了更好的跃起。实际上，早在2016年"深海勇士"号尚未下水之时，万米载人潜水器已经开始同步研制，也就是说，研制团队深深吸足了一口气，已经勇猛地跳跃起来了。

由于"深海勇士"号国产化的成功,科技部终于下达了11 000米深海载人潜水器"奋斗者"号的研制任务,国内涉及海洋装备的科研院所,包括民营科研公司,都行动起来,公开公平地投入招标程序。七〇二所也积极请战。因"深海勇士"号总设计师胡震还在进行总装建造工作,徐芑南推荐叶聪任该项目的总设计师,七〇二所所长何春荣马上表示同意,并在论证会上力主由叶聪出任万米深海潜水器的总设计师。他希望年轻一代的潜水器研究者能尽快地成长起来。这位饱经沧桑的科学家深知中国的科技进步和深海事业的未来是属于年轻人的。这种豁达和开通体现了一位老科学家的坦荡胸怀。有人担心叶聪虽然熟悉情况又有能力,可毕竟太年轻了,担心他压不住阵。他们提议,还是等"深海勇士"号交付后,再来讨论人选问题。

何春荣态度很坚决地说:"不能等,叶聪毕业就到咱们所做潜水器,有理论有实践,再说还有徐芑南和全所人为后盾,应该没问题。"

大家被说动了,在这件事情上,既有徐芑南的力荐,也体现了何所长的前瞻性考虑和知人善任。何春荣是北京航空航天大学的博士,长期从事潜艇、舰船的理论研究,担任过多项科研课题的牵头人,是位有丰富实践经验和扎实理论知识的专家,又是位伯乐。

当何春荣向叶聪宣布这个决定时,叶聪愣了一下,他有点惊讶。"奋斗者"号的设计班子仍是由他和胡震、徐芑南组成的,这个老中青组合与"深海勇士"号的班子一样,不同的是这次要以他为主,他要当总设计师了。他犹豫了。他不是个畏首畏尾、患得患失的人,但这是个重任。他担心自己的能力和经验有限,就去找徐芑南院士,向他说出了自己的顾虑。

徐芑南看着他说:"小叶,你是不是害怕了?在大家的心目中,你可是一个天不怕地不怕、年轻有为、有担当的人啊!"

叶聪说:"我不害怕,这没什么可怕的。但我毕竟是后辈,作业型万米载人潜水器,世界上还是第一台。这可不是闹着玩的。要求国产化、高质量,压力如山啊,我怕万一有个闪失……"

徐芑南说:"你是和'蛟龙'号、'深海勇士'号一起成长的,现在和万米载人潜水器继续成长。你不要有顾虑,你的背后有强大的团队。你是'国家队'的领队,不是孤胆英雄。这个压力,不是压在你一个人的身上,而是压在整个团队的身上,拿出搞'蛟龙'号和'深海勇士'号的劲头出来准行,我相信你,你要有这个信心。"

叶聪接受了。他说:"好,我对这个团队迸发的力量有信心。我要向徐院士学习,您这么大年纪了,还不知疲倦地冲在前面,我不能躲在后面。"

这样高端而复杂的设计交给叶聪担纲,这表明了对叶聪的信任和器重。从"蛟龙"号的总布置主任设计师到"深海勇士"号的副总设计师,叶聪没有辜负团队的期望,他已成为中国载人潜水器的研发骨干。"奋斗者"号的研制重任落到年轻有为的叶聪肩上,这是众望所归。

坚持是一种信仰,专注是一种态度,叶聪的坚持和专注得到了众人的认可和赏识。叶聪在两台载人潜水器和一台无人潜水器的研制中,磨炼了10多年。他要在万米潜水器的研制道路上继续砥砺前行,发挥自己所积累的经验。

至此,大家才真正理解了科技部当时为何没有一步到位,直接研发万米载人潜水器,争创世界纪录。为国争光、提升大国形象、增强民族自豪感固然不错，但先争取技术思想、制造工艺、材料品质更加成熟一些，综合实力进一步提升一些，再来研制作业型万米载人潜水器才更有把握。

事实上，叶聪是有一定的思想准备的。从老师徐芑南院士和他的那次谈话后，他就有了这样的念想。他知道，冲击地球海洋最深处、制造万米载人潜水器只是个时间问题。但他没想到会让他担任总设计师。虽然他说不怕，但他还是有巨大压力的。"蛟龙"号从设计、制造到海试用了10年时间。虽然"深海勇士"号研发成功了，载人球舱通过了试验，质量领先于俄罗斯，但这并不意味着"奋斗者"号也一定会成功。两者的深度相差一倍多，这个差别绝不是将"深海勇士"号调整一下就可以了。球舱、浮力材料、玻璃观察窗、机械手等一连串的部件，都要进行技术革新。"深海勇士"号的技术积累是有价值的。

总体来说，要重新打造一个全新的载人潜水器，需要另起炉灶，另辟蹊径。例如载人球舱，不仅仅是简单增加球壳的厚度就能解决的。这个过程有多艰难，叶聪当然知道。"蛟龙"号的球壳、浮力材料、观察窗、照明摄像设备、机械手等都是外购的，而这次万米载人潜水器的主要设备都要实现国产化，必须以饱满的理性和勇气去追求。在科学探索中，拥有勇气是极其重要的。但光凭勇气是不够的，需要对阻碍目标实现的各种问题提出一个个完美的解决方案，这就是理性。科学需要热情，更需要理性。

从概念上来说，万米载人潜水器和 4 500 米载人潜水器是完全不同的，这好比建造 10 层楼与 3 层楼的差别，地基承载力、所用建材的数量和质量都是不同的，3 层楼可以不用电梯，10 层楼则非用电梯不可。抗震防风结构设计也不一样，下水道、电线排列等也有区别。两幢楼房就有这样差距甚远的建造标准，更别说两台作业型载人潜水器了，绝不能将它们等量齐观。

"奋斗者"号和"深海勇士"号根本就不是差不多类型的潜水器，"奋斗者"号与"蛟龙"号也不是一个类型的潜水器。万米载人潜水器是能够抵达马里亚纳海沟最深处的。在如此之深的水域中，水的压力是十分巨大的，万米载人潜水器外壳的抗压能力非常重要，仅此一项，便已难倒了世界上诸多国家。另外，潜水器的内部氧气供应、密封程度、安全程度等诸多方面的技术难度巨大，因此万米载人潜水器极难制造。"奋斗者"号开始研发之时，世界上只有区区3台潜水器深潜到万米深的海底，这让万米载人潜水器的研制令人望而生畏。对以叶聪为总设计师的研发团队来说，这无疑是一个全新的挑战。

2018年12月8日，叶聪对《生活报》记者胸有成竹地说："2016年，万米载人潜水器项目正式立项，作为总设计师，担子很重，'蛟龙'号在7000米处的压力是700个大气压，万米载人潜水器还要增加400余个大气压。这样的高压对潜水器的结构设计、材料等，都提出了巨大的挑战。目前，万米载人潜水器已完成设计，转入全面建造阶段。按照计划，将在2020年完成研制，我希望，在2020年，我能搭乘我们自己设计的潜水器，去探秘万米深海。"

一句简单的"已完成设计，转入全面建造阶段"，事实上意味着，从挂帅万米载人潜水器项目直至对记者说这句话的两年中，他很少吃过一顿安心饭，睡过一夜安稳觉。许多问题像一团乱麻纠缠着他。一开始，叶聪思考的是一些大的问题，其中让他一时半会儿下不了决心的是载人潜水器球舱的容积问题。"蛟龙"号和"深海勇士"号的载人球舱直径均是2.1米左右,坐3个人绰绰有余。因制造能力的限制,"奋斗者"号将载人球舱的直径收缩到大约1.8米,但仍然要坐3个人,作业时间要达到6小时,这只能通过缩小设备体积来解决。

美国"阿尔文"号潜水器能坐3个人。5000余次下潜的实践表明,3个人的工作效率高于两个人。如果坐两个人,必然一人是驾驶员,一人是科学家,考察海底全靠一位科学家,无论从成本,还是从科考效果来考虑,都是很不划算的。如果是3个人,可以有不同专业的两位科学家下海,合理分工,相互配合,更好地利用海底时间。

美国万米载人潜水器"深潜限制因子"号直径仅1.5米左右,充其量只能坐两个人,海底作业时间也只有4个小时,它的作业率明显低于"阿尔文"号。考虑下来,叶聪希望"奋斗者"号能容得下3个人,海底的作业时间也尽可能拉长。然而这样必然对载人球舱、浮力材料、电池容量和下潜速度等性能指标提出更高的要求。

其中难度最大的是载人球舱,"深海勇士"号的舱壁厚度为60毫米左右,对工艺技术的要求已经非常高了,"深潜限制因子"号的舱壁厚度是90毫米,可以说是到了同类型钛合金板材的加工极限。叶聪团队面临的问题是,在舱壁不增加厚度的情况下,把载人潜水器球舱的直径保持在1.8米。这是一个难题。说实话,整个研发团队都觉得没有把握做到。

"奋斗者"号立项后不久,2016年9月的一天,科技部、大洋协会、国家海洋局、"奋斗者"号项目领导小组等部门组织专家论证会议，会议讨论到将球舱直径定在 1.6 米还是 1.8 米。虽然只有两分米之差，1.6 米制造起来要容易一些，但安全性不是很充分，而且只能容纳两个人。会议为此争论不休，双方都各有理由和依据。

主持会议的大洋协会办公室副主任、青岛深海基地主任刘峰主张无论如何要做到 1.8 米。会议一直开到晚上 9 点多，大家期待叶聪表态。最后叶聪一咬牙，承诺设法保持 1.8 米，接受了巨大的挑战。叶聪后来对记者说，为安全起见，团队选择了偏保守的设计理念，所以一直有人怀疑球壳做得太厚了。但实际上，"奋斗者"号的很多性能指标都做到了极致，目的就是尽可能地方便科学家下海做科考。

研制万米载人潜水器首要的步骤，就是着手改进做球壳的钛合金材料。研制成合适的钛合金后，还有两个重要的工艺技术问题，一个是焊接，另一个是球壳的压制。将两个半球形的球壳焊接在一起，成为一个经得起万米深渊高压的完整球体，这就是"奋斗者"号所需要的球舱。

先说改进球壳的材料，这并非易事。如果直径为 1.8 米，势必要增厚舱壁，摆在叶聪面前的残酷现实是：球壳暂时只能用钛合金，一时找不到更好的替代材料，但钛合金也有其缺陷，即导热性差，厚板不容易做得均衡。

当时，这么厚重的板材还没有一个炉子能冶炼和轧制出来，更不用说球壳的焊接工艺能否过关。如果载人球舱的舱壁增厚，势必增加球壳的重量，浮力材料就要用得更多。"蛟龙"号所用的浮力材料是从美国进口的，比重大致在 0.5 左右，即每立方米的浮力材料可以负担 500 千克的载荷。

但万米潜水器的浮力材料需要承受更大的压力，比重增加到了 0.7

左右，即每立方米的浮力材料仅能负担 300 千克的载荷。这样就会使潜水器体积过大，下潜速度变慢，在海底的作业时间相应缩短。这些问题的存在，给"奋斗者"号的整体设计带来了极大的困难。

据叶聪了解，当时已有的钛合金材料强度都不够，只能做那种两个人的小球舱，容纳 3 个人的载人球舱很难做到，勉强硬做是不可能不出现问题的。

中国暂时做不到，别的国家也做不到，这是个亟待攻克的世界性难题。世界上屈指可数的几台万米载人潜水器都是两个人的小球舱，做 3 人载人球舱的使命和重担现在落到了中国人的身上。此前有人提过可以从国外买上一个，指的就是搭载两个人的小球舱。但此一时彼一时，经过这几年，一些国家对中国的技术封锁变本加厉。即使是这种小球舱的主要配件也很难通过外购得到了，只能依靠自主研发。

钛合金的问题确实是个世界性的难题。有些国家试图寻找新的材料来突破钛合金的局限性。美国材料学家一度提出用玻璃替代钛合金，如果成功的话，这种潜水器将颠覆传统潜水器的材料结构，潜水器的自重会大为减轻，容量会有很大扩展。这完全是一种新型的潜水器，是革命性的开拓创新。

2014 年，美国用一种类似玻璃的材料做成了无人潜水器"海神"号，结果下潜到 9 000 米时竟不知所终，显然被巨大的压力压破了。

媒体对"海神"号的研制过程做过大量报道，当时海洋科学界都对它寄予很大的希望。中国也有人提出用陶瓷和塑钢来试做球壳，一时想法很多，似乎替代钛合金的材料并不少。但"海神"号失败后，再也没有人提出用玻璃、陶瓷什么的来做潜水器的球壳了。显然，玻璃和陶瓷可能强度够了，但韧性不足。

"在万米海深的极端压力条件下，如果要搭载3人，载人球舱钛合金板材的厚度可能需要一下子从52毫米变成100多毫米，材料强度也要大幅度提高，但强度和韧性往往是互相矛盾的。"金属学家杨锐在接受采访时说，"比如，陶瓷的强度非常高，但韧性差；塑料的韧性高，但强度又太低；比钛合金强度高的材料有很多，但无法进行焊接。这个材料难题，成为一系列关键技术的瓶颈。"

中国科学院金属研究所（以下简称"金属所"）所长兼钛合金研究部主任杨锐，带领研究员雷家峰、马英杰等人接受了研制新型钛合金的重任。生于20世纪60年代中期的杨锐，是湖北南漳人，1980年考入武汉水利电力学院机械工程系学习，1987年从研究所硕士毕业，1992年获得英国剑桥大学博士学位，1995年回国后任研究所研究员。杨锐在多功能钛合金研究方面卓有成绩。

他是一位很有想法也很有勇气的科学家。2008年7月以来，杨锐率领团队先后攻克了新型航空发动机涡轮叶片的两大技术难关，得到了英国著名航空发动机制造公司罗罗公司的赏识。他们派人来金属所现场考察后，对杨锐团队研制的叶片做出高度评价，欣然签约，这种叶片此后成为我国向英国出口的高技术项目。杨锐团队因此荣获了周光召基金会应用科学奖。

要完成万米载人潜水器这个项目，杨锐团队必须先把材料问题解决掉，这是不能回避也不能推却的硬任务。鉴于种种原因，叶聪考虑的不是用其他材料来替代钛合金，而是对钛合金进行改良，载人球壳还得用钛合金。从材料科学的理论方面来看，强度和韧性兼备是个方向，但两者的兼容性问题不好解决。

通俗地说，软和硬是一对矛盾。黄金很软，但韧性很强，延展性无与伦比，可以打造得如薄翼一般薄，比头发丝还要细。钛合金的强度和韧性都相对理想。但"蛟龙"号和"深海勇士"号用过的Ti64在强度方面还欠缺一点。新材料的强度要有所提高，韧性至少要和Ti64相当。

整个"奋斗者"号研发团队经过苦苦探索和研究发现，只有Ti2222这个类型的钛合金符合条件。这是20世纪末研制成功的一种航空用钛合金，是Ti64的升级版，强度比Ti64高了一个等级，应该可以作为"奋斗者"号的外壳用材。但这种钛合金有个致命的弱点，那就是可焊性不好，尤其对于载人潜水器球舱而言更是如此，因为焊接面太厚了。焊接是必须经过的一道工序，没有人能压出一个不焊接的完整球舱。两个半球的焊接已经大幅度地减少了焊接面，相对于俄罗斯那种西瓜瓣式的焊接方式，可以说是微创手术。但即便是微创手术，焊接如此厚度的一个球壳，也很难保证退火后球体不变形。球体一旦出现变形，就降低了球体的圆度，这个球体就废掉了。

宝钛集团有限公司（原宝鸡有色金属加工厂）承担了"奋斗者"号球壳钛合金的制造任务。它是中国最大的以钛及钛合金为主的专业化稀有金属生产和科研基地。几十年来，它承担了600多项新材料的试制和生产任务，出色地完成了一批国家重点科研课题。中国自主研制的第一颗氢弹、第一艘核潜艇、神舟系列飞船，都使用了宝钛集团有限公司提供的关键性稀有金属材料，都是在国际上对中国技术封锁的环境下，独立完成的。

在4500米载人潜水器球壳国产化研制过程中，在金属所、七〇二所等单位的大力帮助下，宝钛集团有限公司先后攻克了钛合金选材、加工制造、半球整体成型、焊接、热处理、变形控制等多项关键技术，填补了国内钛合金研究领域的多项空白。"深海勇士"号的球壳在成型、加工制造、焊接技术等多方面超越了俄罗斯制造的"蛟龙"号载人球壳，达到了国际先进水平。

然而，4 500 米深度的载人潜水器和万米载人潜水器完全是两码事。

"奋斗者"号的载人球舱，技术要求高，形状特殊，总重量达3 吨。4 500 米载人球舱的钛合金已不适用于万米载人球舱，需要研制新型的钛合金材料。为此宝钛集团有限公司专门成立了以总经理贾栓孝为组长、副总经理王韦琪等人参与的项目攻关组。

2014 年，也就是"奋斗者"号立项前的两年，中国科学院实施了战略先导科技专项，金属所对深潜材料与制造展开了调研论证，提出了 3 个亟需攻克的难关：一是耐压材料，二是压制成型，三是窄间隙电子束焊接。这三个难关如果攻不下来，万米载人潜水器的载人球舱就造不出来，国产化无异于一句空话。

虽然"蛟龙"号保持着国际上同类作业型载人潜水器最大下潜深度的纪录，但是我国载人球壳的制造技术还很薄弱。钛合金球壳是俄罗斯代加工的。在我国政府的大力支持和科学家的不懈努力下，4 500 米的"深海勇士"号在载人球壳加工与焊接技术等方面，取得了重大突破，这是难能可贵的。万米潜水器的载人球舱，在海底承受的压力超过"深海勇士"号整整一倍还多，要求更高，制造更难，钛合金 Ti64 无法达标。这个挑战切实地摆在杨锐的面前。沟壑也好，山丘也好，杨锐必须跨越过去。科学研究无近路可走，这种跨越不仅仅是技术上的，更是精神上的。

2011 年年初，杨锐当选为中国材料研究学会第六届理事会副理事长。同年 5 月，金属所沈阳先进材料研发中心成立，杨锐担任中心主任（兼任钛合金研究部主任）。同期，他获得了何梁何利基金科学与技术进步奖（冶金材料技术奖）。2012年7月5日，杨锐出任金属所所长。正是在他的任期内，金属所投入了大深度潜水器载人球舱所需材料的研发工作。杨锐的搭档是研究员雷家峰。雷家峰从事金属材料科研已有20多年。他于1987年考入东北工学院物理系应用物理专业学习，1994年考入金属所读博士，毕业后留在钛合金研究部工作，现任研究部主任。他常说："研究钛合金，我认为是干一辈子都值得的事。从研究生阶段开始，我就跟随导师参与了国家级项目，树立了'以用为本'的科研理念，专门把结构钛合金作为自己的主攻方向。"他先后主持完成10余项国家级科研课题，研究成果在先进飞机、航空发动机、水中装备等领域的多个重点工程中得到应用。

万米载人潜水器的球壳选材，对杨锐和雷家峰来说，是一个巨大的挑战。当时在国际上，曾有科学家痛定思痛后断言，7000米是钛合金的应用极限。言外之意是，3人潜水器根本无法达到万米深度，只能另选材料。

然而，金属所不以为然，科学探索是无止境的，也是无极限的。断言7000米钛合金是应用极限是没有科学依据的。人类的科技史就是一部战胜极限的历史。极限深度要求极限制造。作为金属所所长，杨锐以饱满的热情和务实的作风，投入冲破极限的研究中。他的搭档雷家峰代表金属所出任万米载人潜水器副总设计师和材料项目一线协调人，负责现场协调督促。他既要贯彻任务要求，落实工艺方案，又要联络总体单位、监理单位和专家组，责任重大，头绪烦琐。他既配合了杨锐的研究，又担当了材料项目的一线协调人。他不放过每一个环节，不忽视任何一个细节。叶聪有什么事首先找他。

按照计划，国家将于2020年完成万米载人潜水器的研制。海试的窗口期每年只有两次，还要受到海况等诸多因素的影响，错过往往意味着再等一年。因此，各部门必须关死后门、倒排日期，全力以赴围着球壳转，跟着球壳走。没有数据可以参考，没有捷径可以依赖，只能立足自主创新，摸索前行，在工程应用中检验理论。

2017年杨锐的所长任期已满，他马上全身心地扑在钛合金材料项目上。钛合金材料存在"尺寸效应"，即尺寸和厚度越大，均匀性和力学性能的稳定性越难以保证。而这又是深海极端高压环境下的应用必须跨越的障碍。

美国科学家曾经研究过这个问题，找到了Ti2222可焊性差的原因：这种钛合金在退火时会在晶粒内部形成某种成分。杨锐的一个学生在日本国立材料研究所从事金属研究，这位学生很有钻研精神。他通过实验发现，如果在钛合金中加入一点贵金属钯，材料的可塑性就会奇迹般地得到提升。另外，杨锐自己在帮助英国发动机制造公司研制钛合金叶片时发现，这种叶片的一种合金里可能含有金属元素钼。

同时，团队的一位成员在一篇公开发表的文献中，发现一位外国科学家谈到了类似的问题。杨锐、雷家峰等人进一步确认，只要去除材料里的一个"有害相"，即可找到突破口。

杨锐试着把这几条线索整合起来，最后得出一个结论：在Ti2222中加入适当的金属钯和金属钼，或者类似的元素，有可能会增加期待的某种成分的含量。经过研究，他们终于拿出了新方案：

将海绵钛和铝、钒等混合在一起，通过大功率压力装置，压制成钛合金的电极，然后放在熔炼炉里面，经过多次真空熔炼，炼成符合条件的钛合金铸锭。他们将其命名为"Ti62A"。这种经过改良的钛合金 Ti62A 满足了强度和韧性的要求，可焊性大大得到了提高。金属所一举攻克了这个难题。

不过，材料问题解决了还不行，如何压成两个半球并焊接成整体，成为第二只"拦路虎"。这个问题不仅与金属所有关，而且与企业的生产工艺有关。相关领导部门组织了一个联合攻关领导小组，成员有金属所钛合金研究部主任杨锐，宝钛集团有限公司总经理贾栓孝、副总经理王鼎春，以及洛阳船舶材料研究所副所长王其红、廖志谦。宝钛集团有限公司的技术协调人王永梅，针对焊丝的批次差异问题，发现了氢含量超标这个"元凶"，并及时加以解决。

由于板材规格已经达到加热炉和轧机的极限，宝钛集团有限公司的领导班子开会协商设备更新升级事项。总经理贾栓孝说："这事不能等，我们自筹资金马上干，精心改造维修，绝不能拖了潜水器研制的后腿。"

眼见着离成功越来越近，最后一道焊接关却始终难以突破。因为载人潜水器的球舱是由两个半球组成的，需要实现超大尺寸与厚度材料的全电子束一次性焊接成功，保证最为关键的"赤道缝"严丝合缝。这一难关如果突破不了，则前功尽弃。为此，金属所独辟蹊径，提出了一些新的焊接思路，设计了两种不同的焊接方案，计划试制两个球壳。

叶聪建议将焊接任务转移到中国船舶重工集团公司洛阳船舶材料研究所。试验初期，由于种种原因，项目试验屡遭失败，受到了近乎致命的打击。研发负责人火急火燎。新任所长刘艳江让大家不要着急，要沉住气，积极寻找解决方案。在刘艳江的带领下，团队不放过一丝一毫的问题，重新启动试验，总结经验教训，继续反复试验。

钛合金和焊接这两个问题一直让叶聪放心不下。他知道，在万米载人潜水器的试验序列中，最重要的一个环节当然是载人球舱试验。万米载人潜水器在国产化道路上能走多远，能走多宽，成败在此一举。在千头万绪的设计过程中，叶聪日夜牵挂此事，像走马灯似的辗转北京、沈阳、洛阳、宝鸡等地，与科技部、中国科学院有关领导和专家一起，研究和协调钛合金的改良、焊接事项。方向是明确的，就是要找到切入点，焦虑、压力、着急是难免的。科学研究就是这样，明知就差那么一点点，可就是不知道这一点点差在哪里。

运气好的话，众里寻他千百度，蓦然回首，那人却在灯火阑珊处。但有的时候，东张西望无数次，怎么也找不到，这是非常让人耗神、疲惫和煎熬的。

钛合金的改良有了突破，焊接问题却遭到挫折，那人迟迟没有在灯火阑珊处出现。第一种焊接方案宣告失败，试焊中的球壳达不到要求，无法使用。

消息传到七〇二所，叶聪、胡震、徐芑南等无不忧心忡忡，因为留给他们的时间不多了，如果这个难关攻不下来，如此受困下去，会严重影响整体进度。

叶聪说，那个时候，似乎每星期都有激动人心的消息传来，好像胜利在望，但接下来，坏消息又接踵而至，世界又崩塌了。说不着急是骗人的。

原计划于2020年开展总装联调和出海试验。直至2018年年底，球壳一直无法成型，这势必影响大局。总设计师叶聪十分焦急，立即启程来到洛阳船舶材料研究所，与前方同志商讨解决办法，寄希望于第二种方案。

洛阳船舶材料研究所的技术团队反复推敲技术方案，精心筹划组织实施。在预焊接需要开展数轮实验以获取必要数据，而实验用料无法及时到位的情况下，技术团队大胆提出了"试块镶嵌"的方法：对不易握持的微小块状金相试样，用镶嵌方法镶成标准大小的试块，然后进行焊接、抛光等。这样既保障了研制进度，又节省了大量实验用料。经过近半年的潜心实验，2019年6月17日，精心优化的第二种焊接方案终于获得了成功。随着一阵电子束焊接声，一次性完成了接缝焊接，焊缝质量和性能全面达到了设计要求。焊接问题得到了解决。

载人球舱的观察窗也是这次攻关的一个焦点。它一共有6个开孔，都在球壳的重点部位，窗玻璃的厚度是球壳厚度的3倍。整个窗户是活动的、锥形的，外观感觉很大，随着水压的增加可以往后退。这个变形还是曲面的。窗外是万米深的海水，窗内是潜航员，来不得半点闪失。项目组本着严谨求实、团结协作的态度，精益求精，慎之又慎。工程设计周到稳妥，能工巧匠精心打磨，确保材料均衡，控制精细，一举攻克了这一难关。

万米载人潜水器的球舱终于建成了，但它能不能承受万米海水的压力呢？这需要验证。科学是一点不能含糊的。万米载人潜水器的目的地是马里亚纳海沟最深处，已知深度为11 034米（这是国外发布的深度，后来中国探测者的测量值为10 909米）。那里如亘古长夜，水温寒冷，水压达110兆帕，即人们常说的1 100个大气压，被称为"黑暗禁区"。潜水器必须在陆地上经过抗压检测,达标后才能真正布放到海底去,而这就需要有一台深海大型超高压模拟试验装置。

这又是一个严峻的考验:因为搭载3人的万米深海潜水器是全球唯一一台,这样的装置自然也需要自主设计建造。于是,就在各支"方面军"打响战斗的同时,研制深海大型超高压模拟试验装置的计划也启动了。七〇二所和深海所是用户单位,联合在全国考察和选择制造厂家。

最终确定由四川航空工业川西机器有限责任公司牵头承担这一任务,由中国第二重型机械集团公司德阳制造基地负责试验装置主机系统的具体建设。中国第二重型机械集团公司诞生于1958年,具有雄厚的物质技术基础和强大的产品研发、设计与制造能力。60多年来,他们先后为冶金、矿山、能源、交通、航空航天等部门提供了上百万吨的重大技术装备。许多产品填补了国内空白,替代了进口产品。

国内外现有的深海压力模拟技术,多采用筒体整体成型焊接的方式,俗称"一体式压力桶"。但大容积、超高压的试验装置,难以克服应力集中的问题,技术风险和安全隐患都很高。制造这个装置的目的,是为了在陆地上模拟11 000米的深海环境。

中国第二重型机械集团公司大型铸锻件研究所副所长沈国劬说:"11 000米的下潜深度,对材质和技术的要求可谓严苛到了极致。使用的材料在制造过程中,误差只能控制在两微米以内,这比1/3根头发丝还细。"

研究所打破常规,将粉末成型加工领域的前沿超高压技术,即预应力钢丝缠绕的框架式结构技术,引入深海大型超高压模拟试验装置的研制中，打破了以往的技术瓶颈，实现了提供压力试验条件的总体目标。这台模拟装置是全球尺寸最大、工作压力最高的，包括3组操场形状的直立机架及其中间包裹着的一个高4.8米、内径2.2米的大圆筒，球壳就将放在其中进行试验。这一装置可以实现自动升降压。其中9类15件关键零部件，要经过严格的冶炼、锻造、热处理和精加工这4道工序才能完成。它们将承受最大180兆帕的工作压力，满足万米深度背景下大容积、超高压的测试需求，为全海深载人和无人潜水器的压力试验提供技术支撑。

在锻压车间，通过锻压机强大的压力作用，高性能的普通金属材料在模具内流动，内部晶粒细化，大型模锻件的整体精密成型。沈国劬将运行原理比喻为"压月饼"，通过液压传递能量形成压制力，解决一次性成型问题。金属材料在大型设备强大的压力作用下，形成了一套装置，然后被运至三亚的深海所进行现场安装和测试。

四川德阳和海南三亚相隔"千山万水"，这样一个大家伙运输起来十分不便。即使克服重重困难运来，万一需要返修加工，再来回跑一趟，就全耽误在路上了。

万米载人潜水器项目专家组组长、深海所所长丁抗做出了将工厂"搬"到三亚的决策：就地建一个临时加工车间，运来锻件，缠绕预应力钢丝，安装这套装置。一时间，南海之滨明媚的阳光下，海滨一角开始大兴土木。

正值2017年春节期间，大家把节日置于脑后，一门心思地扑在这台模拟装置的建设上。所里投入数百万元加紧基建，一边是临时加工车间，一边是模拟装置的安装地点。与此同时，所里还派出项目组成员林觉智赶赴德阳工厂，现场监督配件的机加工。

很快，深海所的压力模拟工作室建好了，深海大型超高压模拟试验装置也竣工了，安装调试好即可正常使用。越是接近成功，越是让人担心的时候。那些天里，项目负责人蒋磊干脆搬把椅子，坐在安装现场紧盯着：在保证工期的前提下，千万不能出任何事故。机件大都高达数米、重达十几吨，吊装地点面临大海，场地比较狭窄，人身和设备安全成了重中之重。这台国际领先水平的深海大型超高压模拟试验装置，立在美丽多彩的深海所里，为满足全海深背景下的大容积、超高压测试，提供了有力的技术支撑。

进行压力测试的那一天，专家组组长丁抗、总设计师叶聪、副总设计师李艳青和相关研制人员都到了现场。机器开动了，压力表一格一格地上升，直到超过预期压力值，达到了180兆帕以上，载人球舱毫无问题。

大家欣喜若狂，忍不住鼓掌、欢呼。叶聪激动得热泪盈眶。

叶聪和杨锐等专业人士在研发过程中，始于常识，成于吸收。他们积极寻找新的材料，而没有钻到玻璃、陶瓷材料的牛角尖里去。

他们相信专业精神，还是像研发"蛟龙"号一样，站在别人的肩膀上务实地进行探索。专业精神源于常识感：做得到的要做，做不到的不要说，恪守本分，少说多干。科学问题用科学方式来解决，交流和碰撞是在专业精神的指导下过滤和厘清问题，服从数据和实验结果。

叶聪说，这个时候，没有载人深潜英雄，没有先进集体或个人，没有奇迹，只有一个个明摆着的具体问题。情怀、激情、理想主义当然有，但在具体问题上，就是兵来将挡，水来土掩，有博弈，有争议，但需要互相妥协，服从真理——科学实验的结果。有时真理掌握在少数人的手里，多数就要服从少数。

这种简明的是非观，坚持求真务实，不断磨合，一个一个地解决难题。一个问题解决了，再攻下一个。坚信一路走来的经验，发扬兼容并蓄的品格，坚信专业精神，从容不迫，一步一个脚印，这是叶聪、杨锐他们秉持的方式方法。在设计和研制过程中，他们就是用这种方式解决球壳问题及其他问题的。

最终，研发团队用中国人自己研制成功的 Ti62A 钛合金造出了直径约为 1.8 米、能容纳 3 人的载人球舱，在不牺牲关键性能的前提下制造出了万米载人潜水器"奋斗者"号，并经过了池试和海试，证明了"奋斗者"号是一台先进的作业型潜水器。它的研制成功，标志着在深潜这条道路上，起步晚了几十年的中国，从一个迟滞了多年的追赶者一下子变成了领跑者。

在风起云涌的时代，中国在这个领域，一下子变得耀眼了。

完成全球唯一的深海大型超高压模拟试验装置之后，还有一个十分必要的特殊部件在等待试制：固体浮力材料。

潜水器要浮到海面，一般有两种方式：一种是消耗柴电动力，这既浪费能源，又会缩短作业半径；还有一种是无动力上浮，也就是安装固体浮力材料，使潜水器在抛掉压载铁后轻于水的比重，返回海面。此类材料必须绝对可靠，否则可能会发生浮不上来的灾难性事故。

2012 年 3 月，加拿大导演詹姆斯·卡梅隆乘坐"深海挑战者"号，深潜到马里亚纳海沟后，浮力材料在水压作用下竟然开裂，最后虽然好不容易浮了上来，却无法再次使用。而我们研制的潜水器不仅必须绝对安全，而且需要满足反复深潜的要求，因而需要安装上千块像砖头一样的固体浮力材料，每一块都要经过严格的测试。

浮力材料研制技术是深海潜水器的一项重要技术，被视为深海潜水器的6大关键技术之一。又轻又抗压的浮力材料由直径比头发丝还小的空心玻璃微球与树脂基材混合加工而成。20世纪50年代，美国、日本、俄罗斯等国开始研发这一技术，至今仍处于保密状态。为了攻克这项技术，20世纪90年代，中国科学院理化技术研究所（以下简称"理化所"）的科研人员开始了自主研发。

固体浮力材料是为潜水器顺利上浮提供保障的核心材料，既要密度低又要耐高水压，性能直接关系到潜水器与潜航员的安全。当年，"蛟龙"号的研发即受其掣肘。21世纪初以前，我国无法生产这种材料，只能在国际市场上采购，经过考察，选中了美国一家公司生产的浮力材料。它由硼硅酸盐原料经高科技加工而成，具有质轻、导热系数低、强度高、化学稳定性良好等优点。

不料，合同签订了，货款交付了，却在进口材料时遇到了麻烦。虽然我们的载人潜水器是作为民用科研项目立项，承诺不用于军事目的、不转让第三方，但由于其应用范围的敏感性，还是引起了美国军方的猜忌，不允许浮力材料出口中国。经过反复交涉，美方出口审查小组答复：必须将浮力材料性能降低一个等级，才能出售给中国。

那家公司的负责人找到中方代表，双手一摊："没办法，我们必须服从政府的决定。"无论中方如何解释，对方表示爱莫能助。

为不影响安装工期，中方决定接受这一现实，但这对潜水器的整体设计产生了巨大影响：等级降低就得多装材料，潜水器的体积和整体重量都会增加。总体布置、设计图纸必须重新再来，布放回收系统的起吊能力和母船的改装，也都必须另行复核论证。大家憋着一口气，想方设法地逐一解决。

一波未平，一波又起。根据合同约定，这种材料需运到美国公司设在英国的工厂，按照中国的设计方案加工成型。合同生效后，第一批顺利完成并运抵上海，而第二批在机场发运时却遇到了麻烦：英国海关决定重新打孔取样，测定实际比重。如此，数箱已经加工成型的浮力材料被扣押在伦敦希斯罗机场。

消息传到北京，项目总体组组长刘峰坐不住了，他立即用最短的时间办妥手续飞往伦敦，找到中国驻英国大使馆科技参赞，说明了情况："请赶快帮忙想个办法，就这么被扣在机场，可真耽误大事了。"

科技参赞说："如果已进入检查程序，是无法取消的。但我们可以督促海关方面加快速度。"

终于，在使馆人员的积极沟通和协调下，在检测和审核过程耽搁了近两个月的时间之后，英方不得不予以放行。这类事情后来频繁发生。稍有点技术含量的东西，西方对中国一概关紧大门，连一条缝隙都不留。

20世纪八九十年代，中国在西方国家眼里，是个弱国、穷国，西方国家对中国的戒备不是很严。随着中国的发展和进步，西方国家开始防备中国了。核心技术是买不来的。理化所研究员、女科学家张敬杰心里很不是滋味：自己就是研究材料学的，绝不能让国家受制于人。俗话说"自有自便当"，自己没有，就会给人"卡脖子"，中国人是有骨气的，不至于去乞求人家。为了这份骨气和矜持，她主动请缨，带领研究团队苦干攻关，变被动为主动。

1966年5月出生在北京的张敬杰，是改革开放之后的大学生，

1989年8月硕士毕业后就来到理化所工作，一直在导师宋广智研究员的带领下，开发"软化学"法制备空心玻璃微球技术。当时条件很差，甚至连必要的高温设备都没有。张敬杰搬来自家的煤气罐，和老师一起手工制作了简易喷枪，一点点烧制球形粉体。

不久，这项制备技术的开发获得了成功，并且拥有了自主知识产权。接下来，他们建起了新的课题组，专攻具有浮力作用的空心玻璃微球的研制。这是一种超轻质无机非金属多功能材料，具有密度小、导热系数低、介电常数小、机械强度高、耐腐蚀等优良性能，应用极为广泛，大到航空航天，小到护肤品，无处不在。

由于它奇特的几何外形（微米尺度薄壁和完美空心球体的技术含量极高）被国外少数公司垄断，他们连续多年没有大的突破。2004年，宋广智教授退休了，但继续留在团队当顾问。张敬杰担起了课题组组长的重任。21世纪的海洋是大国角力的战场。大规模开发利用海洋，必须有高端海洋装备和材料支撑，否则一切都是空谈。固体浮力材料由空心玻璃微球加上树脂基材，通过混合和热固化制成。这种复合材料必须又轻又强，才能既提供浮力，又承受海底高压。

由此，海洋强国梦就从一个小小的空心玻璃微球开始了。小微球托起了大梦想。

当时，科研经费缺乏，很多研究和测试都没有条件进行。可大家毫不气馁。没有厂房，就到郊区去租赁；没有设备，就自己动手研制、改造；没有测试仪器，就去其他单位借用。为进一步提高空心玻璃微球的强度，张敬杰带领团队决战在通州基地。正值寒冬季节，他们在没有暖气的厂房里工作，条件十分艰苦。

连续攻坚了4个月之久，微球的强度大大增强了。2013年，团队在南海进行了长达155天的海试，证实样品吸水率小于1%，性能达到国际先进水平。这标志着我国掌握了浮力材料的核心技术。但这样的浮力材料能否承受超高压力，并且实现量产呢？这还有待进一步研究和试验。

2015年，机遇和挑战同时到来。第二台载人潜水器"深海勇士"号亟需实现国产化，理化所需要为这台潜水器提供合格的浮力材料。这一项目交给了张敬杰团队完成。

2016年12月，张敬杰团队研发的固体浮力材料完全合格，交付给七〇二所总体集成，并如期完成安装，顺利通过海试。这使我国成为世界上为数不多的具备全链条固体浮力材料开发能力（从生产核心原材料到构件加工）的国家。

万米载人潜水器立项后，张敬杰团队又开始转战研制承受万米水压的浮力材料。在多年技术积累的基础上，他们采用具有自主知识产权的软化学制备技术，把核心原材料高强空心玻璃微球与轻质高强树脂基材结合起来，制备出了具有高安全系数的万米级固体浮力材料，同时进行了批量化生产。

2017年3月，深海所的"探索一号"搭载着"万泉"号深渊着陆器（一种无人无动力的探测仪器，其中采用了国产的浮力材料），首次下潜马里亚纳海沟。

随着它的下潜，身在北京的张敬杰的心怦怦直跳，她在办公室里走来走去，心神不定地等待成功或是失败的消息。窗外是丽日和碧空，北京春天难得的一个好天气，她的眼前却是万里之外那个幽深漆黑的、洞穴一般的深渊。她不停地深呼吸，办公室里的其他人都不说话，屏气敛息地盯着桌子上的电话。谁也不愿意听到诅咒般的坏消息。

虽说已经在陆地上经过了打压试验，结果接近完美，但谁也无法保证真正到了海底就万无一失。一旦失败，这台深渊着陆器就会永远地留在海底，许多人数年的心血和汗水将付之东流。电话铃终于响了，张敬杰冲过去拿起话筒，里面传来了"万泉"号从万米海底顺利上浮到海面的好消息。张敬杰紧锁的眉头舒展了开来，她满面笑容，兴奋地说："成了，成了！"话刚出口，办公室里便响起了掌声和欢呼声，张敬杰长长地吸了一口气，说："走，我请大家去大吃一顿。"

在此次综合科考中，"万泉"号20次挺进10 800米深的海底，作业时间超过90小时。这宣告着，国产万米级浮力材料过关了！紧接着，张敬杰又率领团队为全海深载人潜水器量产浮力材料，不辞劳苦地四处奔走，主持测试和安装。

"理化所在北京，负责材料测试的深海所在三亚，粘结加工、装配在湖北和江苏。为了做固体浮力材料，我们跑了大半个中国。"张敬杰说。身如逆流船、心比金石坚的精神凝聚着整个团队，固体浮力材料在时间节点内顺利交付，且性能相比同类产品有很大提升，不仅帮助实现了万米深潜，还能重复使用，质量可靠，完全打破了外国垄断。中国人向来不会仰人鼻息，看人脸色。

徐芑南对此给予了高度评价："张敬杰教授带领团队，短时间内研制出国产化浮力材料，它的性能达到了国际先进水平，为我国潜水器系列化发展提供了强有力的支撑。"

在"深海勇士"号立项的2009年，严开祺进入中国科学院研究生院读研，选择了当时被视为冷门方向的空心玻璃微球作为研究课题，选择了张敬杰为导师。研究生毕业后，严开祺留在课题组工作。2012年夏天，在一次课题汇报中，"蛟龙"号总设计师徐芑南院士看到了张敬杰团队研发的浮力材料，而浮力材料正是当时"深海勇士"号面临的最大瓶颈之一。通过专家组的评审,"深海勇士"号决定采用张敬杰团队研发的浮力材料。但是,所有的发明创造中,最难的是从实验样品向工程应用的跨越。

后来担任"奋斗者"号结构系统设计师的严开祺在2022年5月8日接受中央电视台《面对面》节目采访时说:"我们做一个样品,可以在100个里挑1个最好的,但如果把它们做成产品装到装备上去,在100个产品里面要求它们全部都是一样的,全部都这么好,这是很难的。难点就在于批次的稳定性。每次都是一样的,都能够提供这么高的强度。我印象很深刻,第一次我们去做放量实验的时候,空心玻璃微球的抗压强度一下子就降了40%。100个微球里面40个都破了,意味着浮力损失就会达到40%,这是很可怕的事情。"

两年多的时间,严开祺和同事驻扎在实验基地。失败一个接着一个,废品如小山般堆积,每天都在打击中度过。其间,严开祺动摇过。他的许多同学在美国,工作条件、待遇、研究方向都很好,和严开祺相比,不是一般的优越。他们劝严开祺去美国发展,严开祺承认他确实动心了。团队创始人宋广智和他谈过心,对他说:"人的一生看起来很长,但是能真正参与几件有意义的事情,这种机会并不多。而且,你做的研究已经很快就要到点了,你放弃了可惜,深海潜水器需要你,国家需要你。"宋广智70多岁还到现场去做实验。他经常跟严开祺讲他以前的经历:在艰苦曲折的环境里坚持奋斗,那是一种艰难而辛劳的跋涉,无数次的跌宕和失败,都没有能压制他的追求和希望。

他们这一辈人从来没有灰心丧气过,从来没有放弃过。严开祺被前辈的执着、坚忍感染了。他想,他能参加大国重器的科研确实很幸运,这个研究方向前途无量,而且背后是国家倾国力在支撑,这样的环境哪里能有啊，自己真是身在福中不知福。严开祺想通了，他抵制住了诱惑，和团队其他成员一起继续攻克一个个难关，终于拿下了这项技术。2016年12月，张敬杰团队按时交付了自主创新研发的浮力材料，严开祺实现了对自己的突破和超越。

2022年5月8日，严开祺向中央电视台《面对面》节目主持人讲述了自己的成长历程。他已经是一位成熟的科学家了，当初的青涩已无一点痕迹。他向主持人展示了一个个实验用的玻璃瓶，里面的浮力粒子逐步上升。在最后一个瓶子里，这些微粒全部浮在水面。瓶子里颗粒的沉浮也是他人生沉浮的缩影。生命的爆发力，由信任和责任激发。肩上的重任联系着国运和时代发展，这是何等的信任。此时的严开祺脸上洋溢着兴奋和幸福，笑容灿烂，神采奕奕，显出了坦荡的气度和经过磨砺的从容。

"深海的哥"叶聪再出发，大踏步地跻身于领跑者中。

"奋斗者"号的研发是中国制度优越性的体现。这个制度最大的特点，就是能够围绕着一个目标，调动和集中资源，组成一个命运共同体，在合作的基础上，各显神通，互相扶持，互相搭台，形成一股合力。澳大利亚作家朗达·拜恩在他的著作《力量》中说："每个人身边都有一个磁场环绕，无论你在何处，磁场都会跟着你，而你的磁场也吸引着磁场相同的人和事。""奋斗者"号的研制过程，可以说是步履维艰，如果靠一个单位，靠一个团队，靠少数人是成功不了的，"独木难支，孤桨难行"。正是许多人为同一个目标遥相呼应，竭尽全力，以大局为重，最后才实现了互利共赢。

七〇二所作为总设计单位，起到了牵头人、协调人的作用，这个作用是不容小觑的，需要有运筹帷幄之中、决胜千里之外的智慧和气度，需要有调动各方积极性的组织能力，需要使各方形成"辅车相依，唇亡齿寒"的合作态度，更需要发挥自己的核心作用。作为总设计师的叶聪演绎了一个有传奇色彩的成功故事。

叶聪、胡震、徐芑南这个组合在"奋斗者"号的整个合作中，能摆正自己的位置，既有主见和统筹能力，又谦虚地依靠和调动各方的力量。叶聪用自己的自信、热情和辛劳感染着大家，哪里有难处，他总是第一时间出现，他对别人的尊重也赢得了别人对他的尊重。他在和各参与方专家的交流中汲取丰富的营养。叶聪说："我从这些合作伙伴身上学习到许多东西，有专业知识，有精神状态，这是教科书上和课堂里学不到的。每搞一个项目，我就觉得自己进了一次熔炉。"

"奋斗者"号的成功创造了历史，让世界深海研究界刮目相看。叶聪作为后起之秀，为中国的深海事业感到自豪。2018年12月11日，他在接受《40人对话40年》栏目专访时说："从2001年到现在，17年间，我参与了4台潜水器的研制，'蛟龙'号是第一个，还有'深海勇士'号、'寰岛蛟龙'号，以及现在我们在做的万米全海深载人潜水器。在国外，有的科学家也许一辈子只能参与两三台潜水器的研发工作，所以我觉得我很幸运，能够参与这些潜水器的研制及驾驶。"

陆地上的一系列试验成功后，还有一个目标在等着他，他要驾驶他亲手设计的"奋斗者"号，穿越深海，直抵马里亚纳海沟，完成海试。就如同探索火星和月球的太空车将国旗插在火星和月球上一样，他要将五星红旗插入地球上最深的海沟。

11

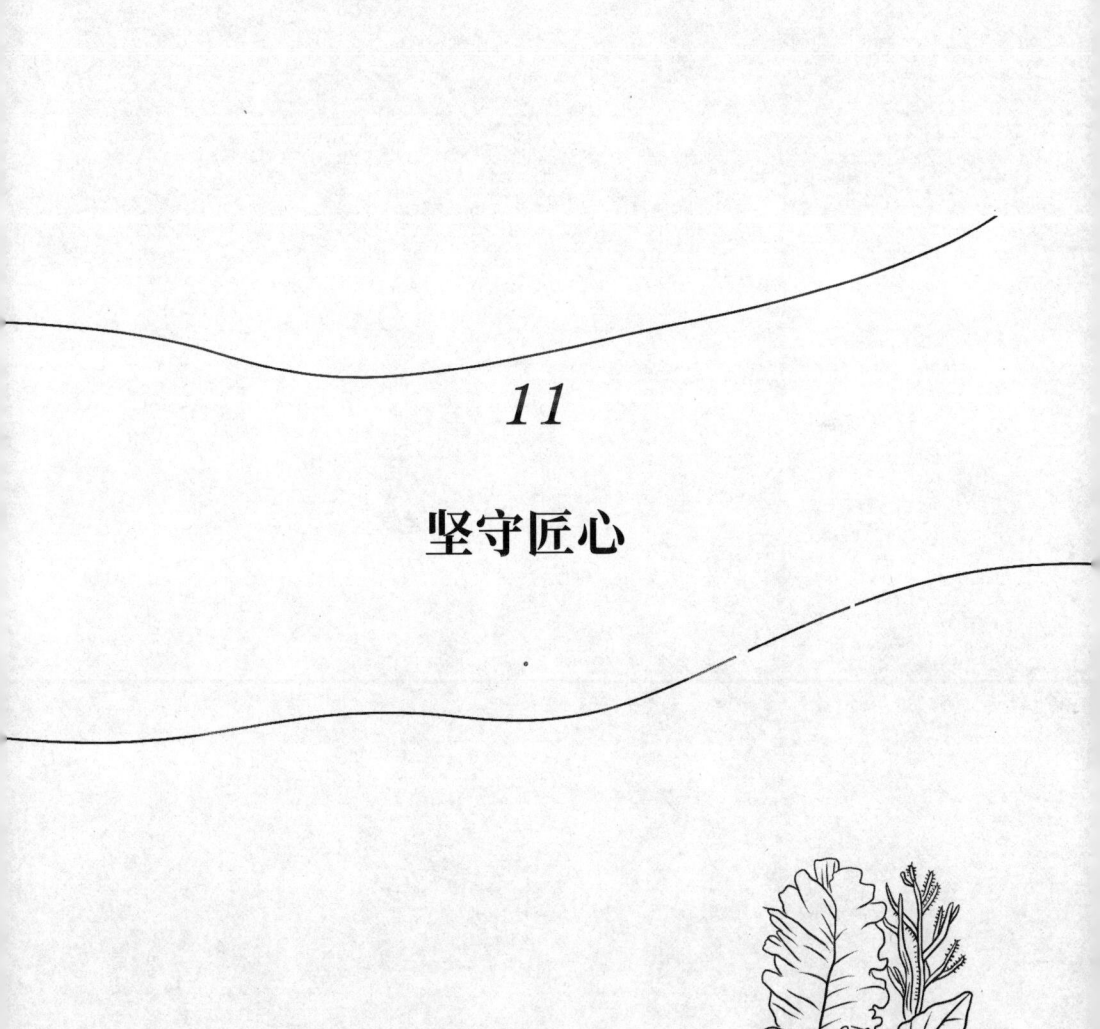

坚守匠心

在勇攀深海科技高峰的过程中，有一些默默无闻的攀登者。他们像匠人那样，付出自己的汗水和艰辛。在他们眼里，做潜水器就是要有匠人匠心，静下心做好一件事，做到极致。在中国深潜事业中，除了徐芑南、胡震、叶聪，还有一大批默默奉献的科技工作者，他们的付出也是不可或缺的。

沈阳自动化所水下机器人研究室总工程师、"潜龙"系列自主潜水器总设计师刘健，就是这样一位匠人。

刘健从大连工学院（大连理工大学前身）电子专业毕业后，1986年至1988年继续在大连工学院自动控制专业攻读硕士研究生。他曾担任"CR-02"6 000米自治水下机器人总设计师，"潜龙一号"课题负责人，"潜龙二号""潜龙三号"无人潜水器总设计师。

1989年他到沈阳自动化所工作，多年来从事工业控制、图像跟踪、水下机器人等控制领域的研究，主要研究方向为无缆水下机器人控制技术、数字仿真平台应用技术和组合导航技术。

2018年3月，我国最先进的自主水下机器人"潜龙二号"顺利完成中国大洋49航次第二航段的任务。"潜龙二号"在西南印度洋海底最长作业时间超过 30 个小时，获得了地形地貌的大量精细数据和多种传感器探测数据。2018 年 3 月 31 日，"潜龙二号"总设计师刘健作为特邀嘉宾参加中央电视台《开讲啦》节目。他从载人潜水器谈到无人水下机器人，讲述了深潜的艰巨和意义。

2019 年 6 月 16 日晚，大连理工大学 70 周年校庆纪念晚会上，刘健站上舞台以地道的东北话，动情地讲述了深蓝海底的浩瀚征途。他说，驱使科学研究的是好奇心，但也有偶然性，现在中国可供科研一线选择的空间大大扩展了。

1976 年，恢复高考的消息给无数怀揣大学梦想的青年带来了希望。那一年刘健还是初中一年级学生。隔年，邻居家的哥哥考上了大学，刘健的内心受到了强烈冲击。想到"知识改变命运"，他燃起了人生希望。

一旦确立了目标，刘健无比坚定。他收起玩心，从自己喜欢的数理化开始恶补。他说："有时候确实也觉得枯燥，但每学会一个知识点，每做对一道题，我都用这些成绩来安慰自己，当作对自己的奖励。"1978 年，刘健的努力有了回报，他以优异的成绩考取了沈阳市重点高中——东北育才学校。

重点高中里，竞争非常激烈。刘健在同学玩耍和睡觉时继续学习，把教材翻烂、吃透。有志者，事竟成。1980 年的夏天，刘健收到了大连工学院的录取通知书："新同学，你好！"

刘健特别珍惜在大连工学院读书的机会。他认为自己缺乏天赋，基础不够扎实，最擅长的就是笨鸟先飞，比别人多下几倍的功夫。别人付出一分努力，他付出十分。

20 世纪 80 年代，有学生加入下海经商、出国留学大军，学业有所荒废。班主任占胜录老师提醒大家说："一定要踏实学习，不能分心，不能松劲。只要专业基础打牢了，未来的事都会水到渠成。"

他记着占老师的话，一门心思扑在学习上，4年来成绩始终名列前茅。教学楼的阶梯大教室里，几乎每天都能看到刘健的身影。刘健回忆说，"教学楼不熄灯我决不回去，我还嫌灯熄得早呢。"

大学毕业时，刘健因为成绩优异，成为大连工学院电子系自动化教研室的一名教师。致力于科研的刘健边教学边考取了自动控制专业的研究生。1989年，沈阳自动化所盛邀这位优秀的青年加入，刘健回到了家乡。此后30年，从航天到深海，刘健用自己的努力和坚持，诠释着责任与担当。

来到沈阳自动化所后，刘健开始频繁地与工厂打交道。他从事的是工业自动化方面的研究，包括锅炉恒压补水系统，锅炉自动控制系统，风、水、电、气四大能源综合管理控制系统等。他深入一线，行走在巨大的噪声和粉尘之间，以苦为乐。

1994年，恰逢国家航天发展召唤英才，刘健带领团队转入航天领域，开始从事运载火箭跟踪系统的研究工作。

这项工作条件艰苦，技术难度很大，需要进行现场跟踪调试，而具备发射条件的地方如戈壁、草原、沙漠等，一般荒无人烟，周围什么基础设施都没有。

"我经常开玩笑说，如果说咱们国家有哪些名山大川我没有去过，我承认，但如果说有哪些环境恶劣的地方我没去过，我不认。"刘健笑着说。

发射运载火箭时，地面的测控中心需要跟踪其飞行轨道。运载火箭的速度加上控制精度的要求，使跟踪难度增大。反复调整参数，甚至连夜调试是常事，连续调试一个多月也有过。"半夜12点睡觉那是早的。"刘健说。

1999年11月，神舟一号飞船在酒泉卫星发射中心发射后，刘健团队研制的跟踪系统对其做了准确地捕捉和跟踪。跟踪系统每转动的1度可以细分成60分，神舟一号飞船的跟踪精度达到了分级水平，创造了跟踪时间和跟踪精度的双项记录。

2000年，由于工作需要，刘健将工作重点又转向了自主水下机器人的研究，先后担任了"CR-02"6 000米自治水下机器人总设计师、"潜龙一号"课题负责人、"潜龙二号"和"潜龙三号"总设计师。

"以前我总开玩笑说，恶劣的工作环境我都体验过，但没想到还有更恶劣的——大洋。"刘健笑着说。自治水下机器人研制完成后，将进行海试。海上工作人员需要先过晕船这一关。晕船严重的时候，刘健和队员们就在身边放一个小桶，吐完继续工作。

虽然自治水下机器人下潜后无须人为操控，但作业完成后还要进行设备回收、数据处理、充电等多项工作。海试之初故障频发，连夜排除故障，也是常事。"没有固定的休息时间，我们都学会了'秒睡'，抓紧片刻时间休息。"刘健说。

有时也会出现预定时间机器人仍没有上来的情况。"那种心情，就像家里的孩子丢了一样着急。"刘健心有余悸地说。

"每一次都能清晰地听到自己的心跳声，所幸每一次担心都是虚惊一场。那时候经常做噩梦，梦见潜水器出事了，把我急得不行，一睁眼发现是个梦，太好了！就是这种感受。坦白说，科研工作苦多乐少，但每次取得一点成绩，能为国家、为社会做出贡献，能够完成国家交给的重要任务，我觉得自己很荣幸。"刘健动情地说。

我国研制的"潜龙"系列潜水器，擅长大范围、全覆盖的精细探测，是我国潜水器中的佼佼者，已成为开发海洋的重要工具，必将为我国深海矿产资源调查作出持续贡献。

"国家、民族的需求，社会的肯定，是支撑我们一路探索的原动力。"2016年1月10日，"潜龙二号"成功完成大洋首潜。这一年春节，刘健与团队成员奋战在西南印度洋的海面上，直至2月15日，A形架将"潜龙二号"吊起，缓缓放在母船的后甲板上。

"说实话，有些家人确实有微词，本来平时就很忙，过年还不能回家。"但大家的努力换来了切实的回报，那一次试验结果达到了预期，获得了大量的精细地形地貌数据和多种传感器探测数据，也成功发现了重要的矿产资源——热液硫化物。中央电视台《新闻联播》很快将这一好消息传遍全国。看到这一新闻，家人们纷纷发来微信表示祝贺："原来你们的工作这么有意义，祖国没有忘记你们，家里全力支持你们，你们就安心工作吧。"刘健欣慰地说："家人们的支持和媒体的肯定，传递着人民的需要，传递着国家的重托。"

"潜龙二号"在大洋的第一次试验性应用，是我国自主潜水器到达洋中脊、进行多金属硫化物探测的首次成功尝试。"潜龙二号"实现了海底地形地貌、地质结构、海洋环境等参数的大范围、高精度探测，首次发现了多处热液异常点，获得了高清晰度的海底照片。这些照片正是海洋科学家期待的照片，为硫化物探测提供了技术支撑。"潜龙二号"的发现为后来的矿区评估奠定了重要的技术基础。

2018年5月3日，"大洋一号"综合海试B航段圆满完成海试，船上搭载着"潜龙三号"。随船专家对"潜龙三号"的出色表现给予了高度评价。"潜龙三号"在续航能力和探测能力上均比"潜龙二号"有了显著提高，已先后在北大西洋、西南印度洋投入应用。

在刘健团队的努力下,"潜龙三号"的深潜成功率达到百分之百,我国自主水下机器人已达到国际先进水平。我国所拥有的国际海底矿区种类、数量和面积都位居世界第一位,"潜龙"系列也当之无愧地成为深海探测的国之重器。"潜龙"系列深海自主水下机器人研发及应用团队获得 2021 年度中国科学院科技促进发展奖。

深海探测不仅对于海洋资源勘探和开发意义非凡,而且对于海上的应急搜索、深海生态的研究、地球构造的了解、人类起源的追溯等都具有十分深远的意义。"潜龙"系列的成功,意味着我国的智能化水下机器人产品将更加高效地服务于我国的深海资源勘探。

每一次海试任务圆满完成时,刘健都如释重负:"我突然感到那些疲惫都不见了,世界一下子变得特别美好。我发现天是那么蔚蓝,云是那么洁白,空气是那么清新,大海是那么辽阔,我们的科考队员是那么敬业,而我就身在其中,我感觉自己是世界上最幸福的人。"

12

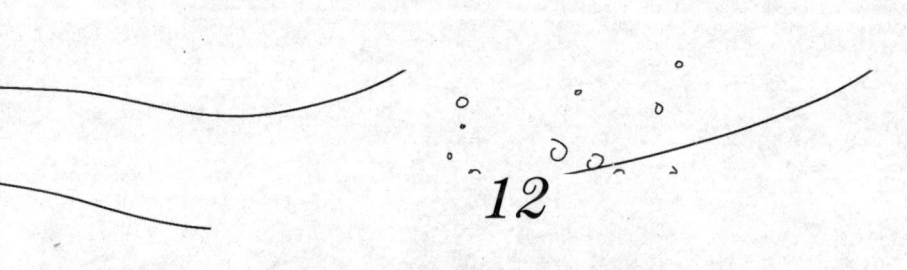

年过八旬的深海勇士

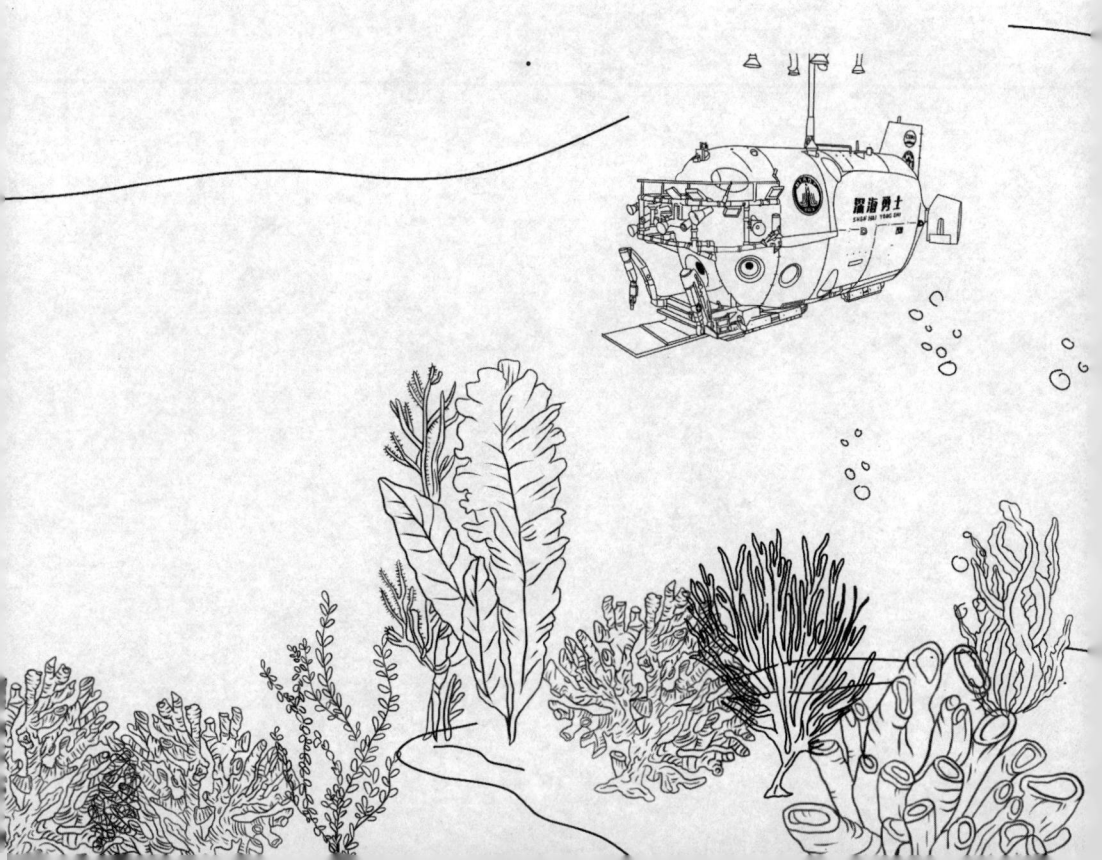

一位矫健的老人面带笑容，从容而敏捷地从"深海勇士"号舱室内走出来，背景是湛蓝的大海和那台潜水器优雅的轮廓，这个画面给观众们留下了难以忘怀的深刻印象。

这位老人就是上文提到过的、已年过八旬的海洋科学家、中国科学院院士汪品先。许多科学家出于各种顾虑，不敢下海或不想下海，而汪院士则认为下海机会难得。"蛟龙"号成功下海后，他就有了深潜的愿望，但因故未能遂愿。4 500米的"深海勇士"号下海后，他迫不及待地登上了这台深海潜水器。他不顾年迈，不顾疾病，毫无顾忌地搭载"深海勇士"号下潜到深海进行科学考察。

2018年5月，82岁的中国科学院院士、南海深部计划专家指导组组长汪品先教授，在9天内先后3次搭乘"深海勇士"号载人潜水器下潜至南海深处，成为全世界潜入深海年龄最大的人。汪院士说："'蛟龙'号的时候我就想下去，因为我们有很多搞海洋的科学家不敢下潜，我想做个样子给大家看看。不过，'蛟龙'号的运作机制不允许，没有去成，没想到'深海勇士'号的这次下潜反而成全了我的知名度。因为'蛟龙'号下潜的时候我还不满80岁，破不了世界纪录。"

汪院士这次下潜本来的计划是考察海底冷泉，却在不经意间看到了几株冷水珊瑚，便立刻要求潜航员驶向那个地方巡视，并观察了几个小时。他发现一丛丛比人还高、竹竿般的白色竹节珊瑚和低矮的扇珊瑚，加上更加矮小的海绵和苔藓虫群体，宛如陆地上的"园林"，而游来的鱼和停在珊瑚上的软体动物，又像是小鸟归林。冷水珊瑚是一种在暗无天日的、冰冷的深海里靠海雪带来的养分生存的珊瑚品种，在大西洋深海发现了很多，但在西太平洋海域基本上没有发现过。由于缺乏营养和光线，广大的深海水底好比沙漠，寻找深水珊瑚林好比海底捞针，只有通过深潜身临其境才能发现。这确实是一次意外的偶然发现，但偶然性中间有必然性。这个必然性是汪院士倡导的亲临工作现场的工作作风，以及他一贯的专注、敏锐和认真。

汪院士在耄耋之年下海，不仅成了世界上最年长的下潜者，而且成为发现南海大型冷水珊瑚的第一人。要不是汪院士深潜入海，这个南海之秘不知还要等上多少年才能揭晓。汪院士恰恰是研究古生物的，对于海底生物有种天然的敏感。他在海底聚精会神地观察，不漏掉任何点滴的异样，终于惊鸿一瞥，注意到了那一丛丛海底冷水珊瑚。

叶聪说，汪院士高龄下潜，打破了世界纪录，这已经非常了不起了，这需要科学家的勇气和胆略；汪院士竟然还首次在海底发现了冷水珊瑚。他做出了样子，又做出了成绩，展示了一位真正的科学家所具有的精神，这为所有科学家，尤其是年轻科学家树立了榜样和典范。

"奋斗者"号马里亚纳海沟第二次下潜所见

潜水器机械手在海底抓取海葵

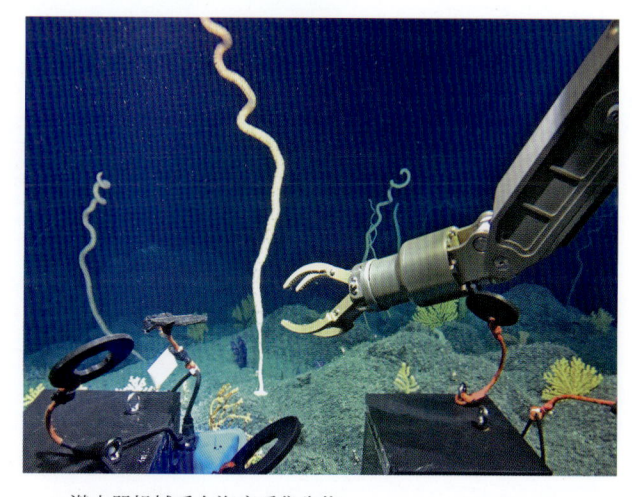

潜水器机械手在海底采集生物

"蛟龙"号在5 300米深的锰结核矿区抓取海绵

冷水珊瑚林

深水珊瑚林

竹节珊瑚

热液喷口喷出的黑烟

热液喷口喷出的白烟

热液喷口附近的贻贝和甲壳动物

热液喷口附近的巨型管状蠕虫

半裸银斧鱼

深海鮟鱇鱼

短柄黑角鮟鱇的发光器

深海蜥鱼

计划作为水面支持母船的科考船"大洋一号"

科考船"探索一号"

图片提供：七〇二所、汪品先、达志影像、视觉中国
物种鉴定：大鹏半岛海洋图书馆

为什么学养这么深了，名望这么大了，还如此孜孜不倦地求知，还要到深海去一窥真相？深潜归来时，汪院士拍了一张照片，满眼都是孩子般的兴奋。

他对中央电视台记者王宁说："这个机会我等了40年。"

王宁问他："您第一次听说深潜是什么时候？"

汪院士回答："是在巴黎。法国巴黎的一次酒会上，大家干杯的时候，我旁边一位男士跟我说的，他创造了法国深潜纪录。他跟我说上天是没意思的，耳朵都震聋了；下海好，下海一点声音也没有，绝对安静，而且特别平静。他下的是地中海，他说海百合会飘，那个真漂亮。"

王宁又问："您隔了多少年才像他一样下去？"

汪院士回答："1978年到2018年，整整40年。"

40年的渴望，一旦机会来了，他当然会紧紧抓住不放，不仅是为了体验深海的寂静和梦境一般的存在，而且是为了科学探索和研究。

汪院士说："作为一名海洋科学家，到海上观察、研究大海是很平常的事。我期待更多的海洋科学家走出实验室，到大海中来。海洋知识的根源在海洋，海洋科学的灵感在海洋。"

他还说："没登过阿尔卑斯山，就难以理解山脉的复杂构造。我不下潜，就对海底缺乏感性认识。我下潜3次，也是想身体力行地鼓励年轻的科研人员到一线去，只会坐在实验室里写论文，是做不出好的研究的，也难有真正的创新。"

汪院士说的这些话，中肯又坦率，也是有针对性的。确实有一些年轻的科研人员浮夸草率、急功近利，只满足于发表论文，缺乏求真务实的作风，更缺乏苦苦探索、到现场去、沉入实践求得真知的严谨态度。汪院士如此高龄，还惜时如金，每天十几个小时地工作、读书。某次在被问及"您在自由时间干什么"这一问题时，他回答说："工作。"

可是，有些年轻科研人员除了对评职称感兴趣，计较待遇和工作条件外，对责任和使命考虑得比较少，这种现象引起了汪院士的担忧。年轻科研人员的状况影响到中国科技发展的未来。汪院士便以自己身先士卒的行动来引导他们。他希望大学生和年轻科技人员不负国家赋予的使命，不做不学无术之辈。

他看到海洋研究领域出现了"上山头"、"吹嘘"和争名夺利等不好的现象，便在《科技导报》上发表了一篇署名文章，提出了很多理性的、坦诚的看法，殷切之意昭然。

汪院士认为，中国科技正在从"模仿"和"跟跑"向自主创新转型，尝试走自己的路。但这条路肯定非常坎坷，尤其是中国的深海研究，因为起步较晚，落后较多，转型的道路尤其艰难。虽然深海载人潜水器行业在世界上开始领跑，但是对深海的研究还落后于一些发达国家。汪院士认为，要在应用上做文章，不能辜负拥有的先进工具，要做扎实的基础工作，中国的深海研究容不得"大跃进"，需在全国一盘棋的基础上错位发展、各尽所长。汪院士的意见可说是字字珠玑。

汪院士始终是一副乐呵呵的模样，没有院士和大学者的架子，善于和学生、年轻人打成一片，用上海话来说，就是没大没小的。这使他有出众的沟通能力，人缘极好。虽然今年他已85岁高龄，但他的状态还很年轻。他精神矍铄、思维活跃、行动迅捷，骑着一辆自行车上下班、开会、讲课。王宁采访他的那一天是个雨天，他们都穿着雨披骑车去学校办公室，王宁还一路打招呼，叫他"骑慢点!"

汪品先祖籍苏州，1936年生于上海。他的研究专长是古海洋学和微体古生物学，主要研究气候演变和南海地质。他开拓了我国古海洋学的研究，提出了气候演变的低纬驱动等新观点。他致力于推进我国深海科技的发展，积极推动深海海底观测，促成了我国海底观测大科学工程的设立，成功地推进了我国地球系统科学的发展。他还提倡强化科学的文化内蕴，并身体力行地推进海洋科普活动。他著有《地球系统与演变》《深海浅说》《科坛趣话》等大量科普作品，曾获国家自然科学奖、欧洲地学联盟米兰科维奇奖，以及伦敦地质学会名誉会士、美国科学促进会会士、第三世界科学院院士等荣誉，曾任中国海洋研究委员会主席、国际海洋研究委员会副主席、国际过去全球变化计划学术委员会副主任等。

1955年至1960年，汪品先被公派到苏联莫斯科大学地质系学习，他的夫人孙湘君是他的同班同学，也学地质古生物学。慢慢地，两颗年轻的心在异国他乡逐渐靠近，他们相恋了。从苏联留学归来后，汪品先于1960年12月任华东师范大学助教，1972年2月转到同济大学建立海洋地质系，1981年3月至1982年9月获洪堡奖学金并在德国基尔大学做访问学者，1982年9月起先后任同济大学副教授、教授、副系主任、系主任、实验室主任，1985年以副教授身份获得了我国海洋地质学第一个博士点，1991年当选为中国科学院地学部院士。1999年，汪品先主持了南海第一次国际大洋钻探。2011年起，汪品先任国家重大研究计划"南海深海过程演变"指导专家组组长。

古生物学的一个分支，是在显微镜下研究植物遗留的孢子花粉，在研究基础上再造古植被，从而确定地质年代和环境演变。回国后，孙湘君被分配到中国科学院植物研究所从事新生代孢粉学研究，取得了多项高质量的科研成果。孙湘君发现了 2 000 多万年前中国横贯东西的干旱植被带的消亡，指示着东亚季风的开端；她曾组织建立中国第四纪花粉数据库，积极推动我国花粉研究领域的国际交往与合作。2003 年，孙湘君成为同济大学兼职教授。

为了各自的事业，孙湘君与汪品先结婚后，分居京沪两地达 30 余年。孙湘君在北京一个人生活时，一次为了挂窗帘，从凳子上摔倒，脑壳破裂，被紧急送到医院。汪品先乘飞机午夜赶到北京，妻子已动过手术，抢救过来。2000 年孙湘君退休以后，才得以来沪团聚，并且和丈夫一起进行深海方面的研究。她研究深海沉积里的花粉，发现在数万年前海平面大幅度下降、大陆架暴露时，南海南北陆地生长的植物大不相同。

两人的晚年生活过得简朴、繁忙而充实。孙湘君和徐芑南的夫人方之芬有相似之处，既从事自己的专业研究，当丈夫的助手，又当丈夫的护工。她准时给丈夫送药，给他泡茶，隔两个小时提醒他要站起来活动。有时汪品先因为忙碌还坐着不肯起身，她继续催他。汪品先显得有些不耐烦了，脸色不太好看。

孙湘君心疼地说："他要服五六种药，都是有毒的，有副作用的，所以他不断地流汗，冬天都会被汗水湿了内衣，但又不得不吃。"

他们一起上班、下班。汪院士骑自行车，比步行快近 10 分钟，孙湘君则步行。中午他们在学校的食堂里用餐，在窗口买饭菜。他们吃得很简单，不挑食，学校唯一对他们的照顾，就是给他们夫妇俩留了张小桌子。汪院士一再说，对这个安排，他觉得很不好意思。在海洋与地球科学学院的办公楼里，汪品先办公室的灯光常常最后一个熄灭。孙湘君会比他早回去。他对中央电视台记者王宁说："我们早出晚归，这个家基本上是我们的旅馆。"他说晚上安静，是最好的工作时间。20年前，青岛的秦蕴珊院士感到奇怪，为什么汪品先总是这么晚打电话来，后来才明白，晚上他还在工作，而且那时有个规定，过了晚上9点，电话费按半价收取。

与中央电视台记者视频连线时，汪院士说起了自己的3个愿望："第一，希望工作到90岁，希望能够工作更久，不光是活得更长。第二，希望老伴也跟我一样健康，陪着我，她自己答应的，她要陪我。第三，希望我能看见我们的国家，真的变成世界海洋科学的引领者。"简言之，3个愿望第一是国家，第二是爱人，第三还是国家。汪老更是与记者约定，到90岁时告诉大家自己的下一个计划。

看到这次视频连线的人，纷纷为汪老深沉的家国情怀点赞，真诚地祝福他健康长寿，为国家、为爱人健康地工作和生活。"她自己答应的，她要陪我"这简单的一句话，虽然没有风花雪月的浪漫色彩，却蕴含着如诉如歌的情感，从中可以感受到这对白头偕老的夫妇感情至深。他们各自都是对方生命中不可缺少的另一半，琴瑟和鸣，志同道合。

他们心中都盛满了国家和事业。汪老是一个豁达、开朗的人。孙湘君是一个热血青年，1949年不满16岁时就在北京入了党，过了两年，候补期满，在18岁时转正。在历史的转折时期，她满腔热情地投身于时代的洪流，迎接新中国的诞生和重建。

他们都是有爱心、有公益精神的人。他们在生活上十分节俭，回馈国家却慷慨大方。2021年，汪院士和妻子孙湘君教授共同捐赠多年积蓄200万元，设立"同济大学海洋奖学金"。两位教授专门叮嘱："不要以我们的名字命名。"他们希望未来能得到更多校友和社会组织的关心和支持，以此鼓励越来越多的年轻人投身于海洋科学事业的发展。

而这也不是他们夫妇第一次进行捐赠。1998年获得何梁何利基金科学与技术进步奖时，汪品先院士就捐出奖金，设立了"海洋地质学奖学金"。2020年新冠肺炎疫情暴发时，汪院士夫妇也在第一时间捐出了10万元，助力打赢疫情阻击战。他获颁"全国道德模范"荣誉称号，可说是实至名归。

对于家乡的发展，汪品先院士一直十分关心。他多次走进苏州的学校，与孩子们互动。2020年12月，汪品先院士和夫人孙湘君教授走进苏州市平江教育集团大儒中心小学给孩子们讲述深海里有趣的动物、有趣的事情，勉励大家珍惜时间，努力探索。2021年5月，汪品先院士来到江苏科技大学张家港校区，为同学们做了名为《现代科学与传统文化》的科普报告，为校区师生带来了一场科技文化盛宴。同年12月7日，汪品先院士受邀参加苏州市第11届学术年会，并做了充满科学趣味的生动讲话。

汪品先院士已至耄耋之年，依然躬身求知、研究、教学、育人。他把时间看得很珍贵，他说："我可以慷慨金钱，慷慨其他，唯独不能慷慨时间。"因为他想做的事情太多了，这几年他的工作表已排得满满的，连90岁以后的计划都想好了，要到90岁时再宣布。

海洋科学这一领域的研究和应用是他的主业。他的理念是大力发展"三深"，即深潜、深钻和深网。深潜不用解释了，中国3台深海载人潜水器和多台无人潜水器已成功制造并投入使用，中国的深潜力量正在持续增强。深网，就是在海底建立观察网和观察站。深钻简单地说，就是对地球内部的钻探。人类对地球内部的兴趣很浓厚，关注和研究也有很长时间了。不过，迄今为止，人们对地球内部的了解还是不多。探索地球内部的一个重要方式就是钻探。这就是汪院士所说的深钻。汪院士解释说："深海钻探的初衷就是打穿地壳，突破莫霍面，取得地幔的样本。这在陆地上需要钻30千米深，而在海底只需要钻5千米至10千米就可以了，这就是我们要搞的大洋钻探。"

所谓莫霍面，指的是地壳和地幔之间的分界面。关于地幔的知识，人们是通过间接手段获得的，因为人类的钻探技术还很落后，至今没有能力在原位取到地幔的样本。

最早发起莫霍面钻探的是美国科学家。他们于1961年在东太平洋海面下3 558米的地方钻了一个183米的孔，取到了3米的玄武岩样本。美国总统肯尼迪致电视贺，称其为"科学史上划时代的里程碑"。但美国人没有继续下去，因为钻探的难度极大，要在几千米深的海底钻透坚硬岩石构成的结晶岩基底，无论是在技术上还是在经济上都还力不从心。后来科学家决定先从地壳的沉积岩开始钻起。沉积岩记录了大洋亿万年的环境演变，科研价值很高。

于是美国的8个海洋研究所于1968年联合发起了"深海钻探计划"，使用一艘名为"挑战者"号的大洋钻探船，尝试钻探墨西哥湾的沉积岩，取得了丰硕的成果，该计划进一步发展为国际计划。1985年，钻探计划继续，改名"大洋钻探计划"，母船从排水量1.5万吨的"挑战者"号改成了1.7万吨的"决心"号，钻探技术有大幅度的提高。

汪院士一直关注南海、重视南海、研究南海。1998年中国交纳了会费（每年50万美元），成为"大洋钻探计划"的准会员。与此同时，汪院士提交的一份计划书《东亚季风史在南海的记录及其全球气候意义》在全球评审中获得第一名,他因此成为1999年2月开始的"大洋钻探计划"184航次的首席科学家,指挥"决心"号驶入广袤浩荡的南海,主导中国历史上的第一次大洋钻探。

汪院士回忆说:"我虽然很高兴做了首席,但我心里真的捏了一把汗,因为我连这条船都没有见过。当时,'决心'号刚刚结束了在澳大利亚的上一个航次,所以我们是从南半球北上,穿过赤道进入南海的。没想到南海出了海盗,船长决定不在南沙打钻,而是直奔东沙。我坚决不同意,并立刻给我国政府部门发电传,海洋局给了我一个回复,说中国会注意到你们这个航次。船长立刻明白这是什么意思了,便同意我们在南沙打了第一口井。"

作业时,船长命令升起了五星红旗,这是对我们的巨大鼓励。这口井水深2 772米,深500米,是迄今为止在南沙打的唯一一口深井。此后的两个多月里,又在东沙附近的陆坡下部打了5口井,取到了5 000多米高质量的岩芯,涵盖了3 000多万年的地质记录。整个航次耗资700万美元,全部由国际计划承担。汪院士开玩笑地说,他提议的这项研究计划把14年的会费都赚回来了。

南海钻探是中国人主导和参与的第一次钻探活动,也是汪院士海洋科考生涯中充满开拓灵感和实践激情的伟大工程。

现在,汪院士在潜心科研的同时,还奋战在教学和科普一线。他用了77天创作《深海浅说》,普及深海知识。该书出版后成了畅销书,还多次获奖,被评为"中国好书"。他是85岁出圈的B站博主,因为讲话浅显易懂,金句不断,吸引了大量粉丝。至今,汪品先院士在B站已拥有170万粉丝。2021年4月7日,同济大学公选课"科学、海洋与文化"通过网络直播,给近10万网友上了一堂公开课。而课后的一件小事更让人感动。当天,上海下着雨,晚上

8时40分，上完课的汪院士，仍准备回办公室工作，大家追着给他送伞。老先生说："不用啦，几步路就到办公室，雨不大，没关系。"就这样，他自己骑着自行车冒着雨冲回办公室去了。第二天早上7时24分，同学们在校园里，看到老先生又骑着自行车来上班了。

13
大洋深处的铿锵玫瑰

贺丽生博士是一位非常幸运的年轻生物学家。

她是中国首位下潜万米海底的女科学家。

她走出校门后不久,就遇上了一个她做梦都期盼不到的深造机会:下潜到深海,去考察那些多样的海洋生物。即便是她的导师都羡慕她的好运气,这样的机会只有在中国才有。贺丽生是北京顺义人,北京医科大学本科毕业后,于2003年去香港大学从事基础研究,取得了生物化学博士学位。博士后项目她选择了海洋生物研究,这是个比较冷门的专业,年轻人特别是女性不太会选择这个门类。

贺丽生知道,海洋生物学家的研究确实集中在水产养殖和新品种培育上,很少有人对海洋动物的分子机制感兴趣,更别说海洋生物了。他们没有条件和机会进行深海观察,没有人能说得清楚海洋生物,包括微生物的多样性和分子机制。

贺丽生的博士后导师是位海洋生物学家,当时她的主攻目标是藤壶的附着机制,由此也许可以研制出无毒的友好型抗污损化合物。正是在此过程中,贺丽生对海洋生物产生了兴趣。她具有一位真正的科学家的天性：勇于探索未知。导师对她说："以前我们根本不知道深海里有生物，通过海底拖网才发现深海里有很多鱼类，它们和淡水鱼及浅海鱼不同，属于另一种生命系统。有种狮子鱼居然能够生活在七八千米深的海底。我现在最感兴趣、最需要解开的一个谜底，是生命的极限在哪里。这是一个宏大的命题，可能会让生物学家研究一辈子。"

贺丽生对这个课题怀有敬畏。海洋是一个无情的对手，探索深海生命的路途很漫长，但她还是以饱满的热情投入了这项事业。她是只旱鸭子，不会游泳，但她热爱海洋，她以她的方式在大洋深处潜游。

博士后项目结束后，贺丽生进入深海所，成为一名研究员。作为深海生命系统的研究者，她一直希望能到深海去。她了解到中国已在研制7 000米载人潜水器，于是向所里打报告：一旦这台载人潜水器投入使用，她愿意下海。她如愿了。

迄今为止，她搭乘过我国所有载人潜水器，参加过5个远洋航次。她是我国第一位下潜到万米海底的女科学家。"奋斗者"号海试期间，她可以说是捷足先登，数次潜入不同深度的深海，直接邂逅了那些只有在书本上、资料里才了解到的海洋生物。她看到的比书本上的内容要丰富得多，多得远远超过想象。她有一种徜徉在科幻世界里的感觉。

深海的压力非常大，水深每增加10米就增加1个标准大气压，万米海底的压力就像2 000头大象压在1个人的背上。深海里没有阳光，没有光合作用，到处是一片黑暗。高压、无光、低温、低氧、缺乏营养，长期被认为不适合生命生存。在独特而极端的深海环境中，是否当真有生命存在？它们如何生存？生命的极限是什么？贺丽生想要探究清楚这些问题。

尽管现在的无人潜水器可以下潜至深海海底并拍摄影像资料供科学家研究，但贺丽生更愿意亲身下潜。她认为，作为科学工作者，获得第一手资料非常重要："再高清的照相机，再高清的摄像机，也无法代替我们亲自到底下去看、去体会、去观察。"

2020年11月19日，贺丽生搭乘"奋斗者"号载人潜水器进行万米海试。这是"奋斗者"号第二阶段海试的第8次下潜，也是最后一次下潜。此前，海试团队决定安排一个应用程序，邀请一位科学家参加，贺丽生被选中了。这意味着她要下潜至地球的第四极——位于西太平洋的马里亚纳海沟。这是"奋斗者"号海试活动中第一次有科学家参与。当"奋斗者"号总设计师、海试总指挥叶聪请她做好下潜准备时，她表现得很平静，但内心充满了愉悦。马里亚纳海沟毕竟是地球海洋的最深处。虽然她多次处理了潜航员从那里采集到的生物，但她还是有个疑问：那里的生物是梦幻般的存在吗？

她很期待这次深潜。说实在的，她还是有点意外：上船后，一次次海试都未提及她要下海，连迹象都没有。她以为自己的任务是处理潜航员用机械手采集回来的样本，或者对采集地点做一些指导。能在母船的舱室里直接面对那些深海生物，她也已经感到十分幸运。通常情况下，即使是生物学家也难以接触到这些来自深渊的生命。

贺丽生这次下潜的主要任务是观察万米深海中生物的种类，并择机采集一些生物样本带回。下潜10多个小时之后，贺丽生和潜航员一同回到甲板上，腿都是僵住的，但她的工作还远远没有结束。她开始处理采集到的样本，直到第二天凌晨。每次下潜，她几乎都会工作到深夜。

有人问她，参加万米级海试怕不怕。贺丽生说，听到这个问题时，她很吃惊，她从来没想过这个问题。仔细回想之后，她觉得自己从未怕过："可能是对'奋斗者'号的信心，对研发过程，以及工程团队精益求精、团结奋斗精神的全面了解，让我从未感到惧怕。"

她见到了很多种深海生物——在1 000米深处翩翩起舞的海参、在1 500米深处游走的海百合、在2 000米深处行走的海胆、在7 600米深处栖息的透明狮子鱼，以及在万米海底游动的钩虾。

贺丽生赞叹说："深海、深渊甚至万米海底都不是一片沉寂，而是有着非常丰富、非常可爱的生物。"她和团队经研究发现，深海生物有着不同于浅海的、非常特别的、适应深海的生存机制和策略。她见识了不少从未见过的、美妙的深海生命情境，看到了几千米深的海洋中活跃着各种奇形怪状的生物：巨型的章鱼、乌贼、被误认为"海蛇"的皇带鱼、螺贝和热液盲虾等。许多深海动物会发光，她趴在窗口，目睹着游动的光点在深沉和浓黑的海水中闪烁。她用照相机拍照，并在笔记本上记下她所看到的一切，如多种水母、头足类软体动物、多毛类环虫、桡足类节肢动物等。在深渊触底后，她久久地在永恒的平静和寂寥中凝视着深渊的神秘环境。灯光下，能见度为20多米，视野不够清晰宽广，但她完全被马里亚纳海沟独特的气质吸引住了。她指挥潜航员采集了几只轻盈而敏锐的海洋生物。

可惜那天的结果不尽如人意。"海洋生物似乎都休息去了，这里的海参跟我们之前看到的海参差别很大。它们个头不大，身体是透明的，机械手刚碰到，它就溜走了，非常难取。"贺丽生说，"再加上那天中央电视台组织了一场水下直播，占用了一些时间，最后我们只采了几件岩石和沉积物样品，以及半条海参，有点遗憾。我一直感到有点内疚，因为没有完成任务。"

随着出海和下潜次数的增多，贺丽生似乎也有了自己的生存机制和策略。截至目前，她参加了10余个科考航次，其中包括5个远洋航次，最长一次在海上度过了72天。她在海上过了一个春节、两次生日。

在海上，贺丽生要克服的是晕船。有一次，为在南海测试自主研发的装备，海试团队租了一条不大的船。海试时遇上台风，船晃得非常厉害。贺丽生趴在栏杆上不停呕吐，当时她"看着滔滔海水都想一下子跳下去"。

生命在深海中生存不易，贺丽生潜心探索深海生命的道路也很艰难。她说："我们没有更多前人的经验可以借鉴。即便路上荆棘再多，我们也要蹚出一条路来。"

在海洋科考中，除了贺丽生博士，还有不少女将。她们中有女潜航员，如前文提到的张奕、赵晟娅，有母船上的女科技人员和后勤保障人员，在海试活动中，总是能看到她们穿着工装的忙碌而俏丽的身影，还有一位女科学家，她就是深海"探宝队"队长韩喜球。她多次带领团队搭乘深海载人潜水器，探测海底矿产资源的秘密。她们都是大洋深处的铿锵玫瑰。

韩喜球是我国大洋科考史上第一位女首席科学家，曾先后16次出海，累计有800多天在海上度过。她带领团队在国际海底区域发现了12处多金属硫化物矿点，圈定了50多处海底多金属硫化物矿床远景区，还命名了新勘测发现的16个大洋海底地理实体。

韩喜球是浙江台州人。台州是座海滨城市，韩喜球生在大海边，长在大海边，与大海结下了不解之缘。17岁那年，她考入成都地质学院（成都理工大学前身）地质专业。在学校时，她学习认真，大量阅读了有关海洋地质的书籍，读书笔记写得一丝不苟，一手整洁、漂亮的字体令老师赞叹不已。论文有她经过深入思考的论点，有她独立的见解。老师们都很欣赏她的专注、勤奋。然而，她并不是一个死读书的书呆子。在课外活动中，她又十分开朗活跃。无论是文艺活动还是读书活动、公益活动，她都会踊跃参加，或当主持人，或是骨干分子。

在川妹子成堆的同学中，秀气、婉约的江南女子韩喜球显得格外引人注目。她的名字有些特别，四川话听起来，喜球像是"气球"，同学们便"气球、气球"地喊着她，还和她开玩笑："你一个气球，轻飘飘的，在空中飘浮着，和沉重的海洋地质不配啊。"

韩喜球不生气，笑着回答说："我不会在空中浮着的，我是大海的女儿，我这辈子注定要沉到海里去。"

1993年，韩喜球在成都地质学院获沉积学硕士学位，2001年在浙江大学获构造地质学博士学位。她精通德语和英语，曾在德国做访问学者。她曾任中国科协常委、中共十八大代表，现任自然资源部第二海洋研究所（前身为国家海洋局第二海洋研究所）海底科学重点实验室研究员。

一次中央电视台采访她，记者白岩松问她："你叫韩喜球，我猜想你喜欢的不是足球，而是地球，去了那么远的地方，这个地球有多招人喜欢？"

韩喜球回答："你说对了，我喜欢地球就像喜欢自己的母亲一样。我喜欢地球，对它充满着好奇。我研究它的脾气，研究它的过去，研究它的现在，研究它的未来。"

白岩松又问："你在航行的时候，大海有风平浪静的时候，也有惊涛骇浪的时候，这种喜欢是否伴随着有的时候会恨，有的时候会害怕？"

韩喜球回答："我好像从来没有害怕过，那种大自然的狂暴反而会激起我无限的勇气和斗志。当有的人因为海浪晕得七荤八素的时候，我还能工作，我感到很自豪。"

白岩松问："现在许多年轻人经常说诗和远方，你真正到达了远方，你怎么理解这四个字？另外远方是否像诗？"

韩喜球说："我理解的诗和远方，是真实，是自然，可以是唯美的，同时也可以是粗砺的。诗也一样，是对自然的真实反映，是心情的写照。当我去远方的时候，在远方看到的不仅仅是风景，有时候只有风没有景。当你去接近远方时，远方就变成了当下，变成了足下。"

白岩松问："你能长时间地保持自己的好奇吗？"

韩喜球顿了一下说："我从来没有思考过这个问题。我总是好奇，总是有探索的冲动，这个世界是多么精彩。你有很多很多不知道的，大自然和海洋有很多奥秘，你难道不想去探索吗？"

另一位主持人插话说："韩老师总是保持自己探索的热情。"

白岩松又问："当你要去远方，要和孩子分开很长时间，你是怎么想的，你不思念自己的孩子吗？"

韩喜球回答说："作为母亲，我当然会思念孩子，但时间和空间是相对的，我只有在远方踏实地做好自己职责范围内的事情，完成应该完成的任务，才能愉快地回到自己的孩子身边，所以远方还是在自己的足下。"

韩喜球是一位气质优雅、性格开朗的女性，又是一个事业心极强的工作狂。在多年的海上科研生涯中，她确实像她所说的那样，像喜欢母亲一样喜欢地球、喜欢海洋。她是这么说的，也是这么做的。海上的艰辛她很少提起，她那句诗一般的描述"只有风没有景"，把海上、船上恶劣的环境含蓄地说出来了。她不怕吃苦，习惯吃苦，大海的狂暴反而激励了她。在多次雄丽的大海之旅中，从风云变幻到光风霁月，从急浪怒涛到碧波蓝天，都留下了她的勇气、斗志、追求、成功、好奇和喜悦。

这是一位女科学家的一部恢宏的史诗和传奇。

1993年，韩喜球进入国家海洋局第二海洋研究所工作，从自己学了7年的陆地地质领域转向海洋地质领域。海底热液活动是韩喜球最主要的研究课题。热液是指一种从海底岩石的裂缝中喷发出来的、含有丰富矿物质的、温度极高的液体。分析这些热液的成分和形成，不仅能得到地球矿物的构成数据，而且能帮助了解地球生命的起源。

韩喜球长着一双大眼睛，留着齐耳短发，戴着时尚的金边眼镜，穿着时尚、得体，身材娇小，是典型的江南女子。真不敢相信这位美女科学家生于1969年，有一个大学毕业的儿子。

"我的主要工作是在国际海底区域探矿。"韩喜球指着墙上巨幅的印度洋海底地形图说，"这条'入'字形的印度洋洋中脊是我们近期集中勘探的区域。"

调查和开发海底矿产资源是国家的战略需求，"先来先得"是国际海底管理局相关探矿与勘探规章明确规定的原则。深海探矿无疑是一场时间与智慧的双重较量。日本和欧洲发达国家都走在前面，它们都想从海底寻找和开采关键矿产。

这个领域的竞争是很激烈的。日本是资源贫乏的岛国，在海底矿产资源的开发上，投入了巨大的科技研发力量和资金。日本发现了海底稀土，正在研究如何开采。

英国也计划在沿海地区采矿，以摆脱关键原材料对外国的依赖。政府要在全国范围内开展手机、电动汽车电池和电子产品所需矿产的储量勘测并鼓励商业开采。

韩喜球带领的"探宝队"正在努力通过调查洋中脊上的热液活动区来探矿。"海底热液活动区正在发生热液成矿作用，热液喷口源源不断地喷涌出富含铁、铜、锌、金、银等金属元素的热液流体。如果发现高温热液喷口，周围就会有多金属硫化物矿床。"韩喜球说，大海一望无际，热液区的直径才数百米，在科考船上用万米缆拖着仪器去搜寻，是名副其实的大海捞针。

"美丽的世界，你在哪里？"这是德国诗人席勒一首诗中的一句，舒伯特曾经给这首诗的片段谱过曲。韩喜球读过席勒的这首诗，她用这句诗来形容她要寻找的地方，即分布着宝藏的地方。从2007年中国大洋19航次第三航段开始，韩喜球成为我国大洋科考第一位女首席科学家，此后多次带队寻找美丽的地方。她这位首席科学家的判断至关重要。

"大到海上调查计划、实施方案，小到具体调查和采样站位的布设、调查资料的判读，首席科学家要为航次科学目标的实现负全责。此外，还要为人员与仪器设备的安全负责。"韩喜球深感压力巨大，出海机会来之不易，船舶每日航行的成本很高。

在执行中国大洋38航次第一航段任务时，韩喜球团队乘坐"蛟龙"号到前期调查"圈"出的海底热液活动区做精细调查并取样。

"要是我们'圈'的位置错了，'蛟龙'号找不到地方，那这个洋相可真是出大了！"韩喜球说。"蛟龙"号载人潜水器的每次下潜,都是对先前调查成果的检验。为了给出"蛟龙"号下潜的位置和观察路径,她以非凡的毅力和恒心通宵分析和研究调查资料。"没想到11次下潜,每次都直击中心!百分之百命中!"韩喜球兴奋地回忆说。

"我很喜欢我的工作。别人觉得出海枯燥,但我总感叹海上时光太匆匆,真希望多做一些调查。"韩喜球说,"发现热液异常区,调查取样结果和我的判断一致时,是我最高兴、最有成就感的时刻。只要身体允许,我随时准备随船起航。"

"她不是女汉子,她比汉子都'强悍'。"韩喜球的同事王叶剑副研究员跟随导师韩喜球11年,他说在工作中,导师始终全身心地投入,"她曾经带我做试验,20个小时不休息,我都快扛不住了,她的精力依旧旺盛。"

海上科考24小时不停歇。作为首席科学家,韩喜球指挥若定。只要船上的马达不停转,她的工作就不分昼夜。"我们都觉得她很累,但她从来不说自己累,因为她是真的热爱这份事业,所以全情投入。"王叶剑说。

韩喜球在工作中百折不挠,总是积极设法解决问题,赢得了大家的敬佩和信任。

"出海调查过程中,仪器装备出现故障是常有的事。有一次在关键海域需要立刻用到几台重要的探测设备,可不巧的是设备开始'罢工',维修起来很困难。换成其他人,可能会想大不了不做,早早放弃了。但韩老师一边在船上组织技术骨干进行维修、排除故障,一边多次与设备生产商进行邮件沟通,终于在最短的时间内抢修成功,确保了海上调查顺畅地开展。"韩喜球的硕士研究生蒋紫靖对这件事记忆深刻。

王叶剑说，载人深潜调查是一项系统工程，不同单位、不同专业、不同职责的专家出发点有所不同，技术保障人员着重考虑潜水器的安全，科学家重点关注每次下潜能否实现科学目标。他说："在一次下潜准备会议中，现场指挥部就如何在某个关键但复杂的作业区进行安全下潜作业进行了激烈的探讨，这是我参加过的气氛最特别的一次会议。"在这次会议上，韩喜球拿出自己的研究结论以及有丰富调查经验的国际同行的意见，轻声细语、不慌不忙地从不同角度阐述了如何安全地完成下潜并实现下潜目标。为准备这次会议和说服各方专家，她已经整整调研了两个星期。最终，在潜水器技术团队的强力保障之下，这次下潜成功完成了观测和采样。韩喜球至此终于长舒了一口气，笑意盈盈。

"科研面前不分性别，我首先是一位科学家，然后才是女性。"韩喜球说。大洋科考船上以男性为主，女性是个位数，但她从不失科学家的严谨和女性的坚忍，不会因为自己是女性就不自觉地降低自我要求："我只是闷头爬山，不知不觉就看到了更美的风景。"

"中国青年女科学家奖""全国先进工作者""全国三八红旗手""全国优秀科技工作者""全国创新争先奖"……韩喜球面对荣誉，却十分淡然："我的人生没有设计，只是每个阶段做好自己的事情。"

"我是农民的孩子，有大学读就很知足，没考虑那么多。"韩喜球回忆1986年考入成都地质学院学习地质专业后的求学岁月时说，"我比较上进，除了专业课出类拔萃，外语成绩也很好。"

毕业后，韩喜球来到国家海洋局第二海洋研究所工作。"我是浙江人，第二海洋研究所离家近，所以就来了。"参加工作后，韩喜球潜心研究深海多金属结核勘探和开发，并于1998年考取了浙江大学的在职博士。

2001年德国基尔海洋科学研究中心主任休斯教授在国家海洋局第二海洋研究所访问和交流，韩喜球在多金属结核方面的研究给休斯留下了深刻印象。2001年底，她突然接到休斯的邀请，因而赴德国做特邀学术报告。2002年到2005年，她在德国基尔大学访问学习并做博士后研究。其间，她开始了海底冷泉系统与天然气水合物、海底热液与多金属硫化物的研究。

2005年，我国组织了首次环球大洋科考航次，在国际海底区域进行海底热液多金属硫化物资源的调查。"为了寻找多金属硫化物资源，得先调查海底热液系统。热液系统和冷泉系统的调查方法一脉相承，真是太巧了。"韩喜球顺理成章地接受了重任，成为首次环球大洋科考的主力。

这一年，中国"大洋一号"首次横跨三大洋作环球科考，韩喜球是首席科学家助理，在东太平洋海隆和西南印度洋中脊成功探测到了若干新的热液异常点。在2007年1月8日开始的中国大洋19航次的科考中，她成为第二航段的首席助理和第三航段的首席科学家。

他们在西南印度洋中脊上发现了第一个"黑烟囱"，还发现了4个新的热液活动区。作为地质学专家，韩喜球专门寻找这种分布在海底的神秘的黑烟囱。她知道，找到黑烟囱如同找到矿床的露头，意味着海底下面可能有硫化物矿床。根据国际规则，海底矿物属于发现者。这次科考活动的重大发现也使韩喜球成为顶尖的科学家。

韩喜球清晰地记得，她由载人潜水器探测到的已知热液喷口附近首次获取硫化物样品的情景："我们在中印度洋脊三大板块交叉的地方放下了电视抓斗,船一寸一寸地慢慢移动。突然,一只海葵闯入镜头,又一只海葵闯进来,接着又是一片白花花的海葵,虾和螃蟹也出现了,越来越多,我知道,我们离热液喷口近在咫尺。不一会儿,一个黑乎乎的硫化物烟囱突兀地出现了,电视抓斗轻轻触了一下黑烟囱,附着在黑烟囱上的虾受到惊扰,突然飞舞起来。电视抓斗取样器张开大嘴,对准了黑烟囱'咬'下去,一块树桩一样的、长达50厘米的黑烟囱被牢牢抓起,上面还附着藤壶、海葵等热液生物,当然,还有肉眼看不到的微生物。"

这是韩喜球第一次直接观察到深海极端环境里生机盎然的生命现象。真是太美丽了!

从印度洋结束了中国大洋19航次的科考归来,韩喜球马上把电脑上所保存的、全球"可能存在热液硫化物"的位置,由原来的93个改为97个。这新增加的4个,就是她作为女首席科学家的贡献。

海底热液活动区被称为海洋科学近几十年来最为重要的科学发现之一,在矿产资源、生命起源、古代海洋地质等方面极具科研价值。中国载人潜水器的成功制造,以及无人潜水器的系列化,为海底地形、资源等的地质勘查创造了条件。中国证实了此前国外海洋科学家的发现,并有了新的发现。韩喜球对地球的热爱和探索冲动,使她成为黑烟囱及其神奇现象的直接观察者。她亲身感受到了这一富有激情和魅力的生命源头古老而非凡的气象。

2007年,韩喜球在海面上争分夺秒的时候,她11岁的儿子正在杭州的家里,埋头读妈妈临走前给他买的几本海洋探险小说。韩喜球带上了儿子同学送的蔬菜籽,一个航次下来,嫩嫩的萝卜缨子在桌上的花盆里发出了细芽。她把这盆萝卜苗作为思念儿子的一个寄托，至于萝卜，当然没吃上。

从印度洋海域结束为期 39 天的科考载誉归来，韩喜球精心制作了简单易懂的科普 PPT，到儿子的学校，为小学生们做了一次讲座，这让儿子觉得无比骄傲。

"我刻意在寻找，不知不觉就看到了更美的风景。真正难得的美丽地方，美得让人如痴如醉。"韩喜球口中轻描淡写的"不知不觉"的背后，是她异常艰苦的钻研，因为机会只给有准备的人。

"韩老师是一位诗人。她如果不当科学家，会成为一位诗人。她身上有诗人的气质，有时候真的很浪漫。"王叶剑回忆，历次出海，在抵达作业区的途中，趁大家还没有真正忙碌起来，韩喜球会召集学生们观星、赏月、填词作赋，以此丰富海上生活。

"我会在船上组织'大讲堂'，大洋科考航次执行的是多学科考察任务，地质、地球物理、地球化学、生物等不同学科领域的人员聚集在一起，创造了难得的、相互交流的机会。"韩喜球说。

同行眼中，韩喜球不像"搞地质的"，她诗意而优雅。每次执行航次任务，韩喜球都会尽量带上学生。

韩喜球是学生们眼中的"家长"。"自己的学生当然就跟亲人一样。"她的课题组里有年轻的科学家，有博士生、硕士生、留学生，是一个由十几个人组成的大家庭。她在学生们身上花费的时间，远远超过了留给家人的时间。

"韩老师有时会邀请我们到她家里做客，她老公会做一桌子好菜，韩老师也会调鸡尾酒给大家品尝，同门相聚在一起，非常亲密。"王叶剑说。学术上和生活里的困难，大家都愿意跟韩老师倾诉，韩老师总会尽力提供帮助。

"就像天鹅妈妈带着一队天鹅宝宝前行。"韩喜球笑着说。她在实践中持续带领学生们迎接挑战，不断提高。"大洋科考事业需要传承，要让年轻人逐步走向舞台中央，我愿意在背后托举他们。"2021年4月25日，韩喜球作为女科技工作者代表参加"科技创新巾帼行动"启动仪式时表示，她将"用巾帼不让须眉的勇气和女性坚忍坚守的力量，珍惜机遇，只争朝夕，为把我国建设成为世界科技强国而不懈奋斗"。

14

"你凝视着深渊的时候，深渊也在凝视着你"

龙潜深渊。这个目标即将实现。

经过陆地上的一系列试验,"奋斗者"号即将进入最后一个程序,即海试。

这是奋斗了几年的"奋斗者"号研发团队神往的一天。为了这一天,叶聪和整个团队及各参与方投入了无数的精力和心血。

就像参加决定命运的重要考试一样,所有考生不管平时成绩好坏,只要付出努力的、怀着希望的,难免忐忑不安,同时也按捺不住内心的兴奋。怀着考生一般的心情,叶聪、胡震、徐芑南等设计团队成员会同海试团队于2020年6月21日傍晚6时,和"奋斗者"号一起离开了七〇二所,按计划将"奋斗者"号转运到福建福州马尾造船厂,与在那里完成改装的"探索二号"工作母船会合,然后一同前往三亚南山港。

这对于为"奋斗者"号奋斗过的人来说,确实是一场艰苦的大考。这场大考如取得佳绩,则意味着中国深海载人潜水器的发展占据了世界领域的制高点。对此,叶聪是有信心的,但不到海试最后一次下潜成功,他不会轻易地表达出他的自信。

这个庞然大物重达36吨，装上特种载重大卡车足有两人多高。因为公路运输的限高要求，无法封装转运，保障潜水器的一路安全成了大家极为重视的一件事情。七〇二所为此做了充分准备，相关单位都认真对待并积极配合。大家把地图摊在桌上，对整个路程做分段研究，制成预案，并派人开车实地勘察，对桥梁的宽度和承载力都摸了个一清二楚，对隧道的长度都做了测量。

为确保万无一失，江苏、浙江、福建的交警全程保驾护航，接力护送。不巧，出发后不久遇上风雨，路面比较湿滑，车队顶风冒雨一路缓慢前行，在晚上10时左右到达杭州萧山服务区。为了守护好"奋斗者"号，大家决定就在车里过夜。人不离车，潜水器始终不离视线。

第二天早上6时，车队又出发了。浙江金华到丽水路段，上下坡明显增多，车队整体降速行驶。进入山区后，隧道多了起来，这是对车队安全行驶能力的考验。根据预案，装载"奋斗者"号的车辆被前后车辆保护在中间。这一路上，车队要穿过80多条长短不一的隧道，最密集的时候隔着几十米就要穿越一次。叶聪一直坐在装载潜水器集装箱的大卡车的驾驶室内，密切关注着路况。碰到桥梁、隧道和意外情况，他会跳下车，仔细观察后再指挥车辆通过。

下午2时，车队又停了下来，这次是给集装箱加固。潜水器的备品备件装满了一整个集装箱，同样不能有任何闪失。第二天下午6时左右，车队进入了福州境内。横在空中的一根电线拦住了去路，护送人员拿出专门准备的绝缘长杆，把电线挑过集装箱顶，让大卡车小心翼翼地钻过去。

终于，车队稳稳地进入了福州马尾造船厂。这一路，从无锡出发，跨越了苏、浙、闽3个省份的15座城市。最终潜水器被顺利吊装到了全新的载人深潜科考母船"探索二号"上。

2020年6月28日，母船"探索二号"搭载着"奋斗者"号载人潜水器，缓缓驶进三亚崖州湾科技城南山港，在赫然写着"立足三亚、探索奋斗、挺进深海"的背景牌下，停泊在码头上，人员进入深海所休整。三亚的6月已是盛夏，热带的阳光火辣、炽烈。在甲板上工作，不一会儿就汗流浃背。机械绞盘尖锐刺耳的声音穿透了海鸥的尖叫声和船只马达的轰鸣声，在平静的海面上回荡。

正是旅游旺季，前几年这时候白帆成群，冲浪者更是勇立潮头，在奔腾的浪涛里勇敢地冲锋。但因为疫情，加上暑期未到，海面上的帆船稀稀落落，冲浪者不多，不过气氛是祥和欢快的。

中国人比较有自制力，大部分人都闭门不出了，即使出来都佩戴着口罩。"奋斗者"号的海试人员，个个也都把口罩戴得严严实实，母船、车队的消毒一丝不苟。

疫情在叶聪的家乡湖北肆虐时，重任在肩的叶聪很替父母和亲友担心。父亲在电话中说："你别替我们操心，做好你的事情，别分心，我们好好的，不出门就是了嘛！"

仅几个月，中国发挥制度优势，采取一系列有力的措施，成功把疫情控制住了。"奋斗者"号载人潜水器的研制并没有因为疫情而停摆，整个团队是在疫情和攻关的双重压力下取得进展的。

没有什么能够阻挡他们负重前行的步伐。

南方热带植物葱郁蓬勃，芭蕉、红树林、椰林遍布海岸；椰子树总是那么玉树临风，优雅伟岸。不仅是浓绿——南国最丰满、最鲜活的生命色调，而且间夹着花卉的斑斓，整个港湾被花木笼罩得严严实实。大海风烟俱净，天水共色，海面时而平静时而汹涌。波光帆影里,"奋斗者"号开始了海试征程。几十艘船只集中在浩阔的海面上,船后水下推进器的螺旋桨片不住翻搅,打破了大海的宁静。几艘海警船在海面上巡航,拖着长长的、许久不能平息下来的水迹。热闹的背后,有一种庄重的气氛。

精干得力的海试团队由科技部 21 世纪议程管理中心海洋专项组、全海深潜水器技术专家组和相关合作单位的科研院所人员组成。项目专家组组长、深海所所长丁抗领队,深海所首席顾问刘心成为母船之一"探索一号"的领队和现场验收专家,七〇二所副所长、总设计师叶聪为海试总指挥,张伟、叶延英等人担任主驾驶。叶延英是专职潜航员,张伟是七〇二所的电气工程师兼潜航员。

整个海试和"蛟龙"号、"深海勇士"号的海试一样,逐步递进,检测各个系统、各项设备、布放回收程序、操作规程和意外应急措施。这是预演。最终的目标是冲刺太平洋的马里亚纳海沟。

是的,"因为它在那里"。

在世人的瞩目下,"蛟龙"号在马里亚纳海沟下潜到 7 000 米,与最深处相差 4 000 米左右。"蛟龙"号无法逾越 7 000 米底线继续下潜,这才有了"奋斗者"号万米载人潜水器。"奋斗者"号是由中国自主建造的,它和 4 500 米的"深海勇士"号的主要部件都是国产的,只有水密插头等少数零部件需要进口,而这些零部件大都可以从国际市场购买到,不存在"卡脖子"的问题。这是让中国深潜事业的探索者、开拓者引以为傲的。

"奋斗者"这个名字是后来取的,中央电视台专门发布了一个征名活动,征求这台万米载人潜水器的命名方案。观众踊跃响应,取了各种名字,突出了各种不同的含义。这也从一个侧面反映出国人对深潜的关注。最后有关部门从几百个名字中选取了"奋斗者"

这个名字。

这是一个很响亮的名字，"奋斗"二字含义深刻。

"路曼曼其修远兮，吾将上下而求索。"——《离骚》。

"天行健，君子以自强不息。"——《周易》。

"石可破也，而不可夺坚；丹可磨也，而不可夺赤。"——《吕氏春秋》。

这些引言都说明了"奋斗"的内涵。奋斗，不仅仅是指深潜精神，更是指为中华民族伟大复兴而努力的一种境界和进取精神。

万米载人潜水器经过全方位检测和严格标准验收还不够，还需要经过海试，才能证明其品质和作业功能。万米载人潜水器只有在马里亚纳的万米海底坐底成功，通过这个地球上最深深渊的考验，才能向全世界宣布：中国"奋斗者"号载人潜水器研制正式成功。

马里亚纳海沟位于菲律宾东北、马里亚纳群岛附近的太平洋底，北起硫黄列岛、西南至雅浦岛附近，是一条洋底弧形洼地，长度约为2 550千米，平均宽度为69千米，最深处被称为"挑战者深渊"。马里亚纳海沟南北两面都有海沟，北部有阿留申、千岛、小笠原等海沟，南部有新不列颠和新赫布里底等海沟。马里亚纳海沟是板块俯冲地带，海底地质运动非常活跃，海山火山岩的物质组成及成因等是海洋地质科学家感兴趣的问题。这条海沟，一般认为是由海洋板块与大陆板块相互碰撞形成的。因海洋板块岩石密度大，位置低，俯冲中插入大陆板块之下，板块进入地幔后逐渐熔化并消失。发生碰撞的地方形成海沟，靠近大陆的一侧形成岛弧、弧后盆地和海岸山脉。这些地方都是地质活动强烈的区域，常出现火山爆发和地震。

南极和北极被视为地球两端的第一、第二极地，珠穆朗玛峰被视为最高极地——第三极地，马里亚纳海沟被视为最深极地——第四极地。

马里亚纳海沟还一直在疯狂吸水。科学家的估算结果显示，马里亚纳海沟大约每年会吞下 30 亿吨的海水。近 100 万年，则有近 3 000 万亿吨海水被吞没。而据估计，马里亚纳海沟已经形成了有 6 000 万年之久。这就是为什么后来有说法称，日本列岛可能会沉入马里亚纳海沟。

即便马里亚纳海沟等 30 多条海沟一直在吞噬海水，全球的海平面也没有因此下降。这是因为被吞下的海水并没有流入地心，而是通过火山喷发、降雨等一系列循环再次回到地面。而全球气候变暖，又促使地表冰川融化加速，海平面被迫抬升，将来可能有更多的城市因此而迁移。

1951 年英国"挑战者二号"测量船来此考察，以回波定位方式测得马里亚纳海沟的深度为 10 900 米，后来又有美国、日本等国的深海科学家，通过载人和无人潜水器，不断将测量值调整为 11 000 米左右。

这里是一个沉重幽暗、冰冷孤寂、永无天日的世界，而且地形复杂，压力巨大，环境条件极其特殊、恶劣。有史以来，只有寥寥几次人类抵达的记录。1960 年，美国曾有两人乘坐"的里雅斯特"号潜水器下潜至此地；2012 年，《泰坦尼克号》电影导演卡梅隆驾驶单人潜水器"深海挑战者"号探底深渊；2019 年，美国探险家维斯科沃及同伴乘"深潜限制因子"号抵达。不过严格来讲，他们多以探险为目的，一人或两人下潜，短暂停留便紧急上浮。

而"奋斗者"号是作业型、科考型的，可以搭载3人潜入万米海底，能够自主巡航，进行生物、矿物、地理、地质等方向的科学考察。"奋斗者"号空间大、停留时间长、乘员多，研制难度远远超过以前"到此一游"的深海潜水器。那些深海潜水器的品质和作用当然不能否定，它们毕竟是马里亚纳海沟的最早探访者和领路人。它们功不可没，正是它们的开拓，给后来者带来了启示和底气。

按照计划，这次海试的安排以"双船双潜"为特征。"双船"指为"奋斗者"号深潜服务的两艘母船——"探索一号"和"探索二号"。"双潜"指两台潜水器：一个是主角"奋斗者"号，另一个则是它的"摄影师"——深海视频着陆器"沧海"号。

2020年10月10日上午，海南岛最南端——古人称之为"天涯海角"——今天却是中国制造的万米载人潜水器向令人敬畏的马里亚纳海沟出发的起点。

已经是秋天了，这里仍然像夏天那样热得轰轰烈烈，高大植物宽大的叶片在风轻云淡中几乎静止不动。海洋潮涨潮落，壮阔无际，气势恢宏。海试团队来自四面八方，他们多次来过这里，已习惯了三亚酷热难耐的高温天气。

今天是个好日子，天气热而不闷，海风带来了一股股清气，阳光灿烂温暖，海面风平浪静，海鸥的叫声清越响亮。叶聪喜欢看海鸥，喜欢看傍晚时分巨大火红的落日慢慢在地平线下沉，喜欢看海鸥在晚霞的血红背景中剪影般地飞来飞去。

七○二所旁的太湖上也有成群成片的湖鸟，它们比海鸥小得多，灵巧又活跃。白色的身影，在浩瀚的水天之间飞翔，声声叫唤，尖细而清脆。望着这些海鸥，叶聪就会想起太湖上的湖鸟，感到很亲切。无锡已经是他的第二故乡了，这座城市气候宜人，他已爱上这座充满水和温情的城市。

三亚南山港码头显得庄重、热闹。简短的起航仪式之后，"探索一号"和"探索二号"向大海深处航行。"探索一号"搭载"奋斗者"号载人潜水器前往马里亚纳海沟海域，而"探索二号"则先在南海科考，而后搭载"沧海"号前去与"奋斗者"号会合。

别看天气晴朗，这个时节正是台风多发之时。一旦台风袭来，海洋瞬间变脸，急湍甚箭，猛浪若奔，大雨瓢泼，海况一下子变得十分恶劣。出发后不久，艳阳天马上就风雨如晦。"探索一号"沿着航路在波峰浪谷中艰难地行驶着。

海试团队在船上召开了动员誓师会。海试总领队、现场验收专家组组长丁抗说："这次的任务大家很清楚，有没有想过中国有14亿人口，为什么是我们60个人来做呢？我们真的比别人强吗？这个航次的人员安排，直到今天中午都还在变动之中，但现在已经尘埃落定，就是我们在座的60个人来完成中国万米载人深潜任务，所以希望每个人做好自己岗位上的工作。就像我们'刘司令'多次讲过的，要做到'只有岗位，没有单位'，'我的岗位无差错，我的工作请放心'。只有每个人都如此，才能确保任务的顺利进行，达到最后的成功。"

大家静静地听着，心情都不平静。海试是很艰苦的，要付出体力、承受压力、忍受孤寂。船上的日子不像家里那样安适。台风、海风、热浪交替发作，让人忍受不了。几个月看到的都是漫无边际的大海，没有一点诗意，没有一点人世间的烟火气。如果是晴天，仰头可以见到群星闪耀的辽阔天宇，天气不好时则是一片浓黑色。在船的颠簸中，海浪拍打船头时节奏分明的重击声无休无止，如急流激石，轰轰作响。站在甲板上，一个浪头扑来，溅起的水花就会湿了衣服。

上了船要鼓起勇气熬。不少人晕船，吐得胆汁都出来了。舱室狭小，压抑感强，闷得气都透不过来。但大家依然争着要来，因为这是一件很光荣的事情，这是一个会被人记住的英雄团队，具备创造历史的情怀和追求。60人各有分工，共同的目标都是为了成功征服那个深渊。

海试总指挥叶聪说："小别两个月，我们再一次踏上万米级载人深潜海试的征程。接下来的40天内，在'挑战者深渊'方圆100千米范围的海域，我们将从浅到深、稳步推进潜水器的海上试验，以及与其他装备的联合试验。在充分确认潜水器的状态和能力后，'奋斗者'号会向万米发起冲击，争取在地球海洋的最深点留下中国奋斗者的足迹。只要我们坚持严谨求实、团结协作、拼搏奉献、勇攀高峰的中国载人深潜精神，我相信胜利一定会属于我们这个英雄的集体。"

60人组成的海试团队是庞大的，也是复杂的：身体状况不同，心理承受能力各异。最后，母船"探索一号"的领队刘心成说："今年是庚子年，我们国家遭遇了突如其来的新冠肺炎疫情，但在党中央的坚强领导下，大家众志成城，初战告捷。这充分说明了团结一致办大事的制度优越性，我们'奋斗者'号也是同样。这次海试，潜水器将经受渊底极限压力的严酷挑战；队员的生理和心理将面临严峻考验。但我们有数百次下潜实践，有不断完善的作业规范制度，有现场指挥部和临时党委的坚强领导，更有全体队员为祖国载人深潜事业拼搏奉献的豪迈气概，一切困难都挡不住我们。再过3个月就是2021年，让我们大家奋力拼搏，探秘深渊，创造让世界刮目相看的奇迹，向建党百年献上一份厚礼！"

"探索一号"的排水量为6 250吨，"探索二号"的排水量是6 832.6吨。这两艘母船都是由海洋工程船改装的，内舱后来也进行了装修装饰，增加了一些文化元素。其中"探索一号"的文化主题是海洋科考，几乎每个舱室的门口都挂着一幅人类历史上著名科考船的照片。"探索二号"的主题是中国船政文化。

经过10天左右的行驶，2020年10月21日，"探索一号"科考船搭载着"奋斗者"号潜水器到达马里亚纳海沟海域，当天便进行了适应性下潜，此后5天内连续进行了5次大深度下潜，从5 454米一直到9 163米，均获得圆满成功。

10月27日，"奋斗者"号将按计划首次冲击万米大关：总指挥叶聪亲自带领，主驾驶叶延英和声学设计师刘烨瑶参与执行。这不仅是一个深度从4位数到5位数的变化，而且是中国人直抵地球最深海底的极限挑战。

叶聪已经下潜过几十次，他的表情很淡定，但内心深处还是隐隐有些紧张。历史给了他一个机会。他看过这个深渊的资料，现在有机会到深渊的底部一睹其庐山真面目。母船上所有的人都在注视着这一刻，他们在这一刻充满了激情，甚至显得亢奋。

60人都屏住了呼吸，整个国家和民族都把目光投向这一片海域，注视着这个地球上最深的深渊，期待着中国潜水器在那里游弋。

叶聪等坐进了"奋斗者"号的球舱，他们笑着向大家挥挥手。丁抗发出了指令。

"各就各位，准备下潜！"

"明白，潜水人员已就位！"潜航员回答。

"报告指挥部，船舶准备完毕，距离布放点6米！"

"报告指挥部，水面支持系统准备完毕！"

随着一系列口令的下达及反馈，载人潜水器球舱的舱门关闭。载着"奋斗者"号的轨道车开始移动，技术人员拆除限位销、挂主缆、起吊、挂龙头缆，将"奋斗者"号吊放入海，预先等候在一艘橡皮艇上的"蛙人"登上潜水器顶部，解开主缆和副缆。潜水器逐渐漂离母船，自由漂浮在海面上，整个过程中潜水器摇晃得很厉害，潜航员在舱内进行水面检查，确认各设备的状态。

"一号、一号！'奋斗者'号一切正常，水声通信已建立，请示下潜！"

"一号明白！同意下潜！"

进入海底世界的大门敞开着。

现场指挥部一声令下，漂浮在海面的潜水器打开了压载水箱的注水阀门，注水加重。瞬间"奋斗者"号便在重力作用下，如游鱼一般潜入水下。主驾驶叶延英坐在中间，他是深海所潜航员团队的队长，多次下海，经验丰富，胆大心细。叶聪和刘烨瑶分坐两边注视着观察窗和各项设备。潜水器以每秒1米的速度下潜，和住宅电梯的速度差不多。为了节约宝贵的电池电力，载人潜水器都是采用这种无动力自主下潜的方式下沉的。

开始有些晃动，过了50米，潜水器就不再摇摆了。这里是浅海，阳光普照。几百米深度内，海洋里的生命和陆地上的生命非常相似，只不过在数量上拥有绝对优势。光合作用带是海洋中唯一拥有足够光线、可以维持光合作用的区域。虽然它占全部海洋的2%，却是已知的90%的生命的家园。鱼类、哺乳类、甲壳类等生物，在这个区域彰显着旺盛的生命力。

大约3分钟后,"奋斗者"号越过表层的光合作用带进入了中层的暮色带,光线从蓝色慢慢变暗,光合作用已达不到这个深度,海洋植物消失了,但海洋动物很多。由于没有开灯,一般看不清楚海洋生物的种类,但在微光超高清相机里能看到一些发光的浮游生物在游动。海洋万种灿烂,万物都忠于自己的灵魂。发光生物用自身的光,来彰显自己的灵魂和生命。

暮色带处在光合作用带和深层带之间,所以又称中层带。1841年,英国自然学家福布斯想从深海里采集样本。他从地中海航行到爱琴海,但都一无所获,没有找到一个贝壳、一株植物、一条鱼,或是任何生命的迹象。福布斯宣称,他到达的550米左右深度的深海,是一片幽暗的荒漠,他把这一深度区域命名为无生物层。他的结论延续了20多年,没有人提出异议。

到了19世纪60年代,一位持反对意见的挪威科学家萨尔斯决定检验福布斯的研究。他驾船来到了挪威海的中部,将网和桶投到了200多米的深海中,然后把它们拉出水面。他一次又一次地重复着,之后发现,所谓的"无生物层",其实充满了生命。几年时间里,萨尔斯在这片幽冥水域里找到了超过400个动物种类,其中有一部分发现于3 000米海深的地方。最令人震惊的发现是海百合。这是一种花朵形状的动物,身上有一根植物茎秆一样的长柄,上端生长着一簇花冠般的羽毛状触手。科学家们相信,这种动物曾经兴盛于1亿年前的恐龙时代。

长时间以来,人们都认为海百合已经灭绝了,然而现在它就在这里,在萨尔斯船上的木桶里,显然,它们在水下3 000米深的地方繁茂地生长着。萨尔斯断定,深海中不仅存在着大量的生命形式，而且和我们地球的远古时代紧密相连。我们下潜得越深，就可以在时光中回溯得越久。当陆地上的动植物处于持续的动荡之中，被极端天气摧毁，遭遇人类的捕杀，大量灭绝或濒临灭绝时，似乎没有什么能打扰深海的平静。

每个白天都迎来同样黯淡微弱的蓝光，每个夜晚都是同样的、墨汁一般的漆黑，这里是一座活的博物馆。

萨尔斯发现海百合后的10年间，海洋科学家不仅证实了他的发现，而且在深海中找到了4700个新物种。他们还对海底进行了声波扫描，绘制出海底地貌图。那里的丰富多彩可以和陆地上任何一处相媲美，有开阔的平原、丘陵，有数千米深的峡谷和海沟。但当时还没有发现马里亚纳海沟。

叶聪在3000米、5000米至7000米的海底目睹了如此壮观的地貌和无数没有见过的海洋生物。跟随他一起深潜的海洋生物学家常常会因窗外的生命而情不自禁地发出感叹。但他们没有发现传说中的史前动物。

叶聪听说海洋深处的鲸鱼会发出类似歌声的声音——如今人们称之为"鲸歌"。起码在人类还热衷于捕猎鲸鱼的19世纪，猎鲸人在日志中就以"歌手"来指代海鲸了。1967年，生物学家佩恩和博物学家斯科特·麦克维共同发现，座头鲸会发出复杂、重复、类似于歌声的声音，这一发现完全改变了人类对鲸的认知，也让鲸歌以一种奇异的方式进入人类的流行文化之中。大感震撼的佩恩将座头鲸的鲸歌描述为"充满活力的、不间断的声音之河"。每一首鲸歌大约会持续6至30分钟，并由整群的雄性座头鲸演唱。座头鲸的歌声还与人类的种种声音一起进入了太空。

在美国天文学家卡尔·萨根的倡导下，1977年8月和9月发射的旅行者一号航天器和旅行者二号航天器分别携带了一张铜质镀金、铝盒包装的唱片，里面收录和展示了地球上的种种声音和图像，其中包括佩恩在百慕大录制的座头鲸的歌声。人类期待或许外星的智慧生命会收到这张唱片，并且破译其中的内容。对于外星智慧生命来说，或许鲸歌比人类的语言更加易懂。

水比空气更适合传播声音。一头成年鲸的歌声能够传播上千千米。身在海洋，在一片蓝色的混沌之中，听到这样的声音传来，不止耳膜，全身都会随之震颤起来。

叶聪并不是生物学家，但随着深潜次数的增多，他对生物学和地质学乃至生命学也有了兴趣，或者说，他对海底世界的各种景观，包括动物、植物和矿物都有了兴趣。他坚信鱼类有自己的语言，坚信鲸类唱歌不是无稽之谈。鲸鱼出没的地方应该在光合作用带和暮色带，几千米的深海从理论上来说是不适合鲸类这样的超大型动物生存的。叶聪没有听到过鲸歌，但他在深海听到过一些无法形容的声音。所以他相信鲸会歌唱，海洋生物的生命状态比人类想象的要更加丰富。

深度在不断增加，潜航员准备迎接深海的拥抱。叶聪睁大眼睛，观察着窗外的景象。一颗颗"流星"从窗外一闪而过，那是各种发光生物在发出荧光，它们在昏暗漆黑的深海创造了一个斑斓的世界。

随着下潜深度的不断增加，周围海水的温度在逐渐下降，到4 000米时降到最低点2摄氏度左右。舱内的温度还能维持在17摄氏度左右，工作服外加一件棉坎肩就可以保暖。在哪里触底，并不是潜航员或科学家随意决定的。海底有峭壁，有热泉，有冷泉，有山脉，人们对那里了解得太少，为了避免危险，需要由仪器来确定触底地点。

　　3个小时之后,多普勒测速仪、避碰声呐先后显示距海底的高度为130米左右。叶延英开始抛弃下潜压载物,叶聪紧盯着仪表盘,刘烨瑶通过水声通信设备向母船汇报:"'奋斗者'号已突破万米深度,目前已抛载马里亚纳海沟,我们准备触底了。"

　　"太好了!祝贺你们,祝贺我们的深潜事业!请密切关注潜水器状态,保证各方面的安全!"母船上传来了欣喜的声音。

　　海流强劲,潜水器速度减缓,海底越来越近了。10米、7米、5米,在照明灯光下,马里亚纳海沟的底部清晰地呈现在3位中国人的眼前。作为总设计师的叶聪十分兴奋,但他没有表露出来。他原以为马里亚纳海沟是个很宽阔的地方,海底会是一大片厚厚的、单调的沉积物。马里亚纳海沟已形成了6 000多万年,是地壳运动的结果。海底的沉积物应该是几千万年沉淀下来的,软软的、泥泞的,像沼泽那样。叶聪叮嘱同伴调节潜水器的均衡性,贴近海底航行,做好相关的试验记录。万米海底深邃而静谧,叶聪做了几个深呼吸,尽力按捺住自己因激动而剧烈跳动的心,让自己在这个神秘的深海世界沉静下来。这个人类难以触及的地方,曾被认为是"生命禁区",但竟然存在着大量的生命,原核微生物物种极为丰富。这一发现不禁让科学家们致敬生命的顽强。

　　可是使叶聪失望的是,没有发现鲸鱼和海豚游动的痕迹,也没有听到它们的声响。或许大型动物在万米之下的海沟无法生存,或许可以生存,但它们不习惯或不喜欢在这样的深度生活。大海里还有几十条人类从未到过的海沟,也许那里有鲸类动物出没。一切皆有可能。

　　2012年,卡梅隆乘坐潜水器潜入马里亚纳海沟时,发现了一种短脚双眼钩虾。这种虾体长5厘米左右，整个虾身是漂白色的。据说还有巨型阿米巴虫，体长可超过10厘米，外观上看就像一条变形虫，是地球海洋中已知的最大的单细胞生物。此外还有大量若干种类的细菌、古菌、真菌、有孔虫、放射虫、刺胞动物、环节动物、棘皮动物、节肢动物等。它们有的以木屑类的东西如椰子壳为食，有的能适应重金属环境，生物学家在巨型阿米巴虫体内发现了极高含量的铅、铀和汞元素。

可见大自然是一位多么神奇的造物主。

深度10 058米，"奋斗者"号触底。眼前出现的景象完全超出了叶聪的意料。他感觉海底两侧的岩壁相距只有600米左右，岩壁非常陡峭，几乎直上直下，一眼望不到头，岩壁下散落着大大小小的石块。叶聪真想爬出球舱，用手摸一摸岩壁。马里亚纳海沟其实是个漏斗状的大峡谷，越往下越狭窄、陡峻。海床上的物质形态不像想象中的那么简单、单调。海床上有厚厚的沉积物，有矿物质，有许多看不清楚的东西。地形高低不平，生物的密度也远超出叶聪的估计。他不知道应该如何来解释他看到的东西。

他凝视着无比阴郁、无比深邃的深渊，这是一个充满生命力与神秘野性力量的渊底，狭窄又动人心魄，视觉上给人以巨大的冲击。深渊也凝视着他。正如尼采所说的："你凝视着深渊的时候，深渊也在凝视着你。"这个明亮的、漂亮的庞然大物，到底来自何方？到底来干什么？

就这样互相凝视着，这条人迹罕至的海沟，是一扇封闭得紧紧的门，隐藏着很多秘密。到过的人，只是匆匆地瞥上一眼。也许，它还是一个潘多拉的盒子，一旦打开，真的会看到传说中的史前动物。叶聪的心情很难描述，紧张、兴奋、恐惧、好奇，这些好像都有一点，不过兴奋和好奇要多一些。他站了起来，仿佛有种奇怪的眩晕感。他看到一堆粉白色的水母状生物溅起水泡，它们可能是新的超深渊区物种。

采样篮里放着一些鸡肉，几十只短脚双眼钩虾被吸引了过来。但它们似乎挺聪明的，不着急吃，而是先在周围转上几圈，好像是在进行侦察，直到感觉安全了才上去撕咬，相互之间也不抢食，很讲秩序。潜航员带上来了一些短脚双眼钩虾。它们是粉色的，散发着一种刺鼻的硫黄味。同时带上来的还有不少海参，个头有大有小。

海洋地质学家对海底热泉十分重视，在他们的影响下，叶聪和其他潜航员也对热泉很感兴趣。他们下潜后，最想去的地方就是热泉，因为那里是深海生物聚集的地方，也是最有生机的地方。这种地质结构相当于水下的间歇泉，喷射出来自地球内部的、浸润着岩浆的、富含化学物质的高温地下水。

热度足以熔化铅块（400摄氏度）的海水中不仅存在生命，而且数量众多。1977年前，人们相信所有的生命都依赖阳光，树木和其他植物都是光合作用的产物，即使深海生物也同样依赖上方太阳能制造的营养物质。但深海热泉的生物并不是这样的，它们处于一个全新的生态系统之中，依靠化学物质获取能量。

在五六千米的深海，尤其是热液喷口附近，活跃着极大的生物群体，生物个体数量最多且种类繁多。科学家们发现，热液喷口附近生活的生物，相比旁边未被加热水域生活的生物繁盛了10万倍。

这一切海洋生命从何而来呢？

没有人知道确切答案，但越来越多的证据表明，或许地球上的生命并不是起源于阳光照射的表层，而是起源于毫无尽头的、黑夜般的海底。那些沸腾的有毒海水孕育了化能合成生物。它们是生命的源泉。

事实上，想要找到热液喷口并不容易，喷口沿着板块运动构造的深海山脉散落分布。深海山脉在水下绵延不断，总长度达六七千千米，其中可能散布着无数的热液喷口，制造出令人神往的海底奇观。

这一天，潜航员没有发现热泉。随着一次次的深潜，潜航员也开始有了探索深海未知的愿望。知识是融会贯通的，他们感觉到自己与海洋，与海洋生物、矿物、地形联系得更为紧密了。

这一天，3位中国人留下了惊鸿一瞥。中国人终于首次到达万米海底。这仅仅是开始，今后中国人会是这个深渊的常客。

身处地球上最深的低谷，叶聪在巨大的寂静中听到了自己的心跳，面前像是在放映一场巨幅画面的默片。荒凉清寒中竟然有着生命的绽放，永恒的黑暗和亘古的沉寂竟然有着让人为之感动、为之心悸的活力，深渊极具力量感，同时也给人真正的宽慰。

看着那些没有被惊扰的生物，叶聪想，这何尝不是那种物我之间的两两相照呢？这里并不孤寒寂寥。对于这里的物种来说，这里是一个温暖的家园。摄像机记录下了海底的一切。像这样妙不可言的海沟，地球上还有几十条，很少有人去探索过，它们是地球最后的边疆。如今中国人造出了"奋斗者"号，可以来到这里，也可以去往此前从来没有人去过的其他海域的海底。类似经历哥伦布和麦哲伦曾经有过，这种感觉卡梅隆和阿姆斯特朗曾经体验过。跻身于这个行列，这是叶聪在哈尔滨工程大学上大学时，在担任7 000米"蛟龙"号主任设计师时不敢想象的，但居然这么快就实现了，一种自豪感和幸福感油然而生。"奋斗者"号在海底停留了6

个小时，进行了一系列深海考察活动，完成了深海下和地面上的通话，并且带回了4样"宝贝"——矿物、沉积物、深海生物和深海水样。

消息传到母船"探索一号"的指挥部里，正在屏幕前观看的队员们欢欣鼓舞，掌声、欢呼声在母船上经久不息，响彻云霄。这是一个值得庆贺的节日。上一次全船振臂欢呼是"蛟龙"号突破7 000米大关时，这一次大家的欢快、自豪和兴奋更甚当初。

经过多年的拼搏，中国深潜科技早已突飞猛进，大家对"奋斗者"号的成功海试信心十足。下潜到地球海洋的最深处，创造出新的历史纪录，每个人都充满了成就感、荣誉感。取得如此里程碑式的成绩，大家喜形于色，眼睛湿润了，多日来的疲惫一扫而光，个个容光焕发，热血沸腾。他们发现，这么多人为了同一个目标有幸聚在一起，是一件多么奇妙、多么美好的事情。

很长的时间里，人们对深海一无所知，即使是靠海吃海的渔民也只知道浅海里有鱼可捞。职业潜水员、自由潜水员、日本海女能潜入海下几十米，甚至上百米，接触这个层面的海洋生物。现代捕捞船的海底拖网使人们知道几十米、上百米深的区域有很多鱼类。而直到19世纪中期，科学家和渔民都还坚信深海是个死寂的、没有生命的、地狱般的幽暗世界。经过"蛟龙"号、"深海勇士"号、"奋斗者"号的接连海试，深海的一部分奥秘已经暴露在人们面前。大家对大海各个层面的各类生物和环境已经有所认识和了解：

　　海洋的平均深度达3 000多米。

海面：正常人经过一段时间的适应，可以下潜至10米至17米。此处为阳光照射区。有多种海洋动物出没，包括鲸鱼、海豚等大型动物，它们白天一般会浮游在海面。海洋植物茂盛，水藻等茁壮生长。

海平面以下40米：受过培训的潜水员可以下潜至此处。水压为4个大气压。此处为阳光照射区，海洋生物活跃非凡。

海平面以下100米：带鱼的活动水深能达到这个深度，带鱼静止时朝上，身体呈垂直状态。其他海洋生物繁密多样，风景诱人。

海平面以下200米：这里是上层的光合作用带和中层的暮色带之间的分界线。这里的阳光极其微弱、稀薄，无法支持光合作用，所以成了动物的领地。这里的动物依靠从表层落下的海雪为生。

海平面以下5188米：2011年"蛟龙"号下潜的最大深度，"蛟龙"号从此处带回了海泥和细菌。

海平面以下5449米：北冰洋最深的海盆南森海盆的最深处。

海平面以下6096米：开始进入超深渊区，水温极低，只有0摄氏度至1摄氏度，压力是海平面的数百倍。

海平面以下8200米：有小甲壳类动物，基本没有存活的鱼类，但有种半透明的、没有鳞片的狮子鱼在这里生存。

海平面以下8850米：珠穆朗玛峰整体倒插过来差不多能到达此处。

海平面以下9074米：印度洋最深的海沟阿米兰特海沟的最深处。

海平面以下9 218米：大西洋和加勒比海之间的波多黎各海沟的最深处。

海平面以下10 909米：马里亚纳海沟的最深处，也是地球海洋的最深处。

此后，"奋斗者"号于10月30日和11月2日至5日趁热打铁，再度下潜至万米之下的马里亚纳海沟。这几次海试，均获得了圆满的成果。11月10日，中央电视台全程直播了"奋斗者"号下潜马里亚纳海沟的实况，用一个个画面向世界宣布了"奋斗者"号征服地球第四级地获得成功，宣布了"奋斗者"号载人潜水器是中国自己设计、自己制造的容纳3人的作业型万米载人潜水器，它的成功意味着中国已成为一个名副其实的海洋强国，宣布了在海洋文明建设和开发中，中国已站在了世界的最前列。

"蛟龙"号7 000米下潜成功后，世界海洋研究界就纷纷猜测，中国不会止步于7 000米，中国人的雄心是马里亚纳海沟，在冷静节制的态度下面，隐藏着汹涌的热情。鉴于中国在冶金、浮力材料、水声通信等方面的技术短板，国外海洋界认定，没有国外科技设备的帮助，中国在几年中制造出作业型万米载人潜水器的可能性还不大，还要很长一段路要走。

中央电视台的直播使得举国欢腾、世人瞩目。国外海洋界深感震惊，他们没有想到，中国人在这么短的时间里，就独立自主地制造出了一台万米潜水器，而且能容纳3个人。很明显，这台潜水器是科考型的、作业型的。毋庸置疑，中国人超越了所有的对手，取得了惊人的成就。

在11月9日的准备会上，总领队丁抗、总指挥叶聪及各岗位负责人研究确定：11月10日，由电气设计师兼主驾驶张伟等3人执行下潜任务，并与中央电视台直播团队做好沟通协调。当日，天还没亮，各保障部门和电视直播团队便早早开始了行动。潜航员们洗漱完毕，带好个人物品，赶往准备大厅。

各部门为下潜而忙碌：打开卷帘门，接收定位信号，进行各项通电检查。

指挥部下达进舱指令后，潜航员进舱，进行通电检查，关闭舱口盖。潜水器移出机库，到达起吊点。随着A形架慢慢向船尾摆出，潜水器被下放至海面，蓝色的海水迅速漫过了载人球舱的观察窗。

早已等候在橡皮艇上的"蛙人"冲上来将主缆和副缆解除，此时潜水器完全脱离母船。潜航员开始进行水面检查，建立水声通信，确认各设备运转正常，可以注水下潜。

主持人劳春燕坐镇中央电视台演播室，记者丛威娜在现场进行解说。

劳春燕满面笑容地说："中国万米载人潜水器'奋斗者'号能否抵达海洋最深处的马里亚纳海沟'挑战者深渊'，我们将共同期待这精彩一幕在深海舞台上演。今天早上北京时间4时50分左右，中国首台万米载人潜水器布放至马里亚纳海沟海域，向万米海深冲击；早上7时42分，'奋斗者'号突破了万米海深，早上8时12分左右，'奋斗者'号成功坐底。接下来，我们通过一个短片，一起来回顾一下刚才的精彩画面。"

镜头从北京的演播室转到了母船"探索一号"的甲板、驾驶舱、指挥台，以及海水中的"奋斗者"号和载人球舱里的潜航员。

现场记者丛威娜头戴蓝色安全帽，身穿紫红色救生衣，站在甲板上简要介绍了"奋斗者"号从准备下潜到实施下潜的细节。收看者甚多，包括叶聪的父母、妻子、女儿，他们虽然已收到海试成功的喜讯，但仍在如痴如醉地观看重播画面。他们眼睛明亮有神，脸上挂着笑，透出喜悦和欣慰。

七〇二所也组织大家收看了直播，大家看到了科技部深海重点科技专项总体专家组组长、著名深海科学家、海试团队总领队丁抗，母船"探索一号"领队、现场验收专家组成员刘心成，中国船舶重工集团公司首席专家、"奋斗者"号副总设计师胡震，七〇二所水下工程研究开发部主任、海试指挥部临时党委副书记杨申申，声学所研究员、"奋斗者"号水声通信设计师杨波、刘烨瑶等，还有一位胸前印着五星红旗、手拿对讲机的指挥者，他就是"蛟龙"号的主任设计师和首席潜航员、"奋斗者"号总设计师和海试现场总指挥叶聪。叶聪忙得不可开交，但依然精力充沛、满面笑容。

他对着镜头挥了挥手，方正的脸庞显出沉稳和刚强。经过几十天海风的吹刮、烈日的暴晒，他明显黑了、瘦了。

父亲叶大鹏对妻子说："儿子成熟了，用不着我们操心了。"

叶母心疼地自言自语道："你看，儿子又黑又瘦，胡子拉碴的，快成一条黑鱼了。"

叶大鹏笑着说："黑是肯定的，但不瘦，还是胖乎乎的，像胖头鱼。"

整个海试结果十分理想，但也出了一点问题：潜到 8 850 米左右，忽然听到了"砰"的一声闷响，这是从未有过的声音，令人心惊胆战，3 位潜航员面面相觑。张伟连忙把舱内的设备检查了一遍，没有发现异常，心里这才放松一些。

按说应该马上返航，可那样一来这次海试就半途而废了。下潜一次很不容易，岂能就此罢休！张伟与另外两人商量后决定继续下潜：听叶聪说过，"蛟龙"号海试时，也出现过类似声响，查下来并非大事，现在指标显示没有异常，看来没有大问题。

2020年11月10日8时12分，由张伟主驾驶的中国"奋斗者"号载人潜水器在马里亚纳海沟再次坐底，并测定深度为10 909米。

这个潜次顺利结束，潜航员和潜水器回到母船后，科研人员对潜水器进行了全面检查，查找异响来源。结果发现尾部一块通过螺栓拧在框架上的浮力材料，其连接处由于高水压作用出现了一条小裂纹。在静寂的海底，破裂的声音传到舱内，显得很大声。通过严格的评估判定，出现裂纹的浮力材料并没有带来致命伤，也没有留下后遗症，修复之后毫不影响后续的海试。

海试以后，叶聪如释重负。但作为"奋斗者"号总设计师，叶聪既有喜悦，也有一点小小的空落。"我们原来是在白天追赶人家，我可以很清楚地看到他们的样子，但'奋斗者'号海试成功之后，我感觉自己好像走进了黑夜，因为追赶的目标已经看不到了。"

在奋斗的道路上，有一个追赶的目标，可以激励我们盯着那个目标奋力赶上。追上甚至超过那个目标时，前面就是空荡荡的了。从追赶者变成领跑者，突然会感到有些不适应了。

中央广播电视总台中国之声的新闻节目《新闻纵横》于2021年2月15日发布了对叶聪进行的采访。叶聪在采访中讲述了"奋斗者"号海试的情况、心态，以及所见所闻。他还说，目标在远方。远方是个什么概念呢？远方是远大而又明晰的目标。远方是要创造海洋文明新的奇迹。

这篇报道能帮助我们进一步了解这位"载人深潜英雄"的内心世界和他乐观爽快的性格，其中叶聪还谈到在第二故乡过年的感受：

2020年对于中国人来说，极不平凡。说到科技强国，过去一年我们的成绩单可以说是"牛气冲天"：仰望苍穹，我们跟着嫦娥五号上九天揽月；俯瞰深渊，我们随着"奋斗者"号下五洋捉鳖。这些"上天入海"的大国重器，创造了中国一个又一个自主创新的奇迹。

去年，"奋斗者"号抵达了全球海洋的最深处——马里亚纳海沟。万米的海底究竟是什么样子的？这个春节，"奋斗者"号万米载人潜水器的总设计师叶聪又在忙些什么？

年关的脚步近了，无锡梅园的梅花正值盛放期，家家户户包馄饨、蒸年糕、酿米酒，江南的年味儿氤氲在湿漉漉的空气中，弥漫在清冽的花香酒香里。

中国船舶科学研究中心七〇二所依偎着太湖的一角——蠡湖，传说是范蠡和西施捕鱼的一个小湖，这里的一片烟水带有浪漫的色彩。41岁的叶聪本不是无锡人，老家在武汉。自2001年从哈尔滨工程大学毕业后来到这里工作，到如今成为"奋斗者"号载人潜水器的总设计师，叶聪已经在无锡驻足了近20年。

他说："无锡很注重节气，每个节气在饮食方面有些特别的地方，确实是鱼米之乡，每个季节从小龙虾到大闸蟹，还有一些时令水果，确实很丰富。"

传统年俗总是承载着一方人最朴素的情感。说起去年，以无锡这座城市为起点，叶聪带领团队成功驶向了马里亚纳海沟万米海底，像是应了每逢新年时无锡百姓许下的"好事"和"平安"。

这些年，一路伴随着中国载人深潜发展的叶聪没少接受媒体的采访。大到展望载人深潜的未来，小到给孩子们科普深海知识，叶聪的回答总是严谨而平静："昨天有个活动，有个记者采访我，他希望我说一些曲折、坎坷、困难，我说我们好像没有这样的。我们现在基本上都是'高手过招，心如止水'的那种心态。"

受疫情的影响，叶聪的2020年确实是可以用"高手过招，心如止水"来形容的一年。"去年年初的时候，实际上我们的总装进入了一个非常紧张的时间。因为有疫情的影响，国家允许在原有任务书的要求下推迟半年完成。但是对于我们来讲，海洋有很多因素，比如出海的时间窗口、船舶的安排，推迟半年相当于要重新调配很多支撑条件。"

而"高手"之所以"过招"时"心如止水"，是因为胸中有丘壑，一招一式都自有节奏。叶聪说："在不同的阶段用不同的策略来应对，把风险都控制在出海之前，保证每一次下潜都安全有效，每一步都要卡在这个点上。作为总设计师来讲，这是我今年最大的收获，也是自己修炼的一个过程。"

一张一弛的节奏感，在采访过程中也格外明显。聊到太平洋上的"航海"生活，甲板上丰盛的火锅、烧烤和本次出海任务长出的4斤肉，叶聪的节奏松弛了下来。他说："海试时候我胖了好几斤。我们在船上包了3次饺子，吃了3次火锅，还做了一次后甲板的烧烤……关键的是试验比较顺利，可能心理压力要小一些，吃饭香，睡觉也香，所以就会长胖。"

2020年11月10日清晨，"奋斗者"号首次探底全球海洋最深处——马里亚纳海沟"挑战者深渊"，创造了我国载人深潜新纪录。万米海底是什么样的？叶聪觉得"妙不可言"这个词用得非常贴切。

"太奇妙了！海沟东面和西面给人的感受不一样。我们开玩笑地说，如果你在超过八九千米的深海能够看到鱼，就是重大发现。"叶聪说，"我们在长期的深潜作业中，形成了一个相当'职业'的回应。科学的事情我们可能要等科学家来说，我们说的是'妙不可言'，感觉很妙，但是表达不出来。"

工作的第二年，"蛟龙"号正式立项，第三年，被任命为"蛟龙"号总布置主任设计师，并成为首席潜航员；随后又攻关"深海勇士"号的研制，领衔"奋斗者"号成功海试，叶聪的每一次尝试，在突破自我的同时，也一步步刷新中国载人深潜的纪录。他说："我确确实实也是一个很幸运的人，是一个喜欢跑上跑下、问东问西的这样一个年轻人，然后一步步往前走，看着这个光亮越来越大。这要归结于国家重视海洋这样一个时代背景，有的时候你的选择跟整个历史的背景可能就契合了。"

叶聪非常喜欢"奋斗者"这个代号，他把这个"斗"字突出出来，作了这样的解释："去年在跟技术问题斗争，在跟疫情斗争，最后我们在'海斗深渊'这样的一个环境实现了下潜。2021年我们正在策划5年甚至15年的一些计划。希望'奋斗者'号还能去其他深渊环境开展相关的考察工作，能够得到更多宝贵的科学数据和样品。"

> 目标总是在更远的远方、更深的深渊。

2020年11月28日,"奋斗者"号全海深载人潜水器成功完成万米海试并胜利返航。中共中央总书记、国家主席、中央军委主席习近平发来贺信(据新华社北京2020年11月28日电)。

贺信全文如下:

值此"奋斗者"号全海深载人潜水器成功完成万米海试并胜利返航之际,谨向你们致以热烈的祝贺!向所有致力于深海装备研发、深渊科学研究的科研工作者致以诚挚的问候!

"奋斗者"号研制及海试的成功,标志着我国具有了进入世界海洋最深处开展科学探索和研究的能力,体现了我国在海洋高技术领域的综合实力。从"蛟龙"号、"深海勇士"号到今天的"奋斗者"号,你们以严谨科学的态度和自立自强的勇气,践行"严谨求实、团结协作、拼搏奉献、勇攀高峰"的中国载人深潜精神,为科技创新树立了典范。希望你们继续弘扬科学精神,勇攀深海科技高峰,为加快建设海洋强国、为实现中华民族伟大复兴的中国梦而努力奋斗,为人类认识、保护、开发海洋不断作出新的更大贡献!

习近平
2020年11月28日

在11月28日举行的"奋斗者"号海试返航欢迎活动上,中共中央政治局委员、国务院副总理刘鹤以视频连线形式宣读了习近平总书记的贺信并讲话。他表示，习近平总书记的贺信充分体现了党中央对科技创新和海洋强国建设的高度重视，为做好深海科技工作指明了方向、提出了要求，要深入学习领会，坚决贯彻落实。"奋斗者"号在研制过程中充分调动和统筹各方科研力量，成功突破多项关键技术，是我国深海科技探索道路上的重要里程碑。要认真总结成功经验，大力弘扬中国载人深潜精神，强化产学研协同创新，加快科研成果应用转化，推动更多核心技术突破和可持续迭代。

2020年12月16日，完成马里亚纳海沟海试后的"奋斗者"号，在三亚进行了全面技术状态检查。无损检测结果表明：潜水器在经过8次万米深潜之后，载人舱、载体框架等核心部件各项指标均合格，结构安全性达到了设计要求。

2020年12月18日，"奋斗者"号获得中国船级社颁布的万米潜水器入级证书，这标志着我国第一台具有自主知识产权的全海深载人潜水器"奋斗者"号满足交付运营要求。

2020年12月29日，在新年钟声即将敲响之际，"奋斗者"号全海深载人潜水器正式交付。

2020年12月31日，国家主席习近平通过中央广播电视总台和互联网，发表了2021年新年贺词。贺词中提到，"天问一号""嫦娥五号""奋斗者"号等科学探测实现重大突破。

2021年2月27日，科技部高技术研究发展中心（基础研究管理中心）发布了2020年度中国科学十大进展，"奋斗者"号创造中国载人深潜新纪录入选。

2021年10月8日，"奋斗者"号载人潜水器顺利完成首次常规科考应用航次，抵达三亚锚地。8月11日至10月8日，"探索一号"搭载"奋斗者"号载人潜水器，赴西太平洋海域执行深渊科考任务，历时59天，开展了"奋斗者"号载人潜水器首次常规科考应用，并进行了深海仪器装备的万米海试。

2021年10月21日，在北京展览馆"十三五"科技创新成就展展览现场，"奋斗者"号等大国重器精彩亮相。屹立展馆外场的"蛟龙"号、"深海勇士"号、"奋斗者"号3台实尺度潜水器模型，吸引了大量观众驻足参观。

2021年11月刚参加完江苏省党代会归来的叶聪西装革履、神采奕奕地接受了无锡电视台的采访。他表示，载人深潜"三兄弟"这一年来很忙："蛟龙"号完成升级，目前正在西太平洋开展下潜调查；"深海勇士"号参加了印尼失事潜艇的人道主义救助探测工作，取得了很好的国际反响；"奋斗者"号在马里亚纳海沟正式投入常规科考应用。这意味着人类探索深渊成为一项常规的科考活动。

叶聪说："我们可以在以前的无人区——万米深渊获得大量的样品，将来可能有很多的科学发现。3台潜水器现在都投入了应用，更大力度地推进建立了深潜技术自主可控产业体系。我们科研团队也将开发新的载人潜水器，服务新场景、融入新过程，让我国载人深潜'更上一层楼'。"

2022年5月8日叶聪在接受中央电视台《面对面》节目采访时说："'奋斗者'号去年又完成了51次下潜，今年也已经开展了17次下潜，下半年我们还会有更大深度的任务。这些年我们潜水器的数量在世界上应该说是比较多的，我们对海洋的探索任务也是越来越丰满。像2021年，我们的3台载人潜水器下潜次数有170多次，这个已经占了全世界大深度载人深潜次数的一半以上。这表明我们现在载人深潜在海底开展工作的能力，能够为全世界的科学家提供优质的服务。"

他还说："20年前我认为做潜水器、做海洋是特别有意义、特别酷的事。我们现在觉得自己在做的事情是伟大过程中的一步，我们往前的步子会越来越稳健，我们想象的海洋应用会跟我们的日常生活、国家的发展结合得越来越紧密。奋斗者会不停奋斗，因为我们的征程真的是在辽阔的海洋，有大量未知的对象等着我们去探索和发现。"

叶聪为中国深潜事业所做出的卓越贡献受到了高度肯定和评价，他接连于2011年获"全国五一劳动奖章"，2012年获"中国青年五四奖章"，2018年12月18日获党中央、国务院授予的"改革先锋"称号，获颁"改革先锋"奖章，并获评"载人深潜事业的实践者"，2019年9月获第七届全国道德模范提名奖，2021年6月获中共中央授予的"全国优秀共产党员"称号。叶聪说，这是载人深潜团队的集体荣誉，他最看重的称号是"载人深潜事业的实践者"。进入七〇二所20年来，他一直和潜水器紧密地联系在一起。

15
马里亚纳海沟发现塑料袋

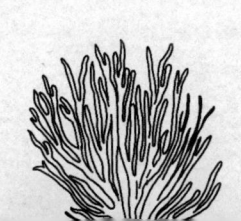

海洋是厚重的、广阔的、丰饶的，储藏着极其丰富的水产资源和矿产资源。正是地球上最大水体的热情拥抱，给地球带来了生命，孕育了人类这样杰出的生命体。有人称"海洋是个巨大的哺乳室"。从海洋里诞生了如此丰富、如此多彩的生物。

　　海洋慷慨地馈赠给人类许多资源。人类诞生之初，打猎、捕捞、采集就是维持自己生存的最基本手段。人类通过张网、撒网，使用鱼叉、鱼鹰等手段在河流、湖泊和海洋里获取鱼类、甲壳类生物。鱼肉给人类体质和智力的进化提供了能量及蛋白质，帮助人类成为最强大的灵长类动物，人类的劳动能力和创造性改变了世界。

　　海洋除了提供物质资源，还为人类通行提供了便利，沟通了世界各民族之间的交流和贸易，当然也给人类间的征服和被征服、侵略和被侵略、掠夺和被掠夺创造了条件。但这不是海洋的错，是人类自己的错。

　　海洋也会给人类带来伤害。飓风会把海水推向内陆，引发强降雨、洪涝等灾害。海啸引发的巨大浪涛冲击海岸，吞没所波及的一切。但这不是海洋本身造成的，而是地震、热带气旋导致的结果，所以这也不能怪罪于海洋。总体来说，海洋给予人类的好处和恩惠是一言难尽的。

可是人类是怎样对待海洋的呢？由于对海洋缺乏最起码的保护意识，西方发达国家在实现工业化的过程中，把大海当作天然的垃圾场，大肆将工业生产过程中产生的废水、污水、工业垃圾等源源不断地向大海倾倒。资本主义极权工业社会的这种生产方式，由西方发达国家扩散到部分发展中国家，虽然程度在减轻，但碳排放居高不下，生产过程中产生的污染物继续在毒化环境，导致气候异常。

据报告，全球每秒钟有超过200千克塑料垃圾被倒入海洋，每年累计有超过800万吨塑料流入海洋。尽管部分废弃物可以在6个月内降解消失，但更多的垃圾会在海洋中存留，时间甚至长达数百年。其中15%的垃圾漂浮在海面，15%的垃圾在海面以下顺水而动，其后果就是大面积地污染了海水，还有70%沉积在海底，对海洋生物和海底生态构成巨大的威胁。

法国电影《海洋》聚焦于覆盖地球表面3/4面积的"蓝色领土"。法国导演雅克·贝汉与雅克·克鲁佐德在片中深入探索了这个幽深而富饶的神秘世界，完整呈现了海洋的壮美辽阔。

片头是一个孩子提出的一个问题："什么是海洋？"电影以一个个画面回答了孩子提出的这个简单而又深刻的问题。影片让人深切地感受到了海洋的美：风平浪静的柔美、微波荡漾的灵动、深不见底的深沉、惊涛骇浪的激荡……水母群、露脊鲸、大白鲨、企鹅、海豚、章鱼和小丑鱼毫不吝啬地在镜头前展示它们旺盛的生命力，赤、橙、黄、白等多种颜色的珊瑚组成了奇异的海底景观。这一切让人叹为观止。

还有另外一些似乎有些残酷的画面：巨大的沙丁鱼群，在鲨鱼的追赶下，疏密有致地排列组合，迅速变幻出各种形态；成千上万的海鸟，如箭雨般扎进海水中捕食；成群结队的健硕海狮，被鲨鱼追捕后为同伴的阵亡而闭目哀歌。

即使在深海，同样有着繁密的生物，大鱼吃小鱼、小鱼吃虾米的现象同样存在。是的，海洋生物有着自己的喜怒哀乐，有着自己的生存空间和法则。弱肉强食，优胜劣汰，有被掠食的，就有新的生命出生，新生命一出身就要经受大自然的筛选，一切都那么和谐自然。海洋，与陆地有某种相似之处，也与陆地有很大的不同，它是一个独立、神秘、奇妙、生机勃勃又充满竞争的生命系统。

可是人类一点也不珍惜这个多姿多彩的海洋世界，当人类认为自己征服了海洋时，就开始残忍地、大规模地对海洋动物进行捕杀。从20世纪到现在，蓝鲸从25万只下降到700多只，濒临灭绝。电影中有这样一幕，捕掠者把一条鲨鱼的鱼鳍和尾巴割光，又把它扔进海里。它沉到海底还活着，两腮流着血，嘴巴一张一合，血水染红了海水，一片片猩红色的水团向四周散开。这条鲨鱼已无法游动，苟延残喘了一阵，便不动了，成了别的海洋动物的食物。捕掠者割走的鱼鳍和尾巴成了人类餐桌上的美食，但一条活生生的生命就这样结束了。人类还把大量的污水排入海洋，海洋就这样一次一次地被污染。海洋被弄脏了，弄浊了。各种类型的垃圾持续地、长期地被扔进海里，其中最多的就是塑料制品、渔网和缆绳。许多垃圾含有毒素，导致海洋动物中毒死亡，有些鲸鲨类动物被渔网裹住，被缆绳绊住，窒息而死。约1 300万年前，北极形成了大范围全年存在的海冰；有184万平方千米的冰川覆盖陆地，冰川自高向低扩张，从陆地延伸到海面，成为矗立海上的白色绝壁，浑厚壮观。延伸到海面时，冰川在重力、海浪的作用下，断裂、坍塌、崩解，形成了漂浮于海上的冰山。至此，整个北极变成了地球的白色穹顶，加上从约3 400万年前起就逐渐被冰雪覆盖的南极，地球正式变成了两极冰封的"冰室地球"。北极是白色的圣地，但也有破冰船驶入这个宁寂的空间。人类排放过度，气候转暖，古老的冰川、冰山开始融化，海洋动物的栖身之地越来越狭小。另一端，是另一个冰雪世界，那里没有人类侵占，是海洋动物的避难所。但近几十年来，到达这里的人，包括科学家和旅游者越来越多，这个极地显得热闹起来。久远的宁静很快就被打破。

这些情景都在这部纪录片中得到了呈现，凡是有点良知的人观影后都会受到震撼，为海洋绝美的景观，为人类种种恶劣的行为。这部电影使人反思，旁白句句拷问我们的良知：人类行动起来吧，停止我们错误的行为！

1998年5月20日，在一次国际海洋深潜科考中，摄像机全程记录了马里亚纳海沟的种种奇妙景象。20年后，日本海洋研究开发机构的科学家，在这段视频中发现了马里亚纳海沟有几个塑料袋。

2018年，中国科学家在深海潜水器于马里亚纳海沟拍摄的大量照片中，发现其中一张拍到了深渊之底竟然有一个塑料袋。随后中国科学院的研究人员在这片海水里进行了水质检测，在取样的1升水中，找到了塑料微粒。海洋占地球表面积的近71%，在如此之深的海水中，只是随机取样1升水，其中竟有塑料微粒的存在。

这足以说明塑料微粒已经完全渗透了整个海洋。在海沟污染最严重的海域，即玛丽安娜海沟约5 500米深处取样的1升水中发现了3 400颗塑料微粒。这说明我们人类的发展已经严重影响了海洋环境。这些塑料微粒，来自我们人类，来自我们生活中产生的白色垃圾。一项研究发现，人类扔在海洋中的塑料垃圾，99%都不知所终。人类每年产生3亿吨塑料垃圾，但只有4万吨被从海洋中捕捞上来，进行回收。那么剩下的塑料垃圾都去哪里了？我们可以从诸多海洋生物因误食塑料垃圾而死亡的案例中知道，很大一部分是被海洋生物吃掉了。

不得不引起我们注意的是，最近在我们人类自己的粪便中，也发现了塑料微粒的存在。我们知道，塑料是很难分解的，很多海洋生物吃下塑料垃圾后，会将其排泄出体外，塑料垃圾和它们的粪便一起变成海雪，飘落到海底。这些塑料微粒会继续待在海洋中，甚至会通过降水等途径，回到陆地上来。生物链是一个圈，这些塑料微粒最终就循环到人类身上来了。《参考消息》2021年12月24日的一篇报道《塑料微粒进入千米高空》再次向我们敲响了警钟，塑料微粒似乎无处不在。

周二发表的一项报告显示，从珠穆朗玛峰到马里亚纳海沟，塑料微粒无处不在，哪怕是在风速快到足以让塑料微粒飞行万里的地球对流层高空。

塑料微粒是微型碎片，长度不到5毫米，来自产品包装、服装、车辆及其他物品，在陆地、海洋和大气中都已探测到。法国国家科学研究中心的科学家们在法国比利牛斯山南比戈尔峰天文台海拔2 877米的空中对空气进行了取样。这里就是所谓的"清洁站"，因为当地气候和环境对它的影响有限。

2017年6月至10月，科学家们每周检测1万立方米的空气，结果发现所有的样本都含有塑料微粒。他们利用气象数据计算出每次取样的不同气团的轨迹，结果发现了远在北非和北美的空气源。研究报告主要作者、加拿大达尔豪西大学的史蒂夫·艾伦告诉法新社记者，塑料微粒可以行走天下，是因为它们能够抵达高空。他说："一旦到达对流层，就像走上超快高速路。"

研究还发现了地中海和大西洋的塑料微粒来源。"海洋来源最值得关注。"艾伦说，"塑料离开海洋进入那么高的高空，说明塑料最终并未沉降。它只是无休止地、周而复始地到处移动。"研究报告的共同作者德奥尼·艾伦指出，虽然南比戈尔峰天文台样本中的塑料微粒数量并不构成健康风险，但这些微粒特别小，足以吸入人体。她说，塑料微粒出现在人们认为受到保护、远离污染源的区域，人们应解决这个问题。"它对我们与塑料的关系提出了质疑。"她还说，这个问题是全球性的。研究人员说，研究还表明把塑料运到海外处理是有缺陷的策略。

人类与大海之间，存在着一种依赖关系，一种循环的伦理关系，我们对海洋的伤害，到头来还是伤害到自己。我们常常意识不到这些，还在继续毫无节制地糟蹋海洋。随着交通的便利，人类间的流动加剧。旅游人群的不断壮大，也产生了大量的海洋垃圾。许多热门的旅游海域，到处可见悠悠漂浮的塑料垃圾。碧海、蓝天、棕榈树、塑料垃圾构成了这些地方的风景线。沙滩上目光所及，从用完的防晒霜瓶子到各种饮料瓶应有尽有，当然还有传统的塑料垃圾——塑料袋。

大海上来来往往着各条航线上的大小船只和无数渔船。船民和渔民也把生活中产生的垃圾随手扔进大海，其中有使用过的易拉罐、塑料制品、纸张、食物残渣、玻璃器皿、金属制品、破旧衣物、破碎渔网、陶瓷碎片、橡胶制品等。

　　美国蒙特里湾水族馆研究所对太平洋海床进行了一项为期22年的大规模研究，揭示出触目惊心的海底污染。研究过程中，研究所的深海潜水器最深下潜到距海面3 960米的深度，拍摄了长达1.8万小时的视频，展示了散布在海床上的各种人造垃圾。深海潜水器从加利福尼亚湾航行到温哥华岛的西岸地区以及夏威夷群岛的周边海域。研究发现，多达1/3的海底垃圾是塑料垃圾。由于阳光照射不到海床上，这些来自石油的垃圾需要数百年时间才能降解。降解过程中，易碎的塑料垃圾破裂成小颗粒。

　　金属垃圾的数量在所有海底垃圾中排名第二，其中2/3是铝、铁或锡。废弃的渔业设备、玻璃瓶、废纸和丢弃的衣物也是常见的海底垃圾。

　　美国潜水器拍摄到了4 000米深处的海底垃圾：一条躲在鞋子里的岩鱼、一个躺在海床上的可乐瓶、一节陷在海床淤泥里的电池、一个缠绕在柳珊瑚上的大垃圾袋。废弃的渔业设备在海底垃圾中非常常见。海底卧着2004年从货轮上掉落的一个集装箱，竟然还有一把塑料椅子。蒙特里海底峡谷里有一个轮胎。一只海龟被塑料绳牢牢捆绑，几乎动弹不得。而马里亚纳海沟的塑料袋，极有可能是旅游者、船民或渔民随手扔进海里，通过洋流漂到该海域的海面，再沉入深渊的。后来另有照片显示，这个深渊另外一个地方也有几个塑料袋和其他垃圾。

　　我们能够看到的，只是汪洋大海的海面。我们在欣赏海面风光时，很少会想到在这魅力十足的大海深部有着繁荣的生物世界，同时还掺杂、沉积着不计其数的海洋垃圾。2018年3月，英国政府首席科学顾问在提交的《海洋展望未来报告》中强调，世界海洋的塑料垃圾总量将在10年内（2015年至2025年）翻上3番，到2025年，海洋塑料污染的总量可能将达到1.5亿吨。

潜航员驾驶潜水器在几千米深度的海底巡航，会被扬起的沉积物覆盖，这些沉积物中有一部分就是海洋垃圾。

新华社2018年4月22日报道，中国最先进的自主无人潜水器"潜龙三号"成功首潜时，在3 900米的深海拍摄了大量照片，其中有鱼、虾、海星、海参等美丽的深海生物，也有人们不愿看到的塑料垃圾。"这些塑料垃圾威胁着海洋生物的生存，破坏了海洋生态系统。"研究海洋生物多年的"大洋一号"综合海试B航段首席科学家助理孙栋博士说，塑料垃圾到达深海后极难被自然降解，因为在低温无光的环境中，微生物的活性非常弱。孙栋表示，深海生态系统以碎屑食物链为主。本海域存在大量海星、海参、深海鱼类，这些深海生物吞食碎屑，极易摄取破碎的、难以消化的塑料垃圾，生命活动由此受到威胁。

人类在开发海洋资源的过程中，也会有意无意地对海洋造成破坏。例如，人类纷纷争抢开发海洋石油。但开发和输送中有可能出现石油污染，严重的石油泄漏污染大片海域的恶性事件屡有发生。污染区内的甲壳类和鱼类动物迅速死亡，海鸟也不能幸免。因为原油会损害羽毛的功能，使海鸟体温降低，游泳和飞翔能力减弱，甚至丧失，最后冻饿而死。它们的痛苦遭遇令人同情。

最令人恐惧的是，世界所需石油的2/3经海路运输，经常运行在航道上的油轮有7 000艘之多。任何一次事故都会对海洋造成不可逆的伤害。更不要提石油钻井平台，一旦出现任何泄漏甚至崩裂，后果不堪设想。夏威夷石油管道的泄漏，造成了大面积的海水污染。污渍漂在大片海面上，黑得发亮，黏稠腐臭，久久不能清除，影响了船只航行，大量海洋生物受到石油的毒害而死亡。

长期的过度捕捞更是要对海洋生物的减少乃至灭绝负责。欧洲渔业委员会公开宣布，全球 60% 的鱼类正在遭受过度捕捞。马达轰鸣的无数商业渔船出于贪婪，在各片海域横行无忌，拖曳着巨大的渔网，不加区分地将海面和海底的生物捕捞上来，连幼小的鱼和产卵的鱼都不放过。用拖网捕获的许多鱼类，其中 1/3 不具备食用价值，它们的尸体被当作垃圾扔回海里。

日本很久以来就有潜水的海女。曾经当过几十年海女的一位老婆婆真野千家很看不惯这种酷捕现象。她解释说，这些渔船破坏了环境，毁掉了海洋中的自然平衡；如果人类正常从海中获取食物，那么慷慨的海洋是取之不竭的；一个人应该只取自身能够搬运的，而不是更多，否则最终海洋里不会有任何东西。

世界范围内，有 20 种濒临灭绝的海洋珍稀动物，其中一种是僧海豹。据专家估计，全世界仅余 500 只。僧海豹生活在地中海，受到海水和海滩生态环境变坏的影响，被渔民大量捕杀。濒临灭绝的海洋生物还有南美洲体形最大的食肉动物奥里诺科鳄鱼、主要生活在古巴和委内瑞拉海域内的奥瑞纳克鳄鱼、主要分布在墨西哥加利福尼亚湾的瓦基塔鲸、四大洋均有分布的蓝鲸、主要分布于北半球太平洋和大西洋海域中的蓝鳍金枪鱼、赤道以北发现的唯一一种企鹅加拉帕戈斯企鹅、世界上最小和最稀有的海豚赫克托耳海豚、生活在佛罗里达海岸淡水和咸水区域的佛罗里达海牛等。中华白海豚是中国国家一级保护动物，有"海上大熊猫"之称，2008 年被列入世界自然保护联盟濒危物种红色名录。

科学家从来自4个大陆架和4个深海生态系统的信息中发现了相似的结果。其中最惊人的数据来自日本远洋多钩长线捕鱼的记录。所谓多钩长线捕鱼,是指用船只拖几千只带有诱饵的鱼钩捕获金枪鱼和其他巨型海洋鱼类。"以前每100只鱼钩可以抓获10条鱼,现在幸运的话只能抓到1条。这不仅是一种鱼类存在的现象,捕鱼的持续性在全球范围内受到了严重威胁。"记录提示说,"鱼的大小也在缩减。资料显示,鱼的平均大小仅为过去的1/5或1/2。现在的金枪鱼很少能达到它们过去重量的1/5。在许多情况下,由于捕鱼的频率过高,这些鱼类甚至没有机会繁殖下一代。"

这种情形与20世纪80年代纽芬兰的情形相仿。由于过度捕捞,鳕鱼在纽芬兰已经绝迹。

无论从哪一个角度来看,海洋污染问题都是一个让人深思的沉重话题。有了深海潜水器,我们看到了一个充满生命活力的海洋,也看到了海洋垃圾。这些糟粕在摧残大海,它们通过循环和扩散,最终会影响整个地球,包括地球的环境和气候。百物众生,皆是息息相通的。海洋污染的苦果,最终还是由人类自己来品尝。探索深海寂静的未知,不仅指探索深海的生物、矿物、地形地貌,而且应该包括认识到人类的无知、愚昧、任性、贪婪给海洋带来的伤害。

海洋是人类的摇篮,海洋哺乳了我们,也许我们的后代在遥远的某一天,真的会把自己的家园迁徙到太空的另一个星球,或到深海扎寨筑巢,所以我们绝不能对海洋污染(或其他污染)视而不见,安之若素。我们需要行动起来。

我们走向海洋、走向深海的目标,不仅仅是开采它,剥夺它的财富，更是要了解它、熟悉它、安抚它，将美妙的平衡重新建立起来。

我国是一个拥有300万平方千米海域、海岸线长达1.8万千米的海洋大国。我国海岸线漫长、海域辽阔、岛屿众多、资源丰富、海洋生物和生态系统具有丰富的多样性。20世纪90年代以来，我国海洋环境污染一度比较严重。20世纪末，由于江河携带大量陆源污染物入海，我国近岸2/3的重点海域受到污水和生活垃圾污染，其中东海和渤海的海水污染尤为严重。近10年来，国家出台了一系列禁污法规和保护措施，人们对海洋的保护意识明显增强：污水严禁入河入海，严禁向大海倾倒各种垃圾，倡导低碳出行，对沿海海域的捕捞也实行休禁渔制度，严禁捕杀海洋保护动物。生态环境部不久前召开新闻发布会介绍，目前我国海洋生态系统已基本消除不健康状态。生态环境部相关负责人介绍，我国划定283个海湾，一湾一策，精准部署每个海湾的重点任务及措施。11个沿海省市也都以不同形式印发了省级"十四五"规划。经过各方努力，2021年我国海洋生态环境状况总体稳定趋好。一是海水水质整体持续向好，符合海水水质标准的海域面积占管辖海域面积的97%，同比上升0.9个百分点。近岸海域水质优良面积比例为81.3%，同比上升3.9个百分点。二是海洋生态系统均处于健康或亚健康状态，已基本消除不健康状态。海洋生态环境的积极保护，也为海洋经济发展以及海洋科学考察和应用提供了有力支撑和保障。

英国《泰晤士报》网站2022年4月20日报道了一则题为《历时20小时，搁浅抹香鲸在中国获救》的消息：4月19日上午，有渔民在浙江象山附近海域发现一头长约19米的巨鲸搁浅。救援人员穿过约1千米的泥泞地带，到达搁浅的鲸鱼身边，发现其头部和尾部受伤，表皮也开始脱落。由于现场泥泞不堪，设备无法靠近，救援人员调动了数艘船只和无人机，并努力维持鲸鱼的生命体征，等待海水涨潮。他们不断泼水帮助鲸鱼降温，并为它清洗伤口、注射药物。晚上10时，象山附近海域潮位高涨，几艘救援船设法将鲸鱼拖离海滩，途中看到它喷出水雾。救援船将这头鲸鱼拖拽至深水区。20日凌晨5时，它生命体征良好，摆动尾巴，潜向深海。

那么，我们的大深度潜水器应该如何在海洋保护中发挥作用呢？首先，可以动用潜水器对我国黄海、渤海湾、东海和广袤的南海进行海底调查、勘探，了解海底污染和生物生存的情况，供环保专家参考。生物学家可以根据生物的减少或增长情况，确定休渔期的长短。其次，可以利用潜水器的打捞功能，设法把海底一些体量大、危险性严重的垃圾打捞出海。

叶聪在接受《40人对话40年》栏目采访时，就改革开放以来，深海装备事业经历了怎样的发展历程这个问题回答说，从最早的无人潜水器到如今的载人潜水器，从小型到大型，从只有一台两台到如今的群组，深海装备事业经历了飞跃式的发展历程。"蛟龙"号应该是我国潜水器、潜水装备里最典型的一个代表。"蛟龙"号之前，我们的载人潜水器下潜深度不超过600米。"蛟龙"号把下潜深度从600米推到了7 000米。"蛟龙"号之后，越来越多的潜水器进入大众视野，如"潜龙"号、"海马"号、"海燕"号、"海翼"号、"海斗"号等。我们现在有载人潜水器、有缆遥控潜水器、无缆自主潜水器、光纤控制潜水器，还有海底滑翔机。我们国家现在已经具备了这种研制谱系化潜水器的能力。在设计、部件制造、装备实验应用等方面，这40年来实现了从无到有，从少到多，从单独一种两种到谱系化的跨越。我们现在甚至可以根据需求把不同设备组合起来。

叶聪接受此次采访是在2018年12月11日,当时全海深载人潜水器"奋斗者"号还在研发中。没过多久,"奋斗者"号就成功地多次触底马里亚纳海沟,拉开了万米深渊那一大片海底旷野的帷幕。

中国的深潜事业像太空事业一样,持续取得新的飞跃、质的发展。中国潜水器的库房里新的伙伴不断增多,探测水准接连拔高,应用范围继续扩大。它们也将为保护海洋、清除污染的目的服务。海洋在等待着它们,这是新的召唤。

16

海底沉船和打捞

2021年4月，印尼"南伽拉"号潜艇演习时失联，请求中国政府协助调查。中国派出军舰编队和深海所"探索二号"科考船搭载深海载人潜水器"深海勇士"号参加印尼失事潜艇的人道主义救助探测工作。"深海勇士"号下潜后，在海底839米深处发现了失事潜艇。不过它已断为3截，官方确认53名乘员已全部遇难。

据专家分析，印尼潜艇失事与多种原因有关，最大的可能是遭遇海中断崖，艇体在掉深的过程中被强大的水压摧毁，高强度的水压酿成了这一悲剧。照片显示，这艘潜艇已严重破损。潜艇掉深是各国海军潜艇部队面临的重大威胁，自第二次世界大战以来全球已经多次出现类似的情况。1963年，美国海军"长尾鲨"号在进行下潜试验时掉深，120余名乘员全部遇难，这是世界上第一艘遭遇断崖式下降的潜艇。5年之后，以色列的"喀尔"号在地中海掉深。时隔31年后，人们才在3 000米海底发现其残骸。

载人潜水器"深海勇士"号先后在出事海域完成了13个潜次的勘查。据"探索二号"TS2-7航次首席科学家介绍，这些潜次的勘查作业，获取了失事潜艇主要残骸部件精确的形态和位置信息，对失事潜艇散落的艇艏、舰桥、艇艉进行了细致的水下拍摄，基本摸清了3个主要部位的水中状态、地形地貌和因撞击形成的海底冲击坑，同时新发现了一个异常点，推测是潜艇的艏舵。

"深海勇士"号也从海底回收了一些失事潜艇的零散物品。特别是在第6次下潜作业中，"深海勇士"号和"探索二号"母船协同作业，成功回收了重达700千克的救生筏。对于这些物品，"探索二号"母船上的科学家迅速地进行仔细地清洗、整理和编号。"探索二号"TS2-7航次领队助理、对外联络专员张维佳介绍说，相关勘查数据、水下图片、视频、打捞上来的物品等，中方都及时而稳妥地移交给了印尼军方。

"深海勇士"号此次的深海探测活动，是一次重大的应用。它的卓越功能再次得到验证，并为中国潜水器赢得了国际声誉。

这次救援也令人联想到载人潜水器参与海底沉船探索和海底考古的可能性。

在五六千年的人类历史上，发生过无数次的海上战争，沉没的战船多得难以估算。古代的木质舰船是不可能留存了。现代历史上发生的第一次世界大战和第二次世界大战中，被击沉的军舰不计其数，它们都是钢铁质地的。据一些专家学者粗略估计，近2 000年以来，世界各大海域大概遍布有100万艘的沉船。每艘沉船背后都有一个沉重的故事，在留下价值不菲的物资的同时，也留下了生命的破碎和令人无法接受的惨烈场景。

第二次世界大战中，遭遇石油和战略物资禁运的日本孤注一掷，袭击珍珠港。美国向日本宣战，日本不得不做最后的疯狂反扑，双方多次发生大规模的海战。在炮火连天中，沉没的军舰有几百艘，仅日本航母就被美国击沉了18艘。当时最先进的航母、驱逐舰、巡洋舰、战列舰、潜艇等伤痕累累地躺在不同深度的海底，战斗机的残骸、火炮、机枪、炮弹、钢盔、军刀等，也一同被埋入大洋。

七八十年过去了，花开花落，春夏秋冬，白天黑夜。那些沉舰都安静地躺在海底，好像被人遗忘了。其实许多人还记着它们。在各大洋搜索沉舰踪迹一直是部分海洋探险者们热衷的活动，某些国家的研究单位也有参与。对两次世界大战中的沉舰进行搜索和勘测，对重现当年的历史有着重要的作用。

美国海洋调查船"海燕"号释放的深海潜水探测器正活动于太平洋深处海域，寻找当年太平洋战争中美日双方沉没的各种舰船。在夏威夷附近海域经过数周的搜索，深海潜水探测器在太平洋5 000米深的海底，发现了一艘被击沉的日本航母"加贺"号，并确定了它的位置。从传回的影像上看，这艘航母上装备的火炮和部分武器完好无损，虽然不能继续使用，但打捞出水后仍有很多其他用途。

日本另一艘航母"赤诚"号也被找到了，当年它被美军击沉之后就失去了消息。2019年10月，搜索队在某战舰残骸附近发现了这艘航母，它躺在了太平洋5 000多米深的海底。

"海燕"号进行的一系列海底搜索活动是由富豪保罗·艾伦发起的，"海燕"号这些年里和美国军方及其他很多国家合作，发现了不少沉船，还发现了飞机残骸和人的尸骨。这些发现和深海潜水器的功能是分不开的。

历史学家认为，搜索战争中沉没舰艇的活动是有积极意义的，因为能够让现在的人们直观地体会到战争的残酷，看到战争的代价。

海底还有不少装载着黄金及其他贵重财物的货轮，它们当年因故而沉入深海。1942年4月5日，英国"爱丁堡"号装载上苏联托运的93个小木箱驶向美国。木箱内有465块沉甸甸的金锭。4月30日下午，一直尾随的德国潜艇向它发射了3枚鱼雷，击中了"爱丁堡"号的右舷和船尾。为了防止金锭被德军抢走，英国人在撤出船上的人员后，将船炸沉。

1980年夏天，48岁的深海潜水员杰瑟普最终获得了英国政府的打捞许可。这一次，打捞人员通过潜水器潜入沉船位置，利用切割机打开藏有木箱的弹药库的门。1981年9月15日，打捞人员取出了第一块金锭。这次打捞作业一直持续到10月7日，由于恶劣天气而被迫停止。打捞战果是430块金锭，价值大约为4 300万英镑。1986年又开展过一次后续的打捞，至此共打捞出460块金锭，打捞工作顺利完成。深海潜水器在打捞中发挥了强大的作用。

海下考古并不像想象的那么容易。由于当年中国的水下考古能力有限，打捞南宋沉船"南海一号"大费周章，历时几十年才完成，靠的是土办法。现在有了载人潜水器和无人潜水器及机器人，水下考古在技术手段上有了巨大的提高。

先进的设备会使水下考古领域有新的气象和收获。"深海勇士"号载人潜水器于2017年完成海试后，正式移交给位于三亚的深海所。深海所第一时间就想到了水下考古，主动找到了当时的国家文物局水下文化遗产保护中心，希望双方能合作，在南海进行一次深海考古作业。南海是海上丝路必经之处，以前也有过一些发现。双方一拍即合，于2018年1月27日在三亚成立了"深海考古联合实验室",并于同年4月组织了我国首次深海考古调查。国家文物局考古研究中心研究员丁见祥任这支深海考古调查队的领队。

丁见祥对记者说:"我们选择了南海北礁的东北缘。因为东北季风的缘故,船只很容易在这里触礁,而水下的地形地貌正好是阶梯形的,有个几百米宽的平台,在这个平台上发现遗存的概率会比较高。我们一共下潜了8次,包括一次工程潜水,最深下到了1 003米,可惜没有发现沉船船体,只发现了几件散落的器物,并用机械手定点提取了几件文物样本。"

这是"深海勇士"号完成海试后的第一个应用潜次。对它的首次应用,七〇二所的设计团队十分关注。

有人提议再试一次,但丁见祥表示反对。他认为,如果没有明确的目标,技术和方法上也没有新的突破,再试一次也只能是一次简单的重复,价值不大。他对记者说:"我坐'深海勇士'号下潜过两次,在实践中意识到载人潜水器比较适合对已知目标进行详细勘察,不太适合用于大面积搜索,这个工作最好让无人潜水器或机器人来做,这样效率会比较高。"

其他专家也认为,载人潜水器和无人潜水器可以交替使用,载人潜水器可以搭载考古专家下海观察,专业人士的嗅觉和反应,是无人潜水器和机器人不可替代的。而无人潜水器和机器人搜索的成本较低,适合有选择地在古代航线一带进行地毯式搜索。

载人潜水器的水下考古应用至此跨出了第一步。有了载人潜水器和各种无人自主潜水器及机器人,我们可以到任何海域进行水下探测,逐步发现自己的优势,并大有作为。

2022年9月,载人潜水器再立新功,在南海北部2 000米至3 000米深度的海底发现了1处水下文物点、3处船体以及多个单体酱釉罐，并在水下考古深度上首次突破2018年创下的1 000米纪录。

本次综合调查的水深变化从不足百米到3 000米，因而采用了"深海勇士"号、"奋斗者"号载人潜水器与无缆自主潜水器等装备协同作业的方式。

科考人员首先利用声学深拖系统进行大范围搜寻，然后借助无缆自主潜水器提供疑似点所在区域的清晰图像和深度信息，如果在图像中发现可疑文物，就安排深海载人潜水器进行水下查证和文物的提取。

这样的高科技协同作业，拓展了水下考古的探测和作业能力，大大提升了效率。科考人员通过载人潜水器的摄像设备和机械手，提取出陶器、瓷器、紫砂器、铜钱、船板等文物标本。而以前在数千米的海底提取文物标本是不可想象也不可能实现的。

我国借助载人潜水器和各种型号的无人潜水器在水下考古和沉船打捞中彰显了中国高端制造的硬核实力与创新精神，为世界贡献了中国技术、中国经验和中国方案。

17

"生活的激流是不会停止的"

17

"生活的激流是不会停止的"

神舟十三号升空一个月后，地球上的人们听到了一段来自太空的、意味深长的话。航天员王亚平、叶光富和翟志刚深情朗读了巴金《激流三部曲》的总序。航天员们铿锵有力的声音缓缓传来："我知道生活的激流是不会停止的，且看它把我载到什么地方去！"航天员翟志刚朗读完后还来了一个后空翻，让人感慨中国在航空事业上实现了漂亮的"大翻身"。

这段穿越宇宙的浪漫看得人心潮澎湃。走在前排的人，为后来的人照亮。作为寻路者的航天员在太空是孤独的，远在太空的他们却给了地面上的人们以力量。

"我知道生活的激流是不会停止的，且看它把我载到什么地方去！"这同时也是深海潜水器研制者和深潜者的心声。一个是航天先行者，一个是深海先行者，不管在太空，还是在深海，地面上的人们都给予了他们力量。

徐芑南、叶聪、胡震、张伟等研制海洋潜水器的人，还有搭乘潜水器进入大海深部探索的科学家都会发自肺腑地表达同样的情感。生活的激流不会停止，他们在海流中的脚步也不会停止，他们会跟着大海的呼唤，继续走下去。走在前排的人，为后来的人照亮路途。

2021年初，七〇二所将"奋斗者"号交付给深海所。在交付现场，专家组表示，"奋斗者"号在万米级海试中显示出的巨大优势，是高科技和应用场景相结合的典范。承载人数、水下作业能力和作业时长、科考样品采集与布放回收能力、高速数字水声通信技术等，都表明"奋斗者"号具备的综合性技术实力是非凡的，海试综合评价为99.25分，已接近完美。这同时表明，我国的深海潜水器研制已经把西方发达国家抛在后面了。交付成功后，"奋斗者"号即投入应用，搭载科学家前往深海科考。

英国作家毛姆的小说《刀锋》的扉页上有这么一句话："一把刀的锋刃是很难越过的，所以智者说得救之道是困难的。"锋刃象征一种艰难的压力和阻碍，对于这种挑战，不拿出牺牲自己生命的勇气及毅力，是难以应对和战胜的。

中国航空和深潜事业都越过了各自遇到的"锋刃"，今后还会继续遇到新的"锋刃"，并将一如既往地继续超越。这就是叶聪说的，"幸福与战胜自我有关"。

2021年11月28日，江苏省第十四次党代会代表、"奋斗者"号总设计师、七〇二所副所长叶聪在参会期间，站在写有"扛起新使命，谱写新篇章，聚焦江苏省第十四次党代会"的标牌前，接受无锡电视台的采访。他在列举了过去一年中"蛟龙"号、"深海勇士"号、"奋斗者"号的活动情况后说："之前，进入万米海沟是一种探险；有了'奋斗者'号以后，便成了一种常规的科考活动，意味着可以频繁地出入万米深渊，获得各种宝贵的数据。今后，我们团队要更好地坚持面向科技前沿、面向经济主战场、面向国家重大需求、面向人民生命健康，服务国家重大战略，继续进行科学前沿探索，融合产业经济，更大力度地建立深海技术自主可控产业体系，为进一步研究、保护、开发海洋继续努力。"

山因脊而雄，屋因梁而固。千钧将一羽，轻重在平衡。一个国家，科学技术是第一生产力，科技就是国之脊、国之梁。只有科技发展了，站到了时代的前列、世界的前列，中华民族才能进入新时代，应对世界百年未有之大变局。中华民族才能进一步崛起。

作为科技工作者的叶聪，是位实践者，他不会停留在理论上，而是会付诸实干。他已干了20年，把生命中最好的时光献给了载人潜水器的研发实践。他的老师徐芑南说，他一生只做了一件事。叶聪用了20年，也只做了一件事。当下，他已跨入了中年的门槛，他注定会把中年的成熟、经验、精力继续投入到这件事上。"路曼曼其修远兮，吾将上下而求索。"叶聪是不会停下来的，他会继续不停地求索。

曾经沧海难为水，到过马里亚纳海沟多次的叶聪已把驾驶深海潜水器下潜当作家常便饭了。倒退20年，他不敢想象，有一天能抵达地球海洋最深的地方。他无法猜测，那个荒野一般安静又无比深幽的海沟中隐藏着什么秘密。

现在，他已经和深渊对视过。汪洋之中，他仔细打量过它，他对那里已经不陌生，他已经是那里的常客。他知道，要彻底探究清楚那里的一切，科学家还有很长的路要走。行之力则知愈进，知之深则行愈达。

海试中团队8次探访过马里亚纳海沟，但海试的重点主要是测试潜水器的性能和设备的功能及品质。工欲善其事，必先利其器。对于科考来说，海洋装备的进阶，是一场兼顾"软硬"的蓄力战。深入的研发正在进行。

2021年这一年中，"奋斗者"号已由专业部门投入常规科考应用，深渊的奥秘正在进一步揭开。地球上深度超过6 000米的"海斗深渊"一共有37个，大部分都没有人去考察过，甚至对它们一无所知，更谈不上开发。一个重要的原因就是缺乏合适的潜水器。今后，中国的多台深海载人潜水器和无人潜水器及机器人可以有机会在深度超过6 000米的海底阡陌中穿梭，探索这些苍凉的、沉静的、人迹罕至的地方。

所有地质学家都知道海沟的重要性，因为那是海洋地壳消失的地方。只有把洋中脊和海沟研究清楚了，才能搞清楚地球的诞生和灭亡这样的大问题。如今只有中国和美国拥有万米载人潜水器，由西方国家垄断深海探索的时代已经过去了，我们在深海探索方面已走在前列，我们应该抓住这个机会，超越自我，主动去探索一些全新的领域。

我们的深海潜水器已在主动出击。深海所介绍，"探索一号"科考船携"奋斗者"号载人潜水器，在完成2021年度第二航段的常规科考应用任务后，于2021年12月5日返回三亚泊地。深海是很多不同领域的研究热点，因为那里太诱人了，许许多多的未知、许许多多的谜团正等着我们去揭晓。深海令人神往，每一次探索中的新发现都会带给我们惊喜。

"奋斗者"号载人潜水器2021年度第二航段的常规科考应用历时53天，进行了"悟空"号全海深自主式水下无人潜水器、全海深玻璃球和声学释放器等深海仪器装备的万米海试。

"在生物领域，目前每年发现的新物种有80%来自深海，'奋斗者'号的探索能力让生物科学、生物资源、生物制药等领域的研究有了更多的可能。"叶聪向无锡电视台和《无锡日报》记者介绍说，"2021年这一年，载人潜水'三兄弟'四处奔忙，'蛟龙'号完成升级，开展了200多次下潜，获得了大量数据。'深海勇士'号参加了印尼失事潜艇的海下探测和打捞活动。'奋斗者'号赴西太平洋海域执行马里亚纳海沟科考，历时50多天，开展了'奋斗者'号载人潜水器首次常规科考应用，利用测深侧扫设备进行目标搜寻和地形勘测，采集深渊海底沉积物、岩石和生物样本。全海深载人潜水器的研制，让人类探索深渊成为一种常规的科考活动。"

哈尔滨工程大学船舶工程学院副教授曹建说，这次海试，"悟空"号全海深自主式水下无人潜水器下潜4次，4次潜深都超过万米，其中后3次下潜深度超过10 800米，最深达到10 896米，能够到达这个深度的，世界上只有5台潜水器。基于"奋斗者"号全海深、高精度的作业优势，本航次采集了一批珍贵的深渊水体、沉积物、岩石和生物标本，为对比开展不同深渊的多学科研究提供了宝贵的数据和样品。航次期间，"奋斗者"号载人潜水器共下潜23次，其中6次超过万米，在马里亚纳海沟最深区域进行了科考作业。

航段首席科学家陈传绪表示，2021年"奋斗者"号累计完成了51次下潜，拓展了布放回收适应海况的范围，培养了更多的潜航员，这些进步使得"奋斗者"号将来可以带更多的国内外科学家下潜到地球海洋最深处。一个不争的事实是，我国万米深潜次数和人数居世界首位。共有来自全国7家单位的17名科技人员首次参加"奋斗者"号下潜，其中有5名女科学家，为世界之最。本航次中

8人首次下潜进入万米深度，其中67岁的科学家汪建成为中国首位抵达南北极、登顶珠穆朗玛峰和下潜至马里亚纳海沟开展科考的科学家，也是全球创造这一纪录的最高年龄人士。

"路上风太大，浪太高，我几天没吃没喝，不吃只吐。但是，下潜到了万米之下，看到了一个全新的神奇世界，我觉得很值得，蛮有意思。我很高兴，不虚此行。作为一名科技工作者，能够在珠穆朗玛峰取样，做出很好的科研成果，现在又在深渊取样，实现自己的梦想，我感到自豪。'奋斗者'号棒极了。"汪建兴奋地说。

大海反复无常，变化多端，在海上完成多潜次的下潜作业，经常要面对恶劣海况的冲击。"探索一号"母船船长刘祝告诉记者，为保障5天3潜的频次，他们选择了在海上"打游击"的方式："我们在海上'打游击'，这个点风浪大不能下，我们就另外找地方，详细分析能够下潜的点，尽量满足科学家的需求，让科学家尽可能多下去，多在海底科考。"

从2020年11月的第一次万米海试，到本航次结束，"奋斗者"号一共完成了21次万米下潜。27位来自我国9所高校、科研院所和企业的科学家通过"奋斗者"号载人潜水器到达地球海洋的最深处，创造了深海探索的世界纪录。

参航的科学家团队发起了《马里亚纳共识》倡议，提倡建立深渊科考标准化平台体系，实现深渊科考样本数据的长期保存与共享，支撑深海国际大科学合作。这一倡议，特别提出了自觉自愿合作、样本采集共享的原则要求。

上海交通大学教授肖湘说："深渊，特别是万米以上的深渊，都是在公海或在一些专属经济区里，也是国际同行关注的要点。很希望国际同行站在人类命运共同体的高度,跟我们一起来开展这方面的工作。我相信通过这个《马里亚纳共识》,大家可以一起在深渊科学领域做出有价值、有意义的突破性探索。"

"马里亚纳海沟生态环境科研计划"也同时启动,计划邀请国内外专家学者围绕马里亚纳万米深渊继续进行科考,针对生物、热液喷口、冷泉、地形地貌等,协力攻坚深海地球科学系统的形成与演化、生命起源与环境适应、生物多样性与气候变化等重大科学课题。参航科学家徐讯说:"基于这样的计划,我们会把全球深渊的生物多样性资源进一步数字化,进一步解释生命起源和极端环境适应技术的科学问题,同时这些基因资源也将有助于我们的产业化应用。"

"奋斗者"号的多次深潜和科学家的勇敢探索,取得了显著成效。达尔文说:"我之所以能在科学上成功,最重要的一点就是对科学的热爱,坚持长期探索。"海洋的许多奥秘,马里亚纳海沟的许多奥秘,不是通过几次探测就能揭开的。取得样本和数据仅仅是跨越了一大步,最终要找到其深层次的原因。深海探索有3个目的:一是看到和发现,二是搜集和找到,三是证明和研究。最终却是认知和求证,把真理与谬误区别开来,真正揭示出奥秘并得到真相。这是一个艰巨的系统工程。

虽然取得了骄人的成绩,达到了超出预期的效果,但科学探索的道路是没有尽头的。是的,就像农耕一样,我们要不断地增产,不断地选择和改善种子,不断地扩大种类,不断地改变耕作方式。可是,土地是不可再生的。不够了,怎么办?于是就产生了无土栽培等生产方式。只有这样,才能多生产粮食,养活不断增长的人口。

海洋探索也是这样，我们有了先进的深海载人潜水器，能搭载科学家穿过波涛汹涌、海流强劲的海面，直抵海底，几百米、几千米，上万米都行。然而，探索海底的一切奥秘和真相，是一个漫长的过程。人类对海洋尤其是对深海的了解还是肤浅的。

深海研究改写了地质学和生物学。从地质学的角度来看，深海海底和地幔的距离更近。地幔外层的坚硬部分和地壳合在一起称为岩石圈，其厚度平均约为100千米左右。深海才是研究地幔和地壳的最佳地点。俄罗斯、日本、美国等国通过打钻的方式，对地幔进行钻探，取得岩芯供地质学家研究。地质学家利用这些岩芯取得了一系列丰硕成果，比如为板块学说找到了直接证据，造成恐龙灭绝的那次小行星撞击地球事件也在岩芯中找到了佐证。

生物学已证实人类和海底的热液喷口之间连着一条脐带。科学家猜测热液来自地心的岩浆。是海洋雕刻了陆地，海洋的历史和陆地的历史，包括生物史、人类文明史纠缠在一起。地球是深邃无际的宇宙的一个奇迹、一块石头、一个神话、一种沧桑。揭开海洋的奥秘，地球的奥秘也就昭然若揭。陆地已疲惫不堪，广袤的海洋在诱惑我们。我们需要不断地、深入地接近海洋，挺进让我们怦然心动的地球最后的边疆，接近这个离真相最近的地方。

2020年12月30日太湖实验室正式揭牌。太湖实验室是江苏省、中国船舶重工集团公司、无锡市为勇攀深海科技高峰贡献江苏担当、中船智慧、无锡实践的创新载体。它整合了中国船舶重工集团公司的"洞—池—湖—海"试验研究体系和相关省市的优势资源，旨在开展关键技术协同攻关，推动我国深海装备技术的发展。不久前，太湖实验室瞄准深海探索确定了4个研究主方向及22个子方向，同时发布5个"揭榜挂帅"项目，面向全国有能之士发出"英雄帖"。这些项目不是单向的、单线的，需要交叉型学科、多方技术来共同开发。而吸纳多学科人才成为其中的关键。

2021年11月20日，太湖实验室召开第一届学术委员会成立大会暨第一次会议。众多学界泰斗、院士、政府领导、专家学者集聚太湖实验室响应"海洋强国"战略任务，成立了第一届学术委员会理事会。

第一届学术委员会阵容强大，集聚了我国海洋领域几乎所有的院士和顶级专家，如金东寒、陈宜瑜、杨德森、李家彪、张仁和、曾恒一、杨卫等，这一"顶级智囊团"将为太湖实验室的发展提供强大的决策咨询与智力支撑。

太湖实验室自主研发的"三维水弹性力学分析软件""海洋结构分析通用软件"等多个船舶工业CAE软件成功发布，全面提升了海洋装备基础性能数值预报能力；深海采矿重大专项成效显著，多型作业系统完成了研制与试验验证，完整构建了我国自主知识产权和国际先进水平的深海多金属硫化物采矿技术体系；载人装备谱系化发展不断完善，"奋斗者"号全海深载人潜水器完成首次常规科考应用，为我国深海科学研究再立新功。

太湖实验室的成立，有助于在"蛟龙"号、"深海勇士"号、"奋斗者"号开发成功的基础上，在青岛深海基地、三亚深海所的科考和研究的积累中，从理论和实践两方面，进一步探索未知，向着人类认知、保护、开发海洋的目标继续奋进。

海洋装备的进阶是势在必行的。在深海潜水装备试制成功之时，高精度的试验设备是必不可少的。2021年10月，大型耐波性操纵性水池在七〇二所正式启用。这种水池的特点是可以模拟各种海况，具备开展复杂风浪环境下大尺度模型的全浪向耐波性、操纵性、稳定性等试验研究的能力，总体水平进入世界领先梯队。同时，深水拖曳水池的试验能力也伴随着3 000条船模的下水而取得提升。

"马里亚纳海沟，目前人类已知的地表最深处，几道炫目的光束刺穿了这里恒常的幽暗，一台圆润的人造潜水器逐渐浮现出轮廓，缓缓降落于海底，扬起一股被上百兆帕水压细细碾碎的海底沉积物的'烟云'，待'烟云'消散，潜水器前方的透明观察窗里，出现了3张好奇的东方人的面孔。"这是新加坡媒体对"奋斗者"号触底探测马里亚纳海沟的描述。

领跑者不是好当的，这意味着我们继续走下去的每一步都领跑，我们需要自己确定方位，自己开辟，自己规划，自己寻找，自己探索，没有路标，没有灯塔，没有人吹哨，一切由我们自己去闯荡。

那么，去吧，去继续探索吧。征程漫漫，没有止境，无法穷尽，只能薪火传承，一代又一代走下去。

七〇二所制造了一台全透明的玻璃潜水器，安装在三亚，这是一个旅游项目，乘客可乘坐这台潜水器下潜几十米，观察几十米之下浅层的海洋。这至少可以满足一下大家对海洋的好奇，提升公众对海洋的认识。但这是不够的。

正如载人航天在飞船时代后迎来空间站时代，深海探索的未来方向，是深海海底长期驻留作业，这对海底考古、沉船打捞和海底环境保护意义非凡。中国人独创性的载人深海空间站已经进入到实质性工程发展阶段，在一些论文中，甚至提到了采用核动力供能的概念。

有了空间站，当然也会有配套的深海往返"飞船"。它们可以与深海空间站对接，补给物资，轮换人员，实现长期，甚至不间断的人员值守。这样极富冲击力的科幻画面，可能在不远的未来就将变成现实。正如蒸汽船的突破伴随着工业化的浪潮，喷气客机的突破带来全球化的加速，深海探测技术的跨越同样有着改变人类生活与社会面貌的潜力。

在技术能力的支撑下，走入深海探索无人区的中国人，会向世界证明一个事实：创造力不是西方文明的专利，拥有类似的知识资源，其他民族同样可以迸发出非凡的创造力。

再次踏上上升期的东方文明，焕发出的能量与19世纪的西方文明相比更内敛，更理性，更平和，更低调，更专注于埋头做好自己的事情。奋斗者是可敬的，因为他们奋发图强，有一种向上的、不知疲倦的精神，不挑衅别人，不好斗树敌，只是默默做好自己的事情。

2017年，由中国承建的世界首座也是规模最大的深海半潜式智能养殖场正式交付挪威。这座"超级渔场"容量25万立方米，相当于200个标准游泳池，仅需7名员工，每年即可养殖三文鱼150万条。它的建造标志着中国海洋工程装备制造能力上了一个全新的台阶。

2017年下水的首艘国内设计建造、拥有完全自主知识产权的重型自航绞吸船"天鲲"号，是海洋装备制造业的国之重器，可用于沿海和深远海港口航道疏浚及围海造地，也可用于清除近海海洋垃圾。"天鲲"号全长140米，宽27.8米，最大挖深可达35米。它的技术先进性和结构的复杂程度在世界同类船舶中位居前列。

2017年2月，半潜式钻井平台"蓝鲸1号"交付投产。这个钻井平台代表了当今世界海洋钻井平台设计建造的最高水准，将中国深水油气勘探开发能力带入了世界先进行列。

海洋经济是中国经济新的增长点。欲将海洋经济做大做强，离不开各类能力出众的海洋工程装备。令人欣慰的是，进入新世纪以来，中国海洋工程装备异军突起，在全球市场上得到高度认可。随着"蛟龙"号、"深海勇士"号、"奋斗者"号为代表的系列载人潜水器的开发成功，以及海洋工程装备技术和经验的充分积累，中国企业在这一领域的领先地位将会进一步凸显，对海洋资源的开发利用也会进入实质性阶段。

我们需要薪火传承，培养新人，让更多的人才，更多乐意从事深海探索事业的年轻人进入这支队伍，让更多的专业人士成长起来。

首次乘坐"奋斗者"号下潜或突破纪录的人，在乘坐潜水器上浮登上甲板后，会享受一个特殊的浇水仪式，以示庆贺。同伴会拎着一桶水向他们从头浇泼，他们顿时浑身湿透，但他们喜笑颜开，通体畅快，扬臂做出胜利的手势。这是深海科考人满满的仪式感。至今，我国已有19人搭乘"奋斗者"号下潜超过万米。这个人数在不断地扩大，将有更多的人享受浇水仪式。

我们相信会有更多的徐芑南、叶聪、张伟、汪品先这样的现代深海装备研发工程师和深海英雄涌现出来，承担揭开海洋所蕴藏的无穷秘密和在海底开疆拓土的任务，海底并非一无所有的贫瘠荒漠，也并非永远的黑暗，种种奥秘已经在那里静候了千百万年。

深海许多无人到达的海域在等着我们投下第一缕光，也许那里正是人类的未来。

詹姆斯·内斯特所著的《深海：探索寂静的未知》一书封底有这么一句话："离这个世界真相最近的，不是勇者就是疯子！"

"疯子"在吴语中叫"痴子"，这个词并非贬义词，而是指那些做事如痴如醉、特别投入的人。

那么让我们迸发勇者和"痴子"的精神力量，鼓足勇气、全力以赴，以认真踏实的科学态度和持之以恒的决心，继续积极主动去研究和探索海洋的未知吧。

我们需要研究和探索海洋的变化。未来几年中，海洋生物多样性仍面临着众多已知的风险，如气候变化、酸化和海洋污染。人类正努力减轻上述影响，但海洋仍将处于脆弱状态。实际上，未来5年到10年内可能会出现新的危害，对海洋生物构成威胁。一个由剑桥大学领导的国际研究团队制作了一份清单，清单上列出了未来10年内将对海洋生物造成显著影响的15个问题。

1. 森林火灾

森林火灾背后的推手是气候变化，虽然首先受灾的是陆地，但同样会殃及海洋。除二氧化碳外，森林火灾还释放了含有各种化学元素的气溶胶和颗粒物。这些物质可能被携带至很远的地方，并落入海洋生态系统中。例如，2020年澳大利亚森林大火导致南极地区浮游植物大量繁殖，继而造成鱼类和无脊椎动物的死亡。

2. 沿海地区暗化

光照对沿海生态系统的良好运转起着至关重要的作用，但海洋正变得越来越暗。全球变暖、海洋污染、风暴和冰川融化能够搅浑水体，减弱射入这类生态系统的光线。如果程度适中且范围受控，"遮蔽"光线能够取得积极效果，如抑制珊瑚和珊瑚礁的白化现象，但如果频频在多地同时发生,则会造成退化压力,永久影响这些生态系统。

3. 金属污染

虽然几十年前就已经对金属污染物严加管控,但这些物质经常成为"漏网之鱼"。在风暴或捕捞活动的影响下,金属在沉积物中得以长期存在。但问题还在恶化,气候变化所致的海洋酸化增加了海水和沉积物中金属的吸收及毒性,这将对海洋动物造成影响。虽然不是所有生物都受到同等影响,但最受影响的将是双壳纲物种。

4. "掏空"赤道的气候变化

温度上升正令部分海域变得越来越不宜居。物种正在往两极迁移,因为那里的温度更加适合。生活在中高纬度的生物可能被来自较温暖地区的物种所取代。在赤道等热带地区则不会出现更替现象,因为最耐热的物种就生活在那里。赤道地区这种衰退的生态后果尚不明晰。

5. 鱼类营养价值的改变

气候的持续变化正在影响浮游生物必需脂肪酸的合成。温度与浮游生物所能制造的必需脂肪酸(包括 $\Omega-3$)的数量呈负相关。这种合成作用的变化或将引发蝴蝶效应,影响以此为食的物种的营养成分,继而对海洋捕食者和人类健康产生不良后果。

6. 胶原蛋白新市场

胶原蛋白在化妆品、药物和生物医学领域的应用需求越来越大。对胶原蛋白的追逐也推动了新来源的开发,而海洋生物就是最佳替代品之一。但是,正如研究人员所指出的那样,这种新的胶原蛋白的来源也可能使减少大规模捕捞的努力功亏一篑。多个物种(海绵、水母和鲨鱼)能够提供胶原蛋白,但科学家指出,最可持续的方式或许是使用渔业副产品（如皮、骨、碎料），还能同时为蓝色经济和循环经济做出贡献。

7. 新的海洋"珍馐"

奢侈的海洋生物消费找到了一种新的对象：鱼鳔。其需求量越来越大，市价已经达到每千克4.6万美元。科学家认为这种趋势是危险的，因为对鱼鳔的无节制追求会导致过度捕捞，以及使用拖网等危害环境的技术。

8. 深海捕捞的影响

对全球粮食安全的担忧导致许多国家过度捕捞。海平面以下200米至1 000米栖息着各种从未被开发或食用的鱼类，如灯笼鱼。事实上，这些鱼类不适合人类食用，但可制成水产养殖所需的鱼粉或用作肥料。问题在于，这些动物对碳循环起着重要作用，它们负责将水体表面的二氧化碳通过它们的排泄物"埋入"深海。这些鱼类的大规模减少或将切断最为重要的固碳途径之一。

9. 锂的提取

2030年对锂的需求很可能会是如今的5倍之多。虽然海水中的锂含量相对较低，但一些深海盐卤池被认为储存着大量锂元素。因此，它们很可能成为常规的提取点。但在这样做之前必须考虑潜在的损害，因为这些盐卤池很可能栖息着许多地方性物种，其中一些甚至尚未被发现。

10. 新的海洋基础设施

全世界正在建设新的海洋基础设施，如海上风电场，以满足日益增长的能源、渔业和海上运输需求。这样做的目的是继续创造利润并满足人类需求，同时优化空间和尽量减少环境影响。由于缺乏一种环境管理与评估的监管框架，科学家对这些基础设施长期内可能产生的影响存疑。

11. 海上漂浮城市

海上漂浮城市的概念诞生于 20 世纪中叶，未来的马尔代夫或将其变成现实。这些漂浮城市的主要优势在于令数以千计的家庭得以安居，而无惧海平面上升。虽然设计理念是在适应海洋生态系统的同时，避免造成不可挽回的损失，但科学家认为，城市基底部分或将助推入侵物种的蔓延。

12. 绿色能源的推广

朝绿色能源过渡是缓解全球变暖的唯一方法。随着电动汽车使用量的上升，电池需求量也在增长。问题是，电动汽车电池往往不作为有害垃圾回收，尽管在其生命周期内存在释放某些有毒元素的风险。

13. 深海物种监测

科学家对时而探出水面的海洋生物的行为了如指掌，而对那些栖息在深海且从不露出水面的生物则几近一无所知。但这种情况即将改变。美国麻省理工学院研发出一种"水下反向散射定位"系统，可以追踪这些捉摸不定的深海动物，精度可达厘米级。然而，在这项新技术背后，还存在悬而未决的问题，比如对动物行为有何影响。

14. 将潜入海中的软体机器人

受生物启发而使用柔性材料制成的软体机器人或将能够比现在的刚性机器人更深地潜入海中。这些器械将有助于深海样本采集，但也可能将污染物和废弃物留在未被探索的环境中。此外，这些软体机器人也可能被捕食者误以为是猎物而吞食。

15. 新型生物降解材料的影响

尽管新型生物降解材料似乎是遍布世界的塑料污染的对策，但正如科学家所强调的那样，这些聚合物很多未经适当的毒性和生命周期评估就投入使用。尚不清楚将生物降解材料用于服装等各种产品会对自然环境造成何种长期和大规模的影响。目前已被证实的情况是，相较塑料微纤维，一些天然微纤维在被鱼类摄入后会产生更强的毒性。

生活的激流是不会停止的。海洋在等待着我们。

正如叶聪所说的："目前，地球上仍然有人类未曾触及和认识的深海空间——海斗深渊，需要我们去探索。我们会弘扬科学精神，勇攀深海科技高峰，让中国龙游遍深渊海底。"

主要参考文献

—— 著作 ——

林肯·佩恩：《海洋与文明》，陈建军、罗燚英译，天津人民出版社2017年版。

刘峰、李向阳编著：《中国载人深潜"蛟龙"号研发历程》，海洋出版社2016年版。

汪品先：《深海浅说》，上海科技教育出版社2020年版。

詹姆斯·内斯特：《深海：探索寂静的未知》，白夏译，北京联合出版公司2015年版。

—— 期刊、报纸 ——

代小佩：《贺丽生：我国首位下潜万米海底的女科学家》，《科技日报》2021年5月6日。

邓伟：《叶聪："我们赶上了一个好时代！"》，《湖北日报》2018年12月18日。

丁波：《"改革先锋"叶聪："载人深潜事业的实践者"是对我们最大的褒奖》，《扬子晚报》2022年5月3日。

房雅雯：《做勇攀深海科技高峰的"奋斗者"——访"改革先锋"、中国船舶第七〇二所副所长叶聪》,《扬子晚报》2022年5月5日。

刘诗瑶:《深海"探宝队"队长:揭开海底矿产资源分布的谜底》,《人民日报》2017年9月11日。

袁越:《深海诱惑》,《三联生活周刊》2021年第34期。

—— 电子文献 ——

何佳芮:《徐芑南:一生情系深蓝梦》,http://www.jskx.org.cn/web/artlist/816733,2021年8月23日。

《趣味》月刊网:《海洋未来十年面临的15个新威胁》,https://www.imsilkroad.com/news/p/490563.html,2022年8月8日。

王恒志:《敢驾"蛟龙"入深海——记"蛟龙"号主驾驶员叶聪》,http://news.hrbeu.edu.cn/info/1017/55271.htm,2013年4月24日。

王卓伦:《新闻分析:中国海洋科考为何探秘南大西洋》,http://www.xinhuanet.com/politics/2017-10/11/c_1121786645.htm,2017年10月11日。

张炎良:《载人深潜精神——见证"中国深度",两位院士与深海挑战的不解情缘》,红星新闻微信公众号2021年6月28日。

中国船舶集团:《"深海探索"直播!中国船舶首席专家胡震答疑解惑》,http://www.cssc.net.cn/n5/n21/c22312/content.html,2022年3月24日。

中国科学技术协会:《进军万米深渊的"奋斗者"——记第24届中国科协求是杰出青年成果转化奖获得者叶聪》,https://www.cast.org.cn/art/2022/3/23/art_188_181658.html,2022年3月23日。

中华人民共和国中央人民政府:《习近平致"奋斗者"号全海深载人潜水器成功完成万米海试并胜利返航的贺信》,http://www.gov.cn/xinwen/2020-11/28/content_5565564.htm,2020年11月28日。

中央电视台军事频道:《10 909米!我国载人潜水器坐底万米深海沟》,中央电视台军事微博视频号2020年11月10日。

中央电视台《面对面》节目:《"奋斗者"号研发团队:我们的青春叫奋斗》,2022年5月8日,https://tv.cctv.cn/2022/05/08/VIDE6IH6lSZTpF6JtiIRZmwr220508.shtml。

鸣　谢

2022年11月25日，"奋斗者"号全海深载人潜水器顺利完成首次中国—新西兰联合深渊深潜科考航次第一航段任务，返回新西兰奥克兰港。在第一航段中，"奋斗者"号下潜作业16次，有14次作业超过6 000米水深，站位覆盖了克马德克海沟俯冲带不同的构造单元。其中，"奋斗者"号沿克马德克海沟的轴部最深处下潜5次（其中两次为万米级）。中科院深海所潜航员邓玉清成为首次到达克马德克海沟的女性，她的剑胆琴心将为历史所记录。新西兰国家水资源和大气研究所科学家卡琳·施纳贝尔博士是"奋斗者"号的首位国际乘客，这标志着"奋斗者"号迈进了国际合作新征程。

消息传来，令人兴奋之际，纪实文学《深潜：中国深海载人潜水器研发纪实》即将出版。作为长期关注我国全海深载人潜水器的写作者，我对"奋斗者"号的新突破表示敬佩和祝贺，我也十分赞赏和感谢邓玉清女士和深海所为大幅提高我国载人深潜装备深渊科学应用水平所做出的努力。本书的出版对有志于普及海洋知识的作家而言，是最大的鼓舞。将征服海洋的勇士们的壮举通过文学作品奉献给读者，是我们无比光荣的使命。

借此机会，我要向中国船舶重工集团公司第七〇二研究所对本书创作过程中的采访、写作、咨询给予的热诚帮助和支持表示感谢，感谢他们提供了丰富的资料和图片。我要感谢中国科学院院士、海洋地质学家、同济大学海洋与地球科学学院教授汪品先先生，他对我不吝赐教，并力荐此书，我为此深感荣幸，这是汪院士对一个晚辈的鼓励和鞭策。同时我要感谢同济大学刘志伟教授不厌其烦的指教和帮助。我真诚地感谢无锡市委宣传部文艺处李处长和江苏省委宣传部领导对此书的肯定和支持，感谢江苏省作协和无锡市文联及无锡市作协对此书的关注。最后，我要感谢译林出版社的领导和责编於梅女士在运作我这本科普文学领域的"处女作"时，表现出的对重大题材的敏锐判断以及认真、细致、谦和、负责任的工作作风。他们为这本书的完善和提升付出了辛勤的劳动。

在探索深海未知奥秘的征途中，我要继续学习，保持对海底奇妙世界的新奇感，不断加深自己对海洋的"体验"和认知，继续书写科学家挺进深海的动人故事，讴歌伟大的时代。